"Há relatos da Terra-média de tempos muito antes de *O Senhor dos Anéis*, e a história contada neste livro está ambientada na grande região que ficava além dos Portos Cinzentos no oeste, terras onde Barbárvore outrora caminhava, mas que foram submersas no grande cataclismo que encerrou a Primeira Era do Mundo.

"Naquele tempo remoto, Morgoth, o primeiro Senhor do Escuro, habitava na vasta fortaleza de Angband, os Infernos de Ferro, ao norte; e a tragédia de Túrin e sua irmã Niënor desenrolou-se à sombra do temor de Angband e da guerra travada por Morgoth contra as terras e as cidades secretas dos elfos.

"Suas vidas breves e apaixonadas foram dominadas pelo ódio visceral que Morgoth tinha por eles, os filhos de Húrin, o homem que ousara desafiá-lo e desprezá-lo frente a frente. Contra eles enviou seu mais temível servo, Glaurung, um poderoso espírito na forma de um enorme dragão de fogo sem asas. Nesta história de conquista brutal e fuga, de esconderijos na floresta e perseguição, de resistência com esperança minguante, o Senhor do Escuro e o Dragão se inserem de forma terrivelmente nítida. Sarcástico e zombeteiro, Glaurung manipulou os destinos de Túrin e Niënor por meio de mentiras diabolicamente astuciosas e fraudulentas, e a maldição de Morgoth se cumpriu.

"As primeiras versões desta história de J. R. R. Tolkien remontam ao final da Primeira Guerra Mundial e aos anos seguintes; porém, muito tempo depois, quando *O Senhor dos Anéis* estava concluído, ele a reescreveu e muito a ampliou em complexidades de motivação e caráter: ela se tornou a história dominante em seu trabalho posterior sobre a Terra-média. Mas não conseguiu imprimir à história uma forma final e acabada. Neste livro tentei construir, após longo estudo dos manuscritos, uma narrativa coerente e sem nenhuma interferência editorial."

CHRISTOPHER TOLKIEN

NARN I CHÎN HÚRIN

O conto dos filhos de Húrin

J. R. R. Tolkien

Organizado por
Christopher Tolkien

Ilustrações
Alan Lee

Tradução
Ronald Eduard Kyrmse
Membro da Tolkien Society e do grupo linguístico "Quendily"

Revisão da tradução
Alexandre Boide

wmf **martinsfontes**

SÃO PAULO 2014

Para
BAILLIE TOLKIEN

Esta obra foi publicada originalmente em inglês com o título
THE CHILDREN OF HÚRIN
por HarperCollins Publishers Ltd

1ª edição *2009*
5ª tiragem *2014*

Tradução
RONALD EDUARD KYRMSE

Revisão da tradução *Alexandre Boide*
Acompanhamento editorial *Márcia Leme*
Revisões gráficas *Luciana Veit*
Malu Favret
Edição de arte *Katia Harumi Terasaka*
Produção gráfica *Geraldo Alves*
Paginação/Fotolitos *Studio 3 Desenvolvimento Editorial*

Dados Internacionais de Catalogação na Publicação (CIP)
(Câmara Brasileira do Livro, SP, Brasil)

Tolkien, J. R. R., 1892-1973.
Narn i chîn Húrin : o conto dos filhos de Húrin / J. R. R. Tolkien ; organizado por Christopher Tolkien ; ilustrações Alan Lee ; tradução Ronald Eduard Kyrmse ; revisão da tradução Alexandre Boide. – São Paulo : Editora WMF Martins Fontes, 2009.

Título original: The children of Húrin
ISBN 978-85-7827-198-5

1. Ficção inglesa I. Tolkien, Christopher. II. Lee, Alan. III. Título.

09-10195 CDD-823

Índices para catálogo sistemático:
1. Ficção : Literatura inglesa 823

Editora WMF Martins Fontes Ltda.
Rua Prof. Laerte Ramos de Carvalho, 133 01325.030 São Paulo SP Brasil
Tel. (11) 3293.8150 Fax (11) 3101.1042
e-mail: info@wmfmartinsfontes.com.br http://www.wmfmartinsfontes.com.br

ÍNDICE

LISTA DAS ILUSTRAÇÕES

PREFÁCIO

É inegável que existem muitos leitores de *O Senhor dos Anéis* para quem as lendas dos Dias Ancestrais (nas diversas formas como foram antes publicadas no *Silmarillion*, nos *Contos inacabados* e em *The History of Middle-earth**) são totalmente desconhecidas, a não ser por sua reputação de estranhas e inacessíveis no modo e na maneira. Por essa razão, por muito tempo pareceu-me haver bons motivos para apresentar a versão longa, escrita por meu pai, da lenda dos Filhos de Húrin como obra independente, com sua própria capa, o mínimo possível de interferência editorial e, acima de tudo, em narrativa contínua, sem lacunas nem interrupções – considerando que isso pudesse ser realizado sem distorção nem invenção, apesar do estado inacabado em que ele deixou algumas partes dessa lenda.

Pensei que, se a história do destino de Túrin e Niënor, filhos de Húrin e Morwen, pudesse ser apresentada dessa forma, seria possível abrir uma janela para uma cena e uma história passadas numa Terra-média desconhecida que fossem vívidas e próximas, ainda que concebidas como

---

* *The History of Middle-earth* [A história da Terra-média] é uma obra em doze volumes editados por Christopher Tolkien, contendo rascunhos, versões provisórias ou incompletas, variantes, materiais inéditos, tudo com um impressionante aparato crítico. (N. do T.)

algo transmitido desde eras remotas: as terras submersas no oeste além das Montanhas Azuis, onde Barbárvore caminhava na juventude, e a vida de Túrin Turambar em Dor-lómin, em Doriath, em Nargothrond e na Floresta de Brethil.

Assim, este livro dirige-se a princípio àqueles leitores que talvez se recordem de que a pele de Laracna era tão abominavelmente dura que "nenhuma força humana conseguia perfurar aquelas dobras horrendas, nem que elfos ou ananos forjassem o aço, nem que a mão de Beren ou Túrin brandisse a espada", ou de que Elrond mencionou Túrin para Frodo em Valfenda como um dos "poderosos amigos dos elfos de outrora", porém nada mais sabem sobre ele.

Quando era jovem, durante a Primeira Guerra Mundial e muito tempo antes de qualquer vislumbre das histórias que iriam formar a narrativa de *O Hobbit* ou de *O Senhor dos Anéis*, meu pai começou a escrever uma coleção de histórias que chamou de *O livro dos contos perdidos*. Essa foi sua primeira obra de literatura fantástica – um trabalho substancial, pois, apesar de ter permanecido inacabada, contém catorze contos completos. Foi em *O livro dos contos perdidos* que apareceram pela primeira vez em sua narrativa os Deuses, ou Valar; os elfos e homens como Filhos de Ilúvatar (o Criador); Melkor-Morgoth, o grande Inimigo; os balrogs e orcs; e as terras onde se passam os contos, a "terra dos Deuses" Valinor, além do oceano ocidental, e as "Grandes Terras" (mais tarde chamadas de "Terra-média"), entre os mares do leste e do oeste.

Entre os *Contos perdidos* havia três muito mais extensos e elaborados, todos tendo como tema os homens e os elfos: *O conto de Tinúviel* (que aparece de forma abreviada em *O Senhor dos Anéis* como a história de Beren e Lúthien, que Aragorn contou aos hobbits no Topo do Vento, escrita por meu pai em 1917), *Turambar e o Foalókë* (Túrin Turambar e o Dragão, que certamente já existia em 1919, se não antes) e *A queda de Gondolin* (1916-17). Num trecho frequentemente citado de uma longa carta descrevendo sua obra que escreveu em 1951, três anos antes da publicação de *A Sociedade do Anel*, meu pai falou sobre sua ambição precoce: "tempos atrás (meu ânimo decaiu muito desde então) eu pretendia criar um corpo de lendas mais ou menos conexas, abrangendo desde o amplo e cosmogônico até o nível do conto de fadas romântico – o maior apoiado no menor em contato com a terra, o menor produzindo esplendor a partir dos vastos panos de fundo [...] Eu comporia integralmente alguns dos grandes contos e deixaria muitos apenas esboçados, localizados no esquema".

Pode-se ver nessa reminiscência que desde muito cedo fez parte do conceito daquilo que viria a se chamar *O Silmarillion* o fato de que alguns dos "contos" deveriam ser relatados de forma muito mais elaborada – e, de fato, nessa mesma carta de 1951 meu pai se referiu expressamente às três histórias mencionadas como sendo as mais extensas de *O livro dos contos perdidos.* Ali ele chamou a história de Beren e Lúthien de "principal história de *O Silmarillion*", e sobre ela afirmou: "a história é um romance de fadas heroico (creio que belo e poderoso), compreensível por si só ainda que se tenha apenas um conhecimento vago, muito geral, do pano de fundo. Mas ela é também um elo fundamental do ciclo, isenta de seu significado pleno se tirada do lugar que nele ocupa". "Há outras histórias tratadas de forma quase igualmente plena", prosseguiu, "e igualmente independentes, mas ainda assim conectadas com a história geral": *Os filhos de Húrin* e *A queda de Gondolin.*

Desse modo, parece inquestionável, a julgar por suas próprias palavras, que, caso pudesse completar narrativas finais e acabadas na escala que desejava, meu pai considerava os três "Grandes Contos" dos Dias Ancestrais – "Beren e Lúthien", "Os filhos de Húrin" e "A queda de Gondolin" – obras suficientemente completas, que não demandavam um conhecimento do grande corpo de lendas conhecido como *Silmarillion.* Por outro lado, como meu pai também observou, o conto dos Filhos de Húrin é parte integrante da história dos elfos e dos homens nos Dias Ancestrais, e há necessariamente um bom número de referências a acontecimentos e circunstâncias dessa história mais ampla.

Seria totalmente contrário ao objetivo deste livro sobrecarregá-lo com uma abundância de notas que fornecessem informações sobre pessoas e eventos que raramente são de real importância para a narrativa imediata. No entanto, pode ser útil oferecer alguma informação que sirva de auxílio aqui e ali, por isso fiz na Introdução um esboço muito breve de Beleriand e seus povos perto do fim dos Dias Ancestrais, quando nasceram Túrin e Niënor; e, além de um mapa de Beleriand e das terras ao norte, incluí uma lista de todos os nomes que aparecem no texto, com indicações muito concisas sobre cada um deles e genealogias simplificadas.

No final do livro há um apêndice com duas partes: a primeira trata das tentativas de meu pai para alcançar a forma final dos três contos, e a segunda, da composição do texto deste livro, que em muitos aspectos difere daquele que aparece nos *Contos inacabados*.

Sou muito grato a meu filho Adam Tolkien por seu indispensável auxílio no arranjo e na apresentação do material da introdução e do apêndice e por facilitar a transposição do livro para o atemorizante (para mim) mundo da transmissão eletrônica.

INTRODUÇÃO

A Terra-média nos Dias Ancestrais

O caráter de Túrin era de profunda importância para meu pai, e valendo-se de uma narrativa direta e urgente ele chegou a um comovente retrato de sua infância, essencial ao contexto: sua severidade e falta de alegria, seu senso de justiça e sua compaixão; de Húrin também, rápido, alegre e otimista, e de sua mãe Morwen, reservada, corajosa e altiva; além da vida doméstica na fria região de Dor-lómin durante os anos já cheios de temor que se seguiram depois de Morgoth ter rompido o Sítio a Angband, antes de Túrin nascer.

Mas tudo isso foi nos Dias Ancestrais, na Primeira Era do Mundo, num tempo inimaginavelmente remoto. A profundidade temporal alcançada por essa história foi transmitida de forma memorável em um trecho de *O Senhor dos Anéis*. No grande conselho em Valfenda, Elrond falou da Última Aliança entre elfos e homens e da derrota de Sauron ao fim da Segunda Era, mais de três mil anos antes:

> Chegando a esse ponto, Elrond fez uma pausa e suspirou. – Lembro-me bem do esplendor de seus estandartes – disse. – Faziam-me recordar a glória dos Dias Ancestrais e os exércitos de Beleriand, tantos eram os grandes príncipes e capitães ali reunidos. E, ainda assim, não eram tantos nem tão belos como quando Than-

gorodrim foi destruída, e os elfos acreditaram que o mal acabara para sempre, o que não aconteceu.

– Você lembra? – indagou Frodo, perplexo, pensando em voz alta. – Mas eu imaginava... – gaguejou quando Elrond se voltou para ele –, eu imaginava que a queda de Gil-galad tivesse ocorrido numa era muito distante.

– E ocorreu mesmo – respondeu Elrond, em tom grave. – Mas minha lembrança recua mesmo até os Dias Ancestrais. Meu pai foi Eärendil, que nasceu em Gondolin antes de sua queda. E minha mãe foi Elwing, filha de Dior, filho de Lúthien de Doriath. Presenciei três eras no oeste do mundo, muitas derrotas e muitas vitórias infrutíferas.

Cerca de seis milênios e meio antes que o Conselho de Elrond se realizasse em Valfenda, Túrin nasceu em Dor-lómin, "no inverno do ano", como está registrado nos *Anais de Beleriand*, "com presságios de aflição".

Mas a tragédia de sua vida não se limita apenas ao retrato de seu caráter, já que ele foi condenado a viver aprisionado numa maldição de poder imenso e misterioso – a praga de ódio imposta por Morgoth a Húrin, Morwen e seus filhos por ter Húrin o desafiado e se recusado a acatar-lhe a vontade. E Morgoth, o Inimigo Negro, como veio a ser chamado, fora na origem, conforme declarou a Húrin quando este foi trazido prisioneiro diante dele, "Melkor, o primeiro e mais poderoso de todos os Valar, aquele que existia antes do mundo". Agora permanentemente encarnado na forma de um rei gigantesco e majestoso, porém terrível, no noroeste da Terra-média, estava fisicamente presente em sua enorme fortaleza de Angband, os Infernos de Ferro: a fumaça negra que saía dos topos de Thangorodrim, as montanhas que empilhara acima de Angband, podia ser vista desde muito longe, manchando o firmamento setentrional. Diz-se nos *Anais de Beleriand* que "os portões de Morgoth estavam a uma distância de somente cento e cinquenta léguas da ponte de Menegroth; longe e ainda assim demasiado perto". Essas palavras referem-se à ponte que levava à morada do rei élfico Thingol, que tomou Túrin por filho adotivo: ela se chamava Menegroth, as Mil Cavernas, muito ao sul e a leste de Dor-lómin.

No entanto, como ser encarnado, Morgoth sentia medo. Meu pai escreveu sobre ele: "À medida que cresceu em malícia, e transmitiu o mal que concebia na forma de mentiras e criaturas de perversidade, seu poder passou para elas e se dispersou, e ele próprio tornou-se cada vez mais ligado à terra, relutante em sair de seus obscuros baluartes." Assim, quando Fingolfin, Rei Supremo dos elfos noldorin, cavalgou sozinho até Angband para desafiar Morgoth ao combate, exclamou diante do portão: "Aparece, rei poltrão, para lutar com tua própria mão! Habitante de covil, manuseador de servos, mentiroso e espreitador, inimigo dos Deuses e dos elfos, vem! Pois desejo ver tua face covarde." Então (conta-se) "Morgoth veio. Pois não podia rejeitar tal desafio diante de seus capitães". Lutou usando o grande martelo Grond, que a cada golpe abria uma grande fossa, e derrubou Fingolfin ao chão; este, porém, ao morrer, prendeu ao solo o grande pé de Morgoth, "e o sangue negro jorrou e encheu as fossas de Grond. Depois disso Morgoth se tornou coxo". Da mesma forma, quando Beren e Lúthien, em forma de lobo e morcego, penetraram no mais profundo salão de Angband, onde Morgoth estava assentado, Lúthien lançou-lhe um encantamento e "repentinamente ele tombou, como uma colina deslizando em avalanche, e, arremessado do trono como um trovão, jazeu debruçado no chão do inferno. A coroa de ferro rolou-lhe ecoante da cabeça".

A maldição de tal ser, capaz de afirmar que "a sombra de meu desígnio está sobre Arda [a Terra], e tudo que nela está curva-se lenta e seguramente à minha vontade", não é como as maldições ou imprecações de seres menos poderosos. Morgoth não está "invocando" o mal ou a calamidade sobre Húrin e seus filhos, não está "recorrendo" a um poder superior de que seria o agente, pois ele, "Mestre dos destinos de Arda", como se denominou diante de Húrin, pretende provocar a ruína de seu inimigo pela força de sua própria vontade gigantesca. Portanto, ele "planeja" o futuro daqueles que odeia, e diz a Húrin: "Sobre todos os que amas *meu pensamento* há de pesar como *uma nuvem de perdição*, e há de rebaixá-los à escuridão e ao desespero."

O tormento que destinou a Húrin foi "ver com os olhos de Morgoth". Meu pai definiu o que isso significa:

se alguém olhasse pelo olho de Morgoth, iria "ver" (ou receber em sua mente, da mente dele) uma imagem perfeitamente factível dos acontecimentos, mas distorcida pela sua insondável malícia; e, considerando que fosse possível a alguém rejeitar o comando de Morgoth, Húrin não o rejeitou. Isso se deveu em parte, disse meu pai, ao amor que sentia pela família – e a aflita ansiedade que sentia em relação a ela fez com que desejasse saber tudo o que pudesse, não importando a fonte; e em parte isso se deveu também ao orgulho, por Húrin acreditar que derrotara Morgoth no debate e que era capaz de "encará-lo" – ou pelo menos por manter o juízo crítico e distinguir o fato da malícia.

Por toda a vida de Túrin, desde quando partiu de Dor-lómin, e durante a vida de sua irmã Niënor, que jamais viu o pai, foi esse o destino de Húrin, sentado imóvel no alto de Thangorodrim, em crescente amargura inspirada por seu algoz.

Na história de Túrin, que se chamava Turambar "Mestre do Destino", a maldição de Morgoth parece ser vista como um poder desencadeado para produzir o mal, perseguindo suas vítimas; sendo assim, o próprio Vala caído temia que Túrin "adquirisse tamanho poder que se tornasse nula a maldição que lançara sobre ele e que escapasse ao destino que lhe fora planejado" (p. 159). E mais tarde, em Nargothrond, Túrin ocultou seu verdadeiro nome, de modo que se enfureceu quando Gwindor o revelou: "Mal me fizeste, amigo, revelando meu nome verdadeiro e chamando sobre mim o meu destino, de que pretendia esconder-me." Fora Gwindor quem contara a Túrin do rumor que percorria Angband, onde Gwindor estivera como prisioneiro, dando conta de que Morgoth lançara uma maldição sobre Húrin e toda a sua família. Mas ele respondeu à ira de Túrin: "o destino reside em ti, não em teu nome".

Esse complexo conceito é tão essencial para a história que meu pai chegou a propor para ela um título alternativo: *Narn e·'Rach Morgoth*, A História da Maldição de Morgoth. E sua visão a respeito pode ser vista nestas palavras: "Assim terminou a história de Túrin, o infeliz; a pior das obras de Morgoth entre os homens no mundo antigo."

Quando Barbárvore caminhou pela floresta de Fangorn, carregando Merry e Pippin cada um em um braço, cantou-lhes uma canção que falava de lugares que conhecera em tempos remotos e das árvores que lá cresciam:

Nos salgueirais de Tasarinan caminhei na Primavera.
Ah! a paisagem e o perfume da Primavera em Nan-tasarion!
E falei que isso era bom.
Passeei no verão entre os olmeiros de Ossiriand.
Ah! a luz e a música no Verão junto aos Sete Rios de Ossir!
E pensei que isso era melhor.
Às faias de Neldoreth cheguei no Outono.
Ah! o ouro e o rubro e o rumor das folhas no Outono em
Taur-na-neldor!

Era mais que o meu desejo.
Aos pinheiros do planalto de Dorthonion subi no Inverno.
Ah! o vento e o alvor e os negros ramos do Inverno em
Orod-na-Thôn!
Minha voz se ergueu e cantou no céu.
E agora todas essas terras jazem sob as ondas,
E caminho em Ambaróna, em Tauremorna, em Aldalómë,
Em minha própria terra, no país de Fangorn,
Onde as raízes são longas,
E os anos jazem mais espessos que as folhas
Em Tauremornalómë.

A memória de Barbárvore, "ente arvoresco, antigo como os montes", era de fato abrangente. Recordava-se de antigas florestas na grande região de Beleriand, que foi destruída nos tumultos da Grande Batalha ao final dos Dias Ancestrais. O Grande Mar irrompeu e submergiu todas as terras a oeste das Montanhas Azuis, chamadas de Ered Luin e Ered Lindon; assim, o mapa que acompanha *O Silmarillion* termina a leste com essa cadeia de montanhas, enquanto o mapa que acompanha *O Senhor dos Anéis* termina a oeste com a mesma cordilheira; e as terras costeiras além das montanhas, que nesse mapa aparecem com o nome de Forlindon e Harlindon (Lindon Setentrional e Lindon Meridional), foram tudo o que restou na Terceira Era da região denominada Ossiriand, Terra dos Sete Rios, e também Lindon, em cujos bosques de olmeiros Barbárvore outrora caminhava.

Ele também caminhou entre os grandes pinheiros do planalto de Dorthonion ("Terra dos Pinheiros"), que mais tarde veio a se chamar Taur-nu-Fuin, "a Floresta sob a Noite", quando Morgoth a transformou em "uma região de terror e obscuro encantamento, de perambulação e desespero" (p. 165), e chegou a Neldoreth, a floresta setentrional de Doriath, o reino de Thingol.

Foi em Beleriand e nas terras ao norte que se desenrolou o terrível destino de Túrin; e de fato tanto Dorthonion como Doriath, onde Barbárvore caminhou, foram cruciais em sua vida. Ele nasceu em um mundo de hostilidades, apesar de ser ainda criança quando ocorreu a última e maior batalha das guerras de Beleriand. Um esboço muito breve de como isso ocorreu responderá às questões que surgem e às referências feitas no decorrer da narrativa.

No norte, os limites de Beleriand parecem ter consistido das Ered Wethrin, as Montanhas da Sombra, além das quais ficava a terra de Húrin, Dor-lómin, que fazia parte de Hithlum; a leste, Beleriand estendia-se até o sopé das Montanhas Azuis. Mais a leste estavam terras que mal aparecem na história dos Dias Ancestrais, mas os povos que modelaram essa história vieram do leste pelos passos das Montanhas Azuis.

Os elfos surgiram numa terra muito distante, no leste longínquo, ao lado de um lago que se chamava Cuiviénen, Água do Despertar, e de lá foram convocados pelos Valar a deixar a Terra-média e, passando pelo Grande Mar, chegar ao "Reino Abençoado" de Aman no ocidente do mundo, a terra dos Deuses. Os que aceitaram a convocação foram conduzidos em uma grande marcha através da Terra-média, desde Cuiviénen, pelo Vala Oromë, o Caçador, e são chamados de Eldar, os Elfos da Grande Viagem, os Altos-Elfos – diferentes daqueles que, ao rejeitar a convocação, escolheram a Terra-média como sua região e seu destino. Estes são os "Elfos-Menores", chamados de Avari, Os Que se Recusaram.

Mas nem todos os Eldar, apesar de terem atravessado as Montanhas Azuis, partiram pelo Mar, e os que ficaram em Beleriand são denominados Sindar, os Elfos-Cinzentos. Seu supremo Rei era Thingol (que significa "Capa Cinzenta"), que reinava a partir de Menegroth, as Mil Cavernas em Doriath. E nem todos os Eldar que atravessaram o Grande Mar permaneceram na terra dos Valar – uma de suas grandes famílias, os Noldor (os "Mestres da Tradição"), retornou à Terra-média; eles são chamados de Exilados. A força motriz de sua rebelião contra os Valar foi Fëanor, "Espírito de Fogo", o filho mais velho de Finwë, que conduzira a multidão dos Noldor desde Cuiviénen, mas a essa altura estava morto. Esse acontecimento fundamental da história dos Elfos foi brevemente relatado desta forma por meu pai, no Apêndice A de *O Senhor dos Anéis*:

> Fëanor foi o maior dos eldar em artes e tradições, mas foi também o mais arrogante e o mais voluntarioso. Ele criou as Três Pedras Preciosas, as *Silmarilli*, enchendo-as

com a luminosidade das Duas Árvores, Telperion e Laurelin, que iluminavam a terra dos Valar. As Pedras Preciosas eram alvo da cobiça de Morgoth, o Inimigo, que as roubou e, depois de destruir as Árvores, as levou para a Terra-média, guardando-as em sua imponente fortaleza de Thangorodrim [as montanhas acima de Angband]. Contra a vontade dos Valar, Fëanor abandonou o Reino Abençoado e partiu para o exílio na Terra-média, levando consigo grande parte de seu povo, pois, orgulhoso, pretendia recuperar por meio da força as Pedras Preciosas que estavam com Morgoth. A partir desse momento, seguiu-se a guerra sem esperanças dos eldar e dos edain contra Thangorodrim, guerra na qual eles acabaram por sofrer uma derrota total.

Fëanor foi morto em batalha logo após o retorno dos Noldor à Terra-média, e seus sete filhos dominaram grandes extensões de terras no leste de Beleriand, entre Dorthonion (Taur-nu-Fuin) e as Montanhas Azuis. Seu poderio, no entanto, foi destruído na terrível Batalha das Lágrimas Sem Conta, descrita em *Os filhos de Húrin*, e depois disso "os Filhos de Fëanor vagavam como folhas ao vento" (p. 65).

O segundo filho de Finwë era Fingolfin (meio-irmão de Fëanor), que foi tido como senhor supremo de todos os Noldor. Ele, com seu filho Fingon, reinou em Hithlum, que ficava a norte e oeste da grande cadeia das Ered Wethrin, as Montanhas da Sombra. Fingolfin vivia em Mithrim, perto do grande lago do mesmo nome, enquanto Fingon dominava Dor-lómin, no sul de Hithlum. A principal fortaleza dos Noldor era Barad Eithel (a Torre da Nascente), em Eithel Sirion (Nascente de Sirion), onde o rio Sirion surgia na face oriental das Montanhas da Sombra – Sador, o velho serviçal aleijado de Húrin e Morwen, serviu ali como soldado por muitos anos, como contou a Túrin (p. 44). Após a morte de Fingolfin, em combate singular com Morgoth, Fingon tornou-se Rei Supremo dos Noldor em seu lugar. Túrin o viu uma vez, quando ele "e muitos de seus senhores haviam passado cavalgando por Dor-lómin e atravessaram a ponte de Nen Lalaith, reluzindo em prata e branco" (p. 42).

O segundo filho de Fingolfin era Turgon. Inicialmente, após o retorno dos Noldor, viveu na casa chamada de Vinyamar, à beira-mar, na região de Nevrast, a oeste de Dor-lómin, mas construiu em segredo a cidade oculta de Gondolin, que se erguia sobre um morro em meio à planície chamada de Tumladen, completamente cercada pelas Montanhas Circundantes, a leste do rio Sirion. Quando Gondolin foi construída, após muitos anos de labuta, Turgon mudou-se de Vinyamar e viveu com sua gente, tanto Noldor como Sindar, em Gondolin – e durante séculos esse reduto élfico de grande beleza esteve preservado no mais profundo segredo, com uma única entrada indetectável e fortemente vigiada, de modo que nenhum estranho jamais pudesse entrar. Morgoth foi incapaz de descobrir onde ficava. Foi só na Batalha das Lágrimas Sem

Conta, quando haviam passado mais de trezentos e cinquenta anos desde sua partida de Vinyamar, que Turgon emergiu de Gondolin com seu grande exército.

O terceiro filho de Finwë, irmão de Fingolfin e meio-irmão de Fëanor, era Finarfin. Não retornou à Terra-média, mas seus descendentes vieram com a hoste de Fingolfin e seus filhos. O primogênito de Finarfin era Finrod, que, inspirado pela magnificência e beleza de Menegroth em Doriath, fundou a cidade-fortaleza subterrânea de Nargothrond, feito pelo qual foi chamado de Felagund, nome cujo significado foi interpretado como "Senhor das Cavernas" ou "Escavador de Cavernas" na língua dos anãos. As portas de Nargothrond davam para o desfiladeiro do rio Narog em Beleriand Ocidental, onde o rio atravessava os altos morros chamados Taur-en-Faroth, ou Altos Faroth; mas o reino de Finrod estendia-se muito além, a leste até o rio Sirion e a oeste até o rio Nenning, que chegava ao mar no porto de Eglarest. Mas Finrod foi morto nos calabouços de Sauron, o principal servo de Morgoth, e Orodreth, segundo filho de Finarfin, tomou a coroa de Nargothrond – isso ocorreu no ano seguinte ao nascimento de Túrin em Dor-lómin.

Os demais filhos de Finarfin, Angrod e Aegnor, vassalos de seu irmão Finrod, moravam em Dorthonion, vigiando o norte por sobre a vasta planície de Ard-galen. Galadriel, irmã de Finrod, morou por muito tempo em Doriath com a Rainha Melian. Melian era uma Maia, um espírito de grande poder que assumiu forma humana e vivia nas florestas de Beleriand com o Rei Thingol – era mãe de Lúthien e ancestral de Elrond. Pouco antes do retorno dos Noldor de Aman, quando grandes exércitos de Angband se moveram para o sul em direção a Beleriand, Melian (nas palavras de *O Silmarillion*) "acionou seu poder e cercou todo o território ao redor [as florestas de Neldoreth e Region] com uma muralha invisível de sombras e desorientação: o Cinturão de Melian, para que ninguém dali em diante pudesse passar por ele contra a sua vontade ou a do Rei Thingol, a menos que se tratasse de alguém com poder superior ao de Melian, a Maia". Depois disso a terra chamou-se Doriath, "a Terra da Cerca".

No sexagésimo ano após o retorno dos Noldor, pondo fim a muitos anos de paz, um grande exército de orcs desceu de Angband, mas foi completamente derrotado e destruído pelos Noldor. A isso deu-se o nome de *Dagor Aglareb*, a Batalha Gloriosa, mas os senhores élficos a consideraram um alerta e iniciaram o sítio a Angband, que durou quase quatrocentos anos.

Diz-se que os homens (que os elfos chamavam de *Atani*, "os Segundos", e *Hildor*, "os Seguidores") surgiram em um local muito distante do leste da Terra-média, por volta do final dos Dias Ancestrais; mas de sua história mais antiga, os homens que entraram em Beleriand nos dias da Longa Paz, quando Angband estava sitiada e de portões fechados, não falavam jamais. O líder desses primeiros homens a atravessar as Montanhas Azuis chamava-se Bëor, o Velho; e a Finrod Felagund, Rei de Nargothrond, que primeiro os encontrou, Bëor declarou: "Atrás de nós, ficam as trevas; e nós lhes demos as costas. Não desejamos voltar para lá, nem mesmo em pensamento. Nossos corações estão voltados para o oeste, e acreditamos que encontraremos a Luz." Sador, o velho serviçal de Húrin, falou do mesmo modo a Túrin em sua infância (p. 46). Mas depois foi dito que, quando ficou sabendo do surgimento dos homens, Morgoth deixou Angband pela última vez e se dirigiu ao oeste; e que os primeiros homens a entrar em Beleriand "se haviam arrependido e rebelado contra o Poder do Escuro, e foram cruelmente caçados e oprimidos pelos que o adoravam, e por seus servos".

Esses homens pertenciam às Três Casas, conhecidas como Casa de Bëor, Casa de Hador e Casa de Haleth. O pai de Húrin, Galdor, o Alto, era da Casa de Hador, sendo de fato filho deste, mas sua mãe era da Casa de Haleth, enquanto sua esposa Morwen era da Casa de Bëor, e parente de Beren.

O povo das Três Casas constituía os *Edain* (a forma sindarin de *Atani*), chamados de amigos dos elfos. Hador morava em Hithlum e recebeu do Rei Fingolfin o domínio de Dor-lómin; o povo de Bëor estabeleceu-se em Dorthonion; e o povo de Haleth morava nessa época na Floresta de Brethil. Após o fim do sítio a Angband, homens de um tipo bem diferente vieram por sobre as montanhas – eram comumente chamados de lestenses, e alguns deles desempenharam importante papel na história de Túrin.

O sítio a Angband terminou com terrível rapidez (apesar do longo tempo de preparação), numa noite próxima ao solstício de inverno, trezentos e noventa e cinco anos depois de começar. Morgoth desencadeou rios de fogo que desceram de Thangorodrim, e a grande planície de grama de Ard-galen, que ficava ao norte do planalto de Dorthonion, foi transformada em um deserto crestado e árido, chamado daí em diante por outro nome, *Anfauglith*, a Poeira Sufocante.

Esse ataque catastrófico foi batizado como *Dagor Bragollach*, a Batalha das Chamas Repentinas. Glaurung, Pai dos Dragões, emergiu então de Angband pela primeira vez com seu pleno poderio; vastos exércitos de orcs irromperam rumo ao sul; os senhores élficos de Dorthonion foram mortos, bem como grande parte dos guerreiros do povo de Bëor. O Rei Fingolfin e seu filho Fingon foram rechaçados com os guerreiros de Hithlum até a fortaleza de Eithel Sirion, na face oriental das Montanhas da Sombra, e em sua defesa foi morto Hador Cabeça-dourada. Então Galdor, pai de Húrin, tornou-se senhor de Dor-lómin – as torrentes de fogo haviam sido detidas pela barreira das Montanhas da Sombra, e Hithlum e Dor-lómin permaneceram incólumes.

Foi no ano posterior à Bragollach que Fingolfin, em fúria desesperada, cavalgou até Angband e desafiou Morgoth. Dois anos mais tarde, Húrin e Huor foram a Gondolin. Mais quatro anos depois, em um novo assalto a Hithlum, Galdor, pai de Húrin, foi morto na fortaleza de Eithel Sirion – Sador estava lá, como contou a Túrin (pp. 44-5), e viu Húrin (então um jovem de vinte e um anos) "assumir seu domínio e comando".

Todas essas coisas ainda estavam frescas na memória em Dor-lómin quando Túrin nasceu, nove anos após a Batalha das Chamas Repentinas.

NOTA SOBRE A PRONÚNCIA

A nota seguinte visa esclarecer algumas características principais da pronúncia dos nomes.

Consoantes

C sempre tem o valor de *k*, nunca de *s*; assim, *Celebros* é "*Kelebros*", não "*Selebros*".

CH sempre tem o valor de *ch* no alemão, *Bach**, nunca do *ch* no português, *chama*; exemplos são *Anach*, *Narn i Chîn Húrin*.

DH sempre se usa para representar o som de um *th* sonoro em inglês**, isto é, o *th* de *then*, não o de *thin*. Exemplos são *Glóredhel*, *Eledhwen*, *Maedhros*.

G sempre tem o som do *g* português em *gato*; assim, *Region* não se pronuncia semelhante a *região*, e a primeira sílaba de *Ginglith* é como em *guinada*, não como em *gim*.

Vogais

AI, AU, EI, Ú, IR, UR pronunciam-se como em português, respectivamente, nas palavras *pai*, *aula*, *rei*, *úmido*, *sair*, *urso*.

---

* Quase como um *rr* pronunciado no fundo da garganta. (N. do T.)

** Pronuncia-se como um *z* com a língua entre os dentes, enquanto o *th* surdo é um *s* com a língua entre os dentes. (N. do T.)

IE deve ser pronunciado com as vogais *i* e *e* em sílabas separadas, formando um hiato; portanto *Ni-enor*, e não "*Nínor*".

AE como em *Aegnor, Nirnaeth*, é uma combinação das vogais *a* e *e* em uma mesma sílaba, mas pode ser pronunciado do mesmo modo que *ai*.

EA e EO não são pronunciados na mesma sílaba, mas sim como hiatos; essas combinações são grafadas *ëa* e *ëo*, como em *Bëor*, e no início dos nomes *Ëa*, *Ëo*, como em *Ëarendil*.

E no final das palavras pronuncia-se sempre como vogal distinta, e nessa posição se grafa *ë*. Sempre é pronunciado no meio das palavras, como em *Celebros*, *Menegroth*.

NARN I CHÎN HÚRIN

O conto dos filhos de Húrin

CAPÍTULO I

A INFÂNCIA DE TÚRIN

Hador Cabeça-Dourada foi um senhor dos edain muito amado pelos eldar. Viveu, enquanto duraram seus dias, sob o domínio de Fingolfin, que lhe concedeu amplas terras naquela região de Hithlum que se chamava Dor-lómin. Sua filha Glóredhel casou-se com Haldir, filho de Halmir, senhor dos homens de Brethil; e no mesmo banquete seu filho Galdor, o Alto, casou-se com Hareth, filha de Halmir.

Galdor e Hareth tiveram dois filhos, Húrin e Huor. Húrin era três anos mais velho, mas tinha estatura menor que os outros homens de sua família; puxou nisso à gente de sua mãe, mas em todas as demais coisas era como seu avô Hador, vigoroso de corpo e de temperamento impetuoso. Porém sua chama interior era constante, e ele possuía grande força de vontade. Dentre todos os homens do Norte, era ele quem melhor conhecia os desígnios dos Noldor. Seu irmão Huor era alto, o mais alto de todos os edain, superado apenas por seu próprio filho Tuor, e um corredor veloz; no entanto, se a corrida fosse longa e dura, Húrin era o primeiro a chegar, pois corria com o mesmo vigor do início ao fim. Havia grande amor entre os irmãos, que raramente se separavam na juventude.

Húrin casou-se com Morwen, filha de Baragund, filho de Bregolas da Casa de Bëor; portanto, ela era parenta próxima de Beren Maneta. Morwen era alta e de cabelos escuros, e graças à luz de seu olhar e à beleza de seu rosto os homens a chamavam de Eledhwen, bela como os elfos; porém era de um temperamento um tanto severo, e orgulhosa. As aflições da Casa de Bëor entristeciam-lhe o coração, pois viera a Dor-lómin como exilada de Dorthonion após a ruína da Bragollach.

Túrin foi o nome do filho mais velho de Húrin e Morwen, e ele nasceu no ano em que Beren chegou a Doriath e encontrou Lúthien Tinúviel, filha de Thingol. Morwen também deu a Húrin uma filha, que recebeu o nome de Urwen, mas era chamada de Lalaith, que significa Riso, por todos os que a conheceram em sua breve vida.

Huor casou-se com Rían, prima de Morwen; era filha de Belegund, filho de Bregolas. Por força de um destino impiedoso ela nasceu em tais dias, pois era branda de coração e não apreciava a caça nem a guerra. Era cantora e criadora de canções, e seu amor era dedicado às árvores e às flores silvestres. Fazia dois meses apenas que estava casada com Huor quando este foi com o irmão à Nirnaeth Arnoediad*, e ela jamais voltou a vê-lo.

Mas agora a narrativa retorna a Húrin e Huor nos seus dias de juventude. Diz-se que por algum tempo os filhos de Galdor moraram em Brethil como filhos de criação de seu tio Haldir, de acordo com o costume dos homens do Norte naqueles dias. Muitas vezes foram ao combate com os homens de Brethil contra os orcs, que então assolavam as fronteiras setentrionais de sua terra, pois Húrin, apesar de ter apenas dezessete anos de idade, era forte, e Huor, o mais jovem, já era tão alto quanto a maioria dos homens adultos daquele povo.

Certa feita Húrin e Huor saíram com um grupo de batedores, que caíram em uma emboscada de orcs e se dispersaram, e foram perseguidos até o vau de Brithiach. Lá teriam sido aprisionados ou mortos, não fosse o poder de Ulmo, que ainda tinha força nas águas do Sirion. E diz-se que uma névoa se ergueu do rio e os ocultou de seus inimigos, e os irmãos fugiram, passando sobre o Brithiach, para Dimbar. Ali perambularam em grande privação por entre os morros, sob as íngremes muralhas do Crissaegrim, até se perderem totalmente naquela terra ardilosa e não saberem que caminho tomar para prosseguir ou voltar. Lá foram vistos por Thorondor, que enviou duas de suas Águias em seu auxílio. E as Águias os ergueram e os

* A Batalha das Lágrimas Sem Conta. (N. do T.)

levaram para além das Montanhas Circundantes, até o vale secreto de Tumladen e a cidade oculta de Gondolin, que homem nenhum jamais vira.

Ali o Rei Turgon os recebeu cordialmente ao ser informado sobre sua família, pois Hador era amigo dos elfos e além disso Ulmo aconselhara Turgon a tratar com bondade os filhos daquela Casa, que não lhe negaria auxílio em época de necessidade. Húrin e Huor foram hóspedes na casa do Rei por cerca de um ano; e diz-se que nesse tempo Húrin, cuja mente era rápida e ávida, tomou conhecimento de várias tradições dos elfos, além de ter aprendido alguma coisa com os conselhos e as determinações do Rei. Porque Turgon muito se afeiçoou aos filhos de Galdor, e muito conversava com eles, e desejava mantê-los em Gondolin por amor, e não somente por sua lei de não deixar partir nenhum estranho, fosse elfo ou homem, que encontrasse o caminho para o reino secreto ou avistasse a cidade até que o Rei abrisse o cerco e o povo oculto se revelasse.

Mas Húrin e Huor desejavam retornar a seu próprio povo e tomar parte nas guerras e nos sofrimentos que então o afligiam. E Húrin disse a Turgon: – Senhor, somos apenas homens mortais, e diferentes dos eldar. Eles podem suportar longos anos aguardando o combate contra seus inimigos em algum dia muito distante, porém para nós o tempo é curto, e nossa esperança e força logo definham. Além disso, não encontramos a estrada para Gondolin, e não sabemos ao certo onde se ergue esta cidade, pois fomos trazidos em meio ao temor e ao espanto pelos altos caminhos do ar, e por clemência nossos olhos estavam vendados. – Então Turgon lhes concedeu seu desejo e disse: – Pelo caminho por onde viestes tendes permissão de retornar, se Thorondor assim quiser. Entristece-me esta separação, porém em pouco tempo, pela contagem dos eldar, poderemos voltar a nos encontrar.

Mas Maeglin, filho da irmã do Rei, que era poderoso em Gondolin, não lamentou nem um pouco a partida dos dois, apesar de lhes invejar o favor do Rei, pois não tinha amor por ninguém que fosse da espécie humana, e disse a Túrin: – A graça do Rei é maior do que sabeis, e pode causar admiração para alguns a rigidez da lei ter sido atenuada em benefício de dois insignificantes filhos dos homens. Seria mais seguro que eles não tivessem escolha senão habitar aqui, como nossos serviçais, até o fim da vida.

– A graça do Rei é grande de fato – respondeu Húrin –, mas se nossa palavra não for suficiente podemos fazer um juramento. – E os irmãos juraram que jamais revelariam as intenções de Turgon, e que manteriam em segredo tudo o que haviam visto em seu reino. Então despediram-se, e à noite as Águias os levaram e os pousaram em Dor-lómin antes do amanhecer. Sua família alegrou-se imensamente ao vê-los, pois mensageiros de Brethil haviam relatado que estavam perdidos; porém nem mesmo ao pai contaram onde tinham estado, exceto que foram resgatados nos ermos pelas Águias que os trouxeram para casa. Mas Galdor disse: – Então morastes no ermo por um ano? Ou as Águias vos alojaram em seus ninhos? Mas encontrastes alimento e belas vestes, e retornastes como jovens príncipes, não como órfãos da floresta. – Contenta-te, pai – disse Húrin –, por termos voltado, pois somente sob juramento de silêncio isso foi permitido. Esse juramento ainda nos obriga. – Então Galdor não os interrogou mais, mas ele e muitos outros chegaram perto da verdade em suas suspeitas. Porque tanto o juramento de silêncio quanto as Águias indicavam Turgon, pensaram os homens.

Assim passaram-se os dias, e a sombra do temor de Morgoth cresceu. Mas, no quadringentésimo sexagésimo nono ano após o retorno dos Noldor à Terra-média, a esperança voltou a mobilizar elfos e homens, pois correu entre eles o rumor dos feitos de Beren e Lúthien, e da humilhação de Morgoth em seu próprio trono de Angband, e alguns diziam que Beren e Lúthien ainda estavam vivos, ou então que haviam retornado dos mortos. Naquele ano também estavam quase concluídos os grandes planos de Maedhros, e com a força em renovação dos eldar e dos edain o avanço de Morgoth foi detido, e os orcs, rechaçados de Beleriand. Então alguns começaram a falar de vitórias que haveriam de vir, e da reparação da Batalha de Bragollach, quando Maedhros haveria de liderar os exércitos unidos e expulsar Morgoth para os subterrâneos, selando as Portas de Angband.

Porém os mais sábios ainda estavam apreensivos, temendo que Maedhros revelasse cedo demais sua força em expansão e que Morgoth tivesse tempo suficiente para deliberar contra ele. – Sempre haverá em Angband algum novo mal muito pior do que elfos e homens imaginam – diziam. E no outono daquele ano, para reforçar essas palavras, veio do Norte um vento daninho sob um céu de chumbo. Chamaram-no de Hálito Maligno, pestilento que era, e muitos adoeceram e morreram no outono daquele ano nas terras setentrionais que faziam limite com a Anfauglith, e eram na sua maioria crianças ou jovens em formação das fileiras dos homens.

Naquele ano Túrin, filho de Húrin, tinha apenas cinco anos de idade, e sua irmã Urwen fizera três anos no começo da primavera. Seus cabelos quando corria nos campos eram como os lírios amarelos na grama, e seu riso era como o som do alegre riacho que descia cantando dos morros, passando perto dos muros da casa de seu pai. Ele era chamado de Nen Lalaith, e por sua causa toda a gente da família chamava a menina de Lalaith, e o coração de todos ficava contente quando ela estava entre eles.

Mas Túrin era menos amado que ela. Tinha os cabelos escuros da mãe, e prometia ser como ela também no temperamento, pois não era alegre e pouco falava, apesar de ter aprendido a falar cedo e sempre parecer mais velho do que na verdade era. Túrin aos poucos esquecia as injustiças e as zombarias, mas sabia ser explosivo e colérico, pois o fogo do pai também ardia dentro dele. Por outro lado, estava sempre disposto à compaixão, e as dores e tristezas dos seres vivos podiam levá-lo às lágrimas; e também nisso era como o pai, pois Morwen era tão severa com os demais como consigo própria. Ele amava a mãe, pois o que ela lhe dizia era franco e sincero; quanto ao pai, pouco o via, já que Húrin passava muito tempo longe de casa com o exército de Fingon, que vigiava os limites orientais de Hithlum, e, quando voltava, sua fala rápida, cheia de palavras estranhas e gracejos e duplos sentidos, o confundia e o deixava inseguro. Naquele tempo todo o calor de seu coração era dedicado à irmã Lalaith; só que raramente brincava com ela, preferia vigiá-la sem ser visto, observá-la quando ela caminhava na grama ou sob as árvores, quando cantava as canções como os filhos dos edain faziam muito tempo atrás, quando o idioma dos elfos ainda era recente em seus lábios.

– Bela como uma criança élfica Lalaith é – dizia Húrin a Morwen –, porém mais breve, ai de nós! E por isso mais bela, quem sabe, ou mais querida. – E Túrin, ao ouvir essas palavras, refletia mas não conseguia compreendê-las. Porque nunca tinha visto crianças élficas. Nenhum dos eldar daquele tempo habitava nas terras de seu pai, e uma vez apenas ele os vira, quando o Rei Fingon e muitos de seus senhores haviam passado cavalgando por Dor-lómin e atravessaram a ponte de Nen Lalaith, reluzindo em prata e branco.

Mas antes que o ano terminasse a verdade das palavras de seu pai se revelou, pois o Hálito Maligno chegou a Dor-lómin, e Túrin por muito tempo padeceu com febre e sonhos obscuros. E quando se curou, graças ao seu destino e à força vital que nele existia, perguntou por Lalaith.

Mas sua pajem respondeu: – Não fales mais de Lalaith, filho de Húrin, mas de tua irmã Urwen deves pedir notícias à tua mãe.

E quando Morwen veio ter com ele, Túrin lhe disse: – Não estou mais doente, e quero ver Urwen, mas por que não posso mais dizer Lalaith?

– Porque Urwen está morta, e o riso acabou nesta casa – respondeu ela. – Mas tu vives, filho de Morwen, assim como o Inimigo que nos causou isto.

Ela não procurou consolá-lo, nem a si mesma, pois enfrentava o pesar em silêncio e com frieza de coração. Húrin, por sua vez, lamentava-se abertamente, apanhou a harpa e estava prestes a compor uma canção de lamento, mas não foi capaz, quebrou a harpa, e ao sair ergueu a mão contra o Norte, exclamando: – Desfigurador da Terra-média, queria ver-te face a face e desfigurar-te como o fez meu senhor Fingolfin!

Já Túrin chorou amargamente, sozinho à noite, e jamais voltou a mencionar o nome da irmã na presença de Morwen. Ele recorreu a um amigo apenas naquela época, com quem falava de seu pesar e do vazio da casa. Esse amigo chamava-se Sador, um criado a serviço de Húrin, coxo e de pouca importância. Fora lenhador, e por azar ou mau manejo do machado golpeara o pé direito, e a perna desprovida de pé encolhera. Túrin o chamava de Labadal, que significa "Manquitola", porém esse nome não desagradava a Sador, pois fora dado por compaixão e não por escárnio. Sador trabalhava nas dependências externas, fazendo ou consertando coisas de pequena valia que eram necessárias na casa, pois tinha alguma habilidade na lida com a madeira; e Túrin lhe trazia o que faltasse, para lhe poupar a perna, e às vezes levava às escondidas alguma ferramenta ou algum pedaço de madeira que encontrava por ali caso achasse que o amigo pudesse usá-lo. Então Sador sorria, mas lhe pedia que devolvesse os presentes a seus lugares; – Dá com mão generosa, mas só o que é teu – dizia ele. Recompensava como podia a bondade do menino, e entalhava para ele figuras de homens e animais; mas Túrin deleitava-se mais com as narrativas de Sador, pois este fora jovem nos dias da Bragollach, e agora gostava de discorrer sobre seus breves dias de plenitude na idade adulta, antes da mutilação.

– Aquela, dizem, foi uma grande batalha, filho de Húrin. Fui retirado de minhas tarefas na floresta pela necessidade que havia naquele ano; mas não estive na Bragollach, do contrário poderia ter sofrido meu ferimento com maior honra. Porque chegamos tarde demais, exceto para levarmos de volta o esquife do velho senhor Hador, que tombou na guarda do Rei Fingolfin. Servi como soldado depois disso, e estive em Eithel Sirion, o grande forte dos reis élficos, por muitos anos; pelo menos agora assim me parece, e os anos de tédio que se seguiram desde então pouco acrescentaram para alterar essa impressão. Eu estava em Eithel Sirion quando o Rei Negro a assaltou, onde Galdor, pai de teu pai, era capitão no lugar do Rei. Ele foi morto no ataque, e vi teu pai assumir seu domínio e comando, apesar de recém-chegado à idade adulta. Havia nele um fogo que tornava a espada quente em sua mão, diziam. Sob sua liderança, impelimos os orcs para a areia, e desde aquele dia não se atreveram a aparecer à vista das muralhas. Mas, ai de mim!, meu amor pelo combate estava saciado, pois eu vira sangue derramado e ferimentos o bastante; e pedi licença para voltar às florestas pelas quais ansiava. E ali recebi minha ferida, pois um homem que foge do seu medo pode descobrir que somente tomou um atalho para topar com ele.

Desse modo Sador falava a Túrin enquanto este crescia, e Túrin começou a fazer muitas perguntas de difícil resposta, levando Sador a pensar que parentes mais próximos deveriam assumir sua instrução. E certo dia Túrin lhe perguntou: – Lalaith era mesmo parecida com uma criança élfica, como disse meu pai? E o que quis dizer quando falou que ela era mais breve?

– Muito parecida – disse Sador –, pois na primeira infância os filhos dos homens e dos elfos se assemelham muito. Mas os filhos dos homens crescem mais depressa, e sua juventude logo passa; é esse nosso destino.

Então Túrin lhe perguntou: – O que é o destino?

– Quanto ao destino dos homens – disse Sador –, deves perguntar àqueles que são mais sábios que Labadal. Mas, como todos podem ver, logo nos cansamos e morremos; e infelizmente muitos encontram a morte ainda antes. Mas os elfos não se cansam, e não morrem a não ser por um grande ferimento. Eles podem curar-se de feridas e sofrimentos que matariam os homens, e mesmo quando seus corpos estão desfigurados eles voltam, segundo dizem. Conosco não é assim.

– Então Lalaith não voltará? – perguntou Túrin. – Para onde ela foi?

– Não voltará – disse Sador. – Mas para onde foi nenhum homem sabe; pelo menos não eu.

– Sempre foi assim? Ou quem sabe sofremos alguma maldição do Rei perverso, como o Hálito Maligno?

– Não sei. Uma treva estende-se atrás de nós, e dela vieram poucos relatos. Os pais de nossos pais podem ter tido coisas para contar, mas não as contaram. Até seus nomes estão esquecidos. As Montanhas se erguem entre nós e a vida da qual vieram, fugindo de algo que ninguém mais conhece.

– Tinham medo? – disse Túrin.

– Pode ser – disse Sador. – Pode ser que tenhamos fugido do medo das Trevas apenas para encontrá-las aqui diante de nós, e sem outro lugar para onde fugir a não ser o Mar.

– Não temos mais medo – disse Túrin –, não todos nós. Meu pai não tem medo, e eu não terei; ou pelo menos, como minha mãe, terei medo e não o demonstrarei.

Pareceu então a Sador que os olhos de Túrin não eram os de uma criança, e pensou: "O sofrimento serve para afiar uma mente firme." Mas em voz alta disse: – Filho de Húrin e Morwen, como será teu coração Labadal não pode imaginar; mas de vez em quando mostrarás para alguns o que ele contém.

Então Túrin disse: – Talvez seja melhor não dizer o que se quer caso não se possa tê-lo. Mas o que eu gostaria, Labadal, era de ser um dos eldar. Então Lalaith poderia voltar e eu ainda estaria aqui, mesmo que ela demorasse. Partirei como soldado de um rei élfico assim que for capaz, assim como tu, Labadal.

– Poderás aprender muito com eles – disse Sador, e suspirou. – São gente bela e maravilhosa, e possuem poder sobre o coração dos homens. E no entanto às vezes penso que poderia ter sido melhor se jamais os tivéssemos encontrado, e sim trilhado caminhos mais humildes. Pois eles já são antigos em conhecimento, e são altivos e resistentes. Nosso brilho enfraquece diante de sua luz, ou então consumimos nossa chama de forma muito rápida, e o peso de nosso destino recai com mais força sobre nós.

– Mas meu pai os ama – disse Túrin – e não é feliz sem eles. Ele diz que aprendemos com eles quase tudo o que sabemos, e que fomos transformados em um povo mais nobre; e diz que os homens que ultimamente têm atravessado as Montanhas são só um pouco melhores que orcs.

– Isso é verdade – respondeu Sador – pelo menos sobre alguns de nós. Mas a ascensão é dolorosa, e quanto mais alto se sobe mais baixo se cai.

Por esse tempo, no mês de Gwaeron pela contagem dos edain, no ano que não pode ser esquecido, Túrin tinha quase oito anos de idade. Já corriam rumores entre os mais velhos de uma grande convocação e coleta de armas, sobre a qual Túrin nada ouviu; porém notou que seu pai muitas vezes o fitava com firmeza, como um homem que olha algo que lhe é caro mas deve abandonar.

Mas Húrin, conhecedor da coragem e da língua prudente de sua mulher, frequentemente falava com Morwen sobre os desígnios dos reis élficos e do que poderia acontecer caso tivessem êxito ou fracassassem. Seu coração estava animado pela esperança e pouco temia o resultado do combate, pois não lhe parecia que alguma força da Terra-média pudesse derrotar o poderio e o esplendor dos eldar. – Eles viram a Luz no oeste – dizia – e no final a Treva deverá fugir diante de suas faces. – Morwen não o contradizia, pois na companhia de Húrin o auspicioso sempre parecia mais provável. No entanto, também em sua família existia conhecimento das tradições élficas, e ela dizia consigo: – Porém não é verdade que eles abandonaram a Luz e que agora estão excluídos dela? Pode ser que os Senhores do Oeste os tenham afastado do pensamento, e, se assim for, como poderão mesmo os Filhos Mais Velhos sobrepujar um dos Poderes?

Nenhuma sombra dessa dúvida parecia residir em Húrin Thalion. Porém, em certa manhã da primavera daquele ano, ele despertou pesado, como após um sono inquieto, e naquele dia uma nuvem pairava sobre sua vivacidade; e à tardinha disse de repente: – Quando eu for convocado, Morwen Eledhwen, hei de deixar em tua guarda o herdeiro da Casa de Hador. A vida dos homens é breve, e há nela muitas eventualidades, mesmo em tempos de paz.

– Isso sempre foi assim – respondeu ela. – Mas o que tuas palavras escondem?

– A prudência, não a dúvida – disse Húrin; no entanto ele parecia perturbado. – Mas quem olhar adiante haverá de ver isto: as coisas não permanecerão como eram. Será uma grande disputa, e um dos lados terá de cair mais baixo do que se encontra agora. Se forem os reis élficos a caírem, então será um infortúnio para os edain; e nós moramos mais próximos do Inimigo. Esta terra poderá passar a seu domínio. Mas, se as coisas forem mal, não te direi: *Não temas!* Teme o que deve ser temido, somente isso, e o medo não te desalenta. Mas digo: *Não esperes!* Hei de voltar para ti como puder, mas não esperes! Vai para o sul o mais depressa que puderes; se eu viver, hei de te seguir e te encontrar, mesmo que tenha de buscar por toda Beleriand.

– Beleriand é imensa e não tem lar para exilados – disse Morwen. – Para onde eu haveria de fugir, com poucos ou com muitos?

Então Húrin pensou em silêncio por algum tempo. – Há a família de minha mãe em Brethil – disse. – Fica a umas trinta léguas, pelo voo da águia.

– Se de fato vier tal tempo maligno, como poderão ser úteis os homens? – refletiu Morwen. – A Casa de Bëor caiu. Se cair a grande Casa de Hador, para que buracos há de rastejar o pequeno Povo de Haleth?

– Para os que conseguirem encontrar – disse Húrin. – Mas não duvides de seu valor, mesmo que sejam poucos e incultos. Onde mais existe esperança?

– Não falas de Gondolin – disse Morwen.

– Não, pois esse nome nunca me passou pelos lábios – disse Húrin. – Porém é verdadeiro aquilo que ouviste: Estive lá. Mas agora digo-te em verdade, como não disse a mais ninguém, e nem direi: Não sei onde se encontra.

– Mas imaginas, e chegas perto, creio – disse Morwen.

– Pode ser que sim – respondeu Húrin. – Mas, a não ser que o próprio Turgon me liberasse de meu juramento, nem a ti eu poderia contar essa conjetura; e portanto tua busca seria em vão. Mas caso eu falasse, para minha vergonha, no melhor dos casos só poderias chegar até um portão fechado, pois, a não ser que Turgon saia à guerra (e não se ouviu nem uma palavra sobre isso, nem se espera), ninguém entrará.

– Então, se tua família não tem esperança e teus amigos te renegam – falou Morwen –, preciso deliberar comigo mesma; e vem-me agora a ideia de Doriath.

– Teus objetivos são sempre elevados – comentou Húrin.

– Elevados demais, dirias? – disse Morwen. – Mas a última de todas as defesas a ser rompida, creio, é o Cinturão de Melian, e a Casa de Bëor não será desprezada em Doriath. Ora, eu não sou parenta do rei? Pois Beren, filho de Barahir, era neto de Bregor, assim como meu pai.

– Meu coração não se inclina para Thingol – falou Húrin. – Ele não proverá nenhuma ajuda ao Rei Fingon, e não consigo definir a sombra que me pesa sobre o coração quando Doriath é mencionada.

– Também o nome de Brethil me escurece o coração – disse Morwen.

Então Húrin riu-se de repente e disse: – Aqui estamos sentados, debatendo coisas além de nosso alcance e sombras que vêm do sonho. As coisas não irão tão mal, mas, se forem, então tudo estará entregue à tua coragem e à tua deliberação. Faz então o que teu coração mandar, mas age depressa. E, se alcançarmos nossas metas, estarão os reis élficos decididos a restituir todos os feudos da Casa de Bëor a quem for seu herdeiro, e este és tu, Morwen, filha de Baragund. Haveríamos então de governar amplos domínios, e nosso filho teria direito a uma grande herança. Sem a maldade do Norte ele alcançaria grande riqueza e seria um rei entre os homens.

– Húrin Thalion – disse Morwen –, isto é o que eu julgo mais verdadeiro dizer: que visas o alto, mas eu temo cair para o fundo.

– Isso, no pior dos casos, não precisas temer – disse Húrin.

Naquela noite Túrin ficou meio desperto, e pareceu-lhe que seu pai e sua mãe estavam de pé ao lado da cama, fitando-o à luz das velas que seguravam, mas ele não podia ver-lhes o rosto.

Na manhã do aniversário de Túrin, Húrin deu um presente ao filho, uma faca de fabricação élfica, com o punho e a bainha em prateado e negro; e disse: – Herdeiro da Casa de Hador, eis um presente pelo dia. Mas cuida-te!

É uma lâmina aguda, e o aço só serve àqueles que sabem empunhá-lo. Cortará tua mão tão facilmente como qualquer outra coisa. – E, colocando Túrin sobre uma mesa, beijou o filho e disse: – Já me ultrapassas na altura, filho de Morwen; logo terás esse tamanho sobre teus próprios pés. Nesse dia muitos hão de temer tua lâmina.

Então Túrin saiu correndo do recinto, sozinho, e em seu coração havia um calor como o do sol na terra fria, que incita o crescimento. Repetia para si as palavras do pai, herdeiro da Casa de Hador; mas outras palavras também lhe vieram à mente: Dá com mão generosa, mas o que é teu. E foi ter com Sador e exclamou: – Labadal, é meu aniversário, o aniversário do herdeiro da Casa de Hador! E eu te trouxe um presente para marcar o dia. Eis uma faca bem como necessitas; corta tudo o que quiseres com a finura de um cabelo.

Então Sador ficou perturbado, pois bem sabia que o próprio Túrin recebera a faca naquele dia; mas os homens consideravam repugnante recusar um presente dado livremente por qualquer mão. Então falou-lhe com gravidade: – Tu vens de uma família generosa, Túrin, filho de Húrin. Nada fiz para merecer teu presente, e não posso esperar fazer melhor nos dias que me restam; mas o que puder fazer, farei. – E, quando Sador tirou a faca da bainha, disse: – Este é um presente de fato: uma lâmina de aço élfico. Por muito tempo senti falta de seu toque.

Húrin logo percebeu que Túrin não usava a faca e perguntou-lhe se a advertência o deixara com medo. Então

Túrin respondeu: – Não, mas dei a faca a Sador, o artesão de madeira.

– Então desdenhas o presente de teu pai? – disse Morwen; e outra vez Túrin respondeu: – Não, mas amo Sador, e sinto piedade dele.

Então Húrin disse: – Todos os três presentes eram teus para que os desses, Túrin: amor, piedade, e por último a faca.

– No entanto pergunto-me se Sador os merece – disse Morwen. – Ele mesmo se aleijou pela própria falta de habilidade, e é lento em suas tarefas porque perde muito tempo com ninharias que ninguém pediu.

– Dá-lhe piedade ainda assim – disse Húrin. – Uma mão honesta e um coração fiel podem errar o golpe, e o dano pode ser mais difícil de suportar que a obra de um inimigo.

– Mas agora deves esperar por outra lâmina – disse Morwen. – Assim o presente há de ser verdadeiro, e a teu próprio custo.

Ainda assim Túrin notou que Sador foi tratado com maior bondade depois disso, e solicitado a fabricar uma grande cadeira para o senhor sentar-se em seu salão.

Era uma manhã luminosa do mês de Lothron quando Túrin foi despertado por repentinas trombetas e, correndo até as portas, viu no pátio uma grande multidão de homens a pé e a cavalo, todos armados como para guerrear. Lá estava também Húrin, que falava aos homens e dava ordens; e Túrin soube que naquele dia partiriam para Barad Eithel. Eram os guardas e homens da casa de Húrin, mas além deles haviam sido convocados todos os homens de sua terra que em outra situação poderiam ser dispensados. Alguns já haviam partido com Huor, irmão de seu pai, e muitos outros encontrariam o Senhor de Dor-lómin na estrada e seguiriam seu estandarte até o grande ajuntamento do Rei.

Então Morwen se despediu de Húrin sem lágrimas e disse: – Guardarei o que deixas aos meus cuidados, tanto aquilo que é quanto aquilo que será.

E Húrin lhe respondeu: – Adeus, Senhora de Dor-lómin; agora cavalgamos com a maior esperança que já conhecemos. Vamos acreditar que neste solstício de inverno o banquete há de ser mais alegre do que em todos os nossos anos até agora e seguido por uma primavera sem temor! – Então ergueu Túrin no ombro e exclamou para seus homens: – Que o herdeiro da Casa de Hador veja a luz de vossas espadas! – E o sol reluziu em cinquenta lâminas quando estas saltaram para o alto, e o pátio ressoou com o grito de batalha dos edain do Norte: *Lacho calad! Drego morn!* (Fulgure a chama! Fuja a noite!)

Então, por fim, Húrin saltou para a sela, seu estandarte dourado desfraldou-se e as trombetas cantaram outra vez naquela manhã; e assim Húrin Thalion partiu cavalgando para Nirnaeth Arnoediad.

Mas Morwen e Túrin ficaram imóveis diante das portas até escutarem muito de longe o débil chamado de uma única trompa ao vento: Húrin ultrapassara o alto do morro, além do qual não podia mais ver sua casa.

CAPÍTULO II

A BATALHA DAS LÁGRIMAS SEM CONTA

Muitas canções ainda são entoadas e muitas histórias ainda são contadas pelos eldar sobre a Nirnaeth Arnoediad, a Batalha das Lágrimas Sem Conta, na qual tombou Fingon e feneceu a flor dos eldar. Se tudo fosse recontado agora, o tempo de vida de um homem não bastaria para ouvir. Aqui, portanto, hão de ser relatados somente os feitos que dizem respeito ao destino da Casa de Hador e dos filhos de Húrin, o Inabalável.

Tendo por fim reunido todas as forças que conseguira, Maedhros definiu um dia, a manhã do solstício de verão. Naquele dia as trombetas dos eldar saudaram o nascer do Sol; no leste foi erguido o estandarte dos filhos de Fëanor, e no oeste o estandarte de Fingon, Rei dos Noldor.

Então Fingon olhou por sobre as muralhas de Eithel Sirion, e sua hoste estava disposta nos vales e nos bosques a leste de Ered Wethrin, bem escondida dos olhos do Inimigo; mas ele sabia que ela era imensa. Pois ali estavam reunidos todos os Noldor de Hithlum, e a eles haviam se juntado muitos elfos do Falas e de Nargothrond; e havia grande número de homens. À direita estavam postadas a hoste de Dor-lómin e toda a bravura de Húrin e seu irmão Huor, e com eles viera Haldir de Brethil, seu parente, com muitos homens da floresta.

Então Fingon olhou para o leste, e sua visão élfica divisou muito ao longe uma poeira e o reluzir de aço como estrelas numa névoa, e soube que Maedhros tinha partido; e regozijou-se. Então olhou na direção de Thangorodrim, e havia uma nuvem escura em sua volta, e subia uma fumaça negra; e ele soube que a ira de Morgoth se inflamara, que o desafio seria aceito, e uma sombra de dúvida se abateu sobre seu coração. Mas naquele momento elevou-se um grito, passando pelo vento do sul de um vale a outro, e elfos e homens ergueram a voz de espanto e alegria. Pois, sem ser convocado nem esperado, Turgon abrira o cerco de Gondolin e viera com um exército de dez mil, com cotas de malha resplandecentes, longas espadas e uma floresta de lanças. Assim, quando Fingon escutou ao longe a grande trombeta de Turgon, a sombra se desfez e seu coração se exaltou, e ele gritou em alta voz: – *Utúlie'n aurë! Aiya Eldalië ar Atanatarni, utúlie'n aurë!* (Chegou o dia! Vede, gente dos Eldar e Pais dos Homens, chegou o dia!) – E todos os que ouviram sua forte voz ecoando nos morros responderam com um grito: – *Auta i lómë!* (A noite está acabando!)

Não demorou muito para que a grande batalha começasse. Pois Morgoth sabia muito do que fora feito e projetado por seus inimigos, e fizera seus planos para a hora em que atacassem. Uma grande força vinda de Angband já se aproximava de Hithlum, enquanto outra maior ainda ia encontrar-se com Maedhros para impedir a junção dos poderes dos reis. E os que se defrontaram com Fingon estavam todos trajados em vestes pardas, sem exibirem aço à vista, e portanto já haviam ultrapassado em muito as areias de Anfauglith quando sua chegada foi percebida.

Então inflamaram-se os corações dos Noldor, e seus capitães desejaram atacar os inimigos na planície, mas Fingon opôs-se a isso.

– Cuidado com a astúcia de Morgoth, senhores! – disse. – Sua força é sempre maior do que parece, e sua intenção contrária ao que ele revela. Não reveleis vossa própria força, mas deixai o inimigo gastar a sua primeiro, atacando os morros. – Porque era desejo dos reis que Maedhros marchasse abertamente por sobre Anfauglith com toda a força, com elfos e homens e ananos; quando tivesse atraído, como esperava, os principais exércitos de Morgoth como reação, Fingon viria do oeste, e desse modo o poderio de Morgoth seria neutralizado, ficando entre o martelo e a bigorna, e feito em pedaços; o sinal para isso seria um grande farol a ser aceso em Dorthonion.

Mas o Capitão de Morgoth no oeste recebera ordem de atrair Fingon para longe dos morros, usando os artifícios que pudesse. Portanto seguiu marchando até que sua frente de batalha estivesse alinhada diante da correnteza do Sirion, desde as muralhas de Barad Eithel até o Pântano de Serech, e os postos avançados de Fingon pudessem ver os olhos de seus inimigos. Mas não houve resposta ao desafio, e as provocações de seus orcs cederam diante das muralhas silenciosas e da ameaça escondida nos morros.

Então o Capitão de Morgoth enviou cavaleiros com sinais de negociação, e eles chegaram diante das muralhas das fortificações exteriores de Barad Eithel. Traziam consigo Gelmir, filho de Guilin, senhor de Nargothrond, que haviam capturado na Bragollach e cegado; seus arautos o exibiam gritando: – Em casa temos mais muitos destes, mas tendes de vos apressar se quiserdes encontrá-los. Pois quando voltarmos daremos cabo de todos eles, bem assim. – E cortaram os braços e as pernas de Gelmir e o abandonaram.

Por azar, estava naquele ponto do posto avançado Gwindor, filho de Guilin, com muita gente de Nargothrond; de fato ele marchara para a guerra com todas as forças que conseguira reunir, por estar aflito com a captura do irmão. Sua ira cresceu como uma chama, e ele saltou para o lombo do cavalo, e muitos cavaleiros foram com ele, e perseguiram os arautos de Angband e os mataram. Toda a gente de Nargothrond os seguiu, e penetraram fundo nas fileiras de Angband. Ao ver isso, a hoste dos Noldor inflamou-se, e Fingon pôs seu elmo branco e fez soar as trombetas, e toda a sua hoste arrancou dos morros em um ataque repentino.

A luz das espadas dos Noldor sendo desembainhadas foi como fogo num campo de caniços, e seu ataque foi tão feroz e imediato que os intentos de Morgoth quase foram frustrados. Antes que pudesse ser reforçado, o exército que mandara para o oeste como chamariz foi varrido e destruído, e os estandartes de Fingon passaram sobre Anfauglith e foram erguidos diante das muralhas de Angband.

Sempre na vanguarda da batalha estavam Gwindor e a gente de Nargothrond, ainda irrefreáveis; irromperam pelos portões exteriores e mataram os guardas nos próprios pátios de Angband, e Morgoth estremeceu em seu profundo trono, ouvindo-os bater às suas portas. No entanto Gwindor caiu em uma armadilha, sendo capturado vivo, e sua gente foi morta, pois Fingon não pôde vir em seu auxílio. Pelas muitas portas secretas de Thangorodrim, Morgoth enviou suas forças principais, que mantivera à espera, e Fingon foi rechaçado das muralhas de Angband com grandes perdas.

Então, na planície de Anfauglith, no quarto dia da guerra, começou a Nirnaeth Arnoediad, com todo o sofrimento de que nenhuma narrativa pode dar conta. De tudo o que ocorreu na batalha no leste: da queda do Dragão Glaurung pelas mãos dos ananos de Belegost, da traição dos lestenses, da ruína da hoste de Maedhros e da fuga dos filhos de Fëanor nada mais se diz aqui. No oeste a hoste de Fingon recuou por sobre as areias, e lá tombaram Haldir, filho de Halmir, e a maior parte dos homens de Brethil. Mas no quinto dia, ao cair da noite, e ainda longe de Ered Wethrin, os exércitos de Angband cercaram o exército de Fingon e combateram até que amanhecesse, cada vez mais acossados. De manhã veio a esperança, pois ouviram-se as trompas de Turgon, que vinha marchando com a hoste principal de Gondolin, pois Turgon estivera postado ao sul, vigiando as passagens do Sirion, e impedira a maior parte de sua gente de partir para um ataque precipitado. Apressou-se então em auxílio do irmão, e os Noldor de Gondolin eram fortes, e suas fileiras brilhavam como um rio de aço ao sol, já que a espada e o arnês do menor guerreiro de Turgon valiam mais que o resgate de qualquer rei entre os homens.

A falange de guarda do Rei irrompeu então por entre as fileiras dos orcs, e Turgon golpeou os inimigos até se aproximar do irmão. Diz-se que o encontro de Turgon com Húrin, que estava ao lado de Fingon, foi um momento feliz em meio à batalha. Por algum tempo as hostes de Angband foram rechaçadas, e Fingon outra vez começou a recuar. Mas, tendo desbaratado Maedhros no leste, Morgoth tinha forças de sobra e, antes que Fingon e Turgon pudessem alcançar o abrigo dos morros, foram atacados por uma onda de inimigos três vezes maior que todas as forças que lhes restavam. Gothmog, capitão-mor de Angband, havia chegado, e liderou uma cunha escura por entre as hostes élficas, cercando o Rei Fingon e empurrando Turgon e Húrin em direção ao Pântano de Serech. Então voltou-se contra Fingon. Foi um encontro horrível. Ao final Fingon estava sozinho, com sua guarda caída aos pés, e lutou com Gothmog até que um Balrog se aproximasse por trás e o imobilizasse com uma tira de aço em torno do corpo. Então Gothmog o golpeou com seu machado negro, e uma chama branca se desprendeu do elmo de Fingon ao ser quebrado. Assim tombou o Rei dos Noldor, e com suas maças o golpearam até virar pó, e seu estandarte azul e prateado foi pisoteado na poça formada por seu sangue.

A batalha estava perdida, mas Húrin e Huor e o remanescente da Casa de Hador se mantinham firmes com Turgon de Gondolin; as hostes de Morgoth ainda estavam impedidas de conquistar as passagens do Sirion. Então Húrin falou a Turgon: – Vai agora, senhor, enquanto é tempo! Porque és o último da Casa de Fingolfin, e em ti vive a última esperança dos eldar. Enquanto Gondolin perdurar, Morgoth ainda há de carregar medo no coração.

– Agora Gondolin não poderá permanecer oculta por muito tempo e, se descoberta, há de cair – disse Turgon.

– Mas se persistir apenas um pouco – falou Huor – surgirá de tua casa a esperança dos elfos e dos homens. Digo isso, senhor, com os olhos da morte: apesar de aqui nos separarmos para sempre, e de eu não voltar a contemplar tuas brancas muralhas, de ti e de mim há de se erguer uma nova estrela. Adeus!

Maeglin, filho da irmã de Turgon, que estava por perto, ouviu essas palavras e não as esqueceu.

Então Turgon aceitou o conselho de Húrin e Huor e ordenou que sua hoste iniciasse uma retirada para as passagens do Sirion; e seus capitães Ecthelion e Glorfindel vigiaram os flancos, à direita e à esquerda, para que nenhum inimigo os ultrapassasse, pois a única estrada naquela região era estreita e corria perto da margem oeste do Sirion, cada vez mais caudaloso. E os homens de Dor-lómin sustentaram a retaguarda, como desejavam Húrin e Huor, pois de verdade não queriam evadir-se das Terras do Norte e, caso não conseguissem voltar para casa, resistiriam ali até o fim. Assim foi que Turgon combateu rumo ao sul até que, por trás da guarda de Húrin e Huor, passou pelo Sirion e escapou, desaparecendo nas montanhas e escondendo-se dos olhos de Morgoth. E os irmãos reuniram em torno de si os vigorosos homens da Casa de Hador que restavam e recuaram passo a passo, até chegarem atrás do Pântano de Serech e terem a correnteza do Siril diante de si. Ali se detiveram e não cederam mais.

Então todas as hostes de Angband arremessaram-se contra eles, formando uma ponte de cadáveres sobre o rio, e cercaram o remanescente de Hithlum como a maré que envolve um rochedo. Ali, enquanto o sol se punha e as sombras das Ered Wethrin escureciam, Huor tombou, trespassado por uma flecha envenenada no olho, e todos os valorosos homens de Hador foram mortos e amontoados em torno dele; os orcs lhes deceparam as cabeças e os empilharam como um monte de ouro no crepúsculo.

No fim, Húrin ficou sozinho. Lançou fora o escudo e agarrou o machado de um capitão orc, brandindo-o com as duas mãos; e contam que o machado fumegou no sangue negro da guarda-troll de Gothmog até definhar, e que toda vez que abatia um Húrin gritava em altos brados: – *Aure entuluva!* (O dia há de voltar!) – Setenta vezes pronunciou esse grito, mas por fim o aprisionaram vivo, a mando de Morgoth, que dessa forma pretendia infligir-lhe mais mal do que pela morte. Assim, os orcs agarraram Húrin com as mãos, que se mantinham agarradas nele mesmo depois de ter-lhe decepado os braços, e sempre se revezavam, até que ele caiu encoberto por eles. Então Gothmog o amarrou e o arrastou para Angband com escárnio.

Assim terminou a Nirnaeth Arnoediad, com o Sol se pondo além do Mar. A noite caiu em Hithlum, e uma grande tempestade de vento veio do oeste.

O triunfo de Morgoth foi tremendo, apesar de ainda não estarem realizados todos os intentos de sua malevolência. Um pensamento o perturbava profundamente e manchava com inquietude sua vitória: Turgon escapara à sua rede, dentre todos os seus inimigos aquele que mais desejava aprisionar ou destruir. Porque Turgon da grande Casa de Fingolfin era então, por direito, Rei de todos os Noldor, e Morgoth temia e odiava a Casa de Fingolfin, pois haviam-no desdenhado em Valinor, tinham a amizade de seu inimigo Ulmo, além das feridas que Fingolfin lhe infligira em combate. E mais que a qualquer um, Morgoth temia Turgon, pois em outro tempo, em Valinor, havia sido notado por seu olhar, e sempre que dele se aproximava, uma sombra negra caía sobre seu espírito, pressagiando que, num tempo ainda não revelado pelo destino, de Turgon viria sua ruína.

CAPÍTULO III

AS PALAVRAS DE HÚRIN E MORGOTH

A mando de Morgoth, com muito esforço os orcs recolheram todos os corpos dos inimigos, todas as suas armaduras e armas, e fizeram uma pilha no meio da planície de Anfauglith. Era como uma grande colina que se podia ver de longe, e os eldar a chamaram de Haudh-en-Nirnaeth. Mas a grama voltou a crescer comprida e verde naquela única colina em todo o deserto, e depois disso nenhum servo de Morgoth pisou a terra sob a qual as espadas dos eldar e dos edain se desfaziam em ferrugem. O reino de Fingon se acabara, e os Filhos de Fëanor vagavam como folhas ao vento. Para Hithlum não retornou nenhum dos homens da Casa de Hador, nem nenhuma notícia da batalha e do destino de seus senhores. Mas Morgoth mandou para lá homens que estavam sob seu domínio, lestenses tisnados, e os encerrou naquela terra e os proibiu de saírem dali. Foi só o que lhes deu das ricas recompensas que lhes prometera pela traição de Maedhros: saquear e atormentar os velhos e as crianças e mulheres da gente de Hador. Os eldar de Hithlum remanescentes, todos aqueles que não haviam fugido para os ermos e as montanhas, ele levou às minas de Angband e os tornou seus escravos. Mas os orcs andavam livremente por todo o Norte, e sempre afligiam Beleriand ao sul. Ali Doriath ainda restava, além de Nargothrond, mas Morgoth lhes dava pouca atenção, fosse porque sabia pouco a seu respeito ou porque nos desígnios de sua maldade a hora deles ainda não chegara. Porém seu pensamento sempre voltava para Turgon.

Assim Húrin foi trazido diante de Morgoth, que tentou intimidá-lo com os olhos, pois sabia por suas artes e seus espiões que Húrin possuía a amizade do Rei. Mas Húrin ainda não se deixava intimidar e desafiou Morgoth. Então Morgoth mandou acorrentá-lo e torturá-lo lentamente, mas depois de um tempo ofereceu-lhe a escolha de ir livremente para onde quisesse, ou de ter poder e dignidade como o maior dos capitães de Morgoth, contanto que revelasse onde Turgon tinha sua fortaleza e qualquer outra coisa que soubesse sobre os planos do Rei. Mas Húrin, o Inabalável, escarneceu dele, dizendo: – Cego tu és, Morgoth Bauglir, e cego sempre serás, enxergando apenas as trevas. Não sabes o que governa o coração dos homens, e se o soubesses não poderias fornecer-lhes. Mas é tolo quem aceita o que Morgoth oferece. Primeiro fazes pagar o preço e depois retiras a promessa; eu obteria apenas a morte se contasse o que perguntas.

Ao que Morgoth riu e disse: – Ainda poderás me suplicar a morte como obséquio. – Então levou Húrin à recém-erguida Haudh-en-Nirnaeth, ainda com o odor da morte sobre ela, pôs Húrin no topo e o mandou olhar para o oeste, na direção de Hithlum, e pensar na esposa, no filho e nos demais parentes. – Porque agora habitam em meu reino – disse Morgoth – e estão à minha mercê.

– Mercê não tens – respondeu Húrin. – Mas não chegarás a Turgon por seu intermédio, pois ali não conhecem os segredos dele.

Então a ira dominou Morgoth, que disse: – No entanto posso chegar a ti, e a toda a tua maldita casa, e vos romper à minha vontade, mesmo que sejais todos feitos de aço. – E ergueu uma espada comprida que lá estava e a quebrou diante dos olhos de Húrin, cujo rosto foi ferido por um estilhaço, mas não se esquivou. E Morgoth, estendendo o longo braço na direção de Dor-lómin, amaldiçoou Húrin e Morwen e sua descendência, dizendo: – Vê! A sombra de meu pensamento há de jazer sobre eles aonde quer que vão, e meu ódio há de persegui-los até os confins do mundo. Ao que Húrin respondeu: – Falas em vão. Pois não podes vê-los, nem governá-los de longe, não enquanto mantiveres esta forma e ainda desejares ser um Rei visível na terra.

Morgoth se voltou para Húrin e disse: – Tolo, pequeno entre os homens, e eles são os menores de todos os que falam! Viste os Valar ou mediste o poder de Manwë e Varda? Sabes o alcance de seu pensamento? Ou talvez pensas que seu pensamento está contigo, e que podem protegê-lo de longe?

– Não sei – disse Húrin. – No entanto assim poderia ser se eles quisessem. Pois o Rei Mais Velho não há de ser destronado enquanto durar Arda.

– Já que mencionaste – disse Morgoth. – Eu sou o Rei Mais Velho: Melkor, o primeiro e mais poderoso de todos os Valar, aquele que existiu antes do mundo, e o fez. A sombra de meu propósito está sobre Arda, e tudo o que está nela curva-se lenta e seguramente à minha vontade. Mas sobre todos os que amas, meu pensamento há de pesar como uma nuvem de perdição, e há de rebaixá-los à treva e ao desespero. Aonde quer que vão, o mal surgirá. Quando quer que falem, suas palavras hão de trazer mau conselho. O que quer que façam, há de se voltar contra eles. Hão de morrer sem esperança, amaldiçoando ao mesmo tempo a vida e a morte.

Ao que Húrin respondeu: – Esqueces a quem falas? Tais coisas falaste muito tempo atrás aos nossos pais, mas escapamos da tua sombra. E agora temos conhecimento de ti, pois enxergamos os rostos que viram a Luz, e escutamos as vozes que falaram com Manwë. Antes de Arda existias tu, mas outros também, e não a fizeste. Nem és o mais poderoso, pois gastaste tua força contigo e a desperdiçaste em tua própria vacuidade. Agora não és mais do que um escravo fugido dos Valar, e a corrente deles ainda te aguarda.

– Aprendeste de cor as lições de teus mestres – disse Morgoth. – Mas tal saber infantil não te ajudará agora que fugiram todos.

– Então direi a ti esta última coisa, escravo Morgoth – disse Húrin –, e ela não provém do saber dos eldar, mas foi posta em meu coração nesta hora. Não és o Senhor dos Homens, e não hás de sê-lo, mesmo que Arda e Menel caiam sob teu domínio. Além dos Círculos do Mundo não hás de perseguir aqueles que te rejeitam.

– Além dos Círculos do Mundo não os perseguirei – disse Morgoth. – Pois além dos Círculos do Mundo Nada existe. Mas dentro deles não hão de me escapar, até que entrem no Nada.

– Mentira – disse Húrin.

– Hás de ver e hás de confessar que não minto – disse Morgoth. E, levando Húrin de volta a Angband, sentou-o num assento de pedra nas alturas de Thangorodrim, de onde podia ver ao longe a terra de Hithlum a oeste e as terras de Beleriand ao sul. Ali foi atado pelo poder de Morgoth, que, de pé ao lado dele, amaldiçoou-o de novo e pôs seu poder sobre ele, para que não pudesse mexer-se do lugar, nem morrer, até que o liberasse.

– Agora fica aí sentado – disse Morgoth – e contempla as terras onde o mal e o desespero hão de acometer os que me entregaste. Pois ousaste escarnecer-me e puseste em dúvida o poder de Melkor, Mestre dos destinos de Arda. Portanto, com meus olhos hás de ver, e com meus ouvidos hás de ouvir, e nada há de te ficar oculto.

CAPÍTULO IV

A PARTIDA DE TÚRIN

No fim, só três homens encontraram o caminho de volta para Brethil, através de Taur-nu-Fuin, um caminho maligno; e quando Glóredhel, filha de Hador, soube da queda de Haldir, angustiou-se e morreu.

A Dor-lómin não chegaram notícias. Rían, esposa de Huor, fugiu desesperada para o ermo, mas foi auxiliada pelos Elfos-Cinzentos de Mithrim, e quando nasceu seu filho Tuor eles o criaram. Rían, por sua vez, foi à Haudh-en-Nirnaeth, deitou-se lá e morreu.

Morwen Eledhwen permaneceu em Hithlum, silenciosa na dor. Seu filho Túrin estava somente no nono ano de vida, e ela estava grávida outra vez. Seus dias eram infelizes. Os lestenses invadiram a terra em grande número e trataram com crueldade o povo de Hador, roubando-lhe tudo o que possuía e escravizando-o. Toda a gente da pátria de Húrin que podia trabalhar ou servir a qualquer propósito foi levada embora, mesmo meninas e meninos, e os velhos foram mortos ou expulsos para morrer de fome. Mas ainda não ousavam pôr as mãos na Senhora de Dor-lómin nem lançá-la fora de casa, pois corria entre eles que ela era perigosa, uma bruxa que tinha parte com os demônios-brancos: assim chamavam os elfos, que odiavam, porém temiam mais ainda. Por esse motivo também temiam e evitavam as montanhas, onde muitos dos eldar haviam se refugiado, especialmente no sul da região; e depois de saquearem e arrasarem os lestenses se retiraram para o norte. A casa de Húrin ficava no sudeste de Dor-lómin, e as montanhas eram próximas; de fato, Nen Lalaith descia de uma nascente sob a sombra de Amon Darthir, que possuía acima do dorso uma íngreme passagem. Por ela os audaciosos podiam atravessar Ered Wethrin e descer pelas fontes do Glithui até Beleriand. Mas os lestenses não sabiam disso, nem Morgoth ainda, pois toda aquela região, enquanto perdurou a Casa de Fingolfin, estava a salvo dele, e nenhum dos seus servos jamais chegara ali. Ele acreditava que Ered Wethrin fosse uma muralha intransponível, tanto contra uma fuga do norte quanto contra um ataque do sul, e de verdade não existia nenhuma outra passagem para os que não tinham asas entre Serech e a área muito a oeste onde Dor-lómin fazia divisa com Nevrast.

Assim ocorreu que, após as primeiras invasões, Morwen foi deixada em paz, apesar de haver homens espreitando nos bosques em torno e de ser arriscado afastar-se demais.

Sob o abrigo de Morwen ainda estavam Sador, o artesão de madeira, e alguns homens e mulheres idosos, e Túrin, que ela mantinha encerrado no pátio. Mas a propriedade de Húrin logo se deteriorou, e Morwen, apesar de trabalhar muito, era pobre, e teria passado fome não fosse pela ajuda que lhe era mandada em segredo por Aerin, parenta de Húrin, pois um tal Brodda, um dos lestenses, a tomara por mulher à força. As esmolas tinham gosto amargo para Morwen, mas ela aceitava a ajuda por amor a Túrin e a seu nascituro, e porque, dizia, vinha de sua própria gente. Pois fora esse Brodda quem se apossara da gente, dos bens e do gado da pátria de Húrin e os levara a sua própria morada. Era um homem audacioso, mas de pouca importância entre seu povo antes que chegassem a Hithlum; e assim, buscando riqueza, ele estava disposto a ocupar terras que outros de sua laia não cobiçavam. Vira Morwen uma vez, quando cavalgou até sua casa em uma incursão, mas acabou vítima de um grande temor em relação a ela. Pensou que havia visto os ferozes olhos de um demônio-branco, encheu-se de um medo mortal de que algum mal o acometesse e não saqueou sua casa nem descobriu Túrin, pois do contrário teria sido curta a vida do herdeiro do legítimo senhor.

Brodda escravizou os Cabeças de Palha, como chamava o povo de Hador, e os fez construir para ele um salão de madeira na terra ao norte da casa de Húrin; no interior de uma paliçada seus escravos eram arrebanhados como gado em um estábulo, porém mal vigiados. Entre eles ainda se encontravam alguns que não haviam sido intimidados e estavam dispostos a ajudar a Senhora de Dor-lómin, mesmo correndo perigo, e traziam a Morwen em segredo notícias da terra, apesar de haver pouca esperança nas novidades que traziam. Mas Brodda tomou Aerin por esposa e não por escrava, pois havia poucas mulheres entre seus próprios seguidores, e nenhuma se comparava às filhas dos edain; ele esperava adquirir um domínio naquela região e ter um herdeiro para mantê-lo depois dele.

Sobre o que aconteceu e o que poderia acontecer nos dias que viriam Morwen pouco dizia a Túrin, e ele temia romper o silêncio dela com perguntas. Quando os lestenses começaram a entrar em Dor-lómin, ele disse à mãe:

– Quando meu pai voltará para expulsar esses ladrões feios? Por que ele não vem?

Morwen respondeu: – Não sei. Pode ser que tenha sido morto, ou que esteja prisioneiro; ou então pode ser que tenha sido expulso para muito longe e ainda não consiga retornar passando pelos inimigos que nos cercam.

– Então acho que está morto – disse Túrin, e diante da mãe controlou as lágrimas –, pois ninguém poderia impedi-lo de voltar para nos ajudar se estivesse vivo.

– Não creio que nenhuma dessas coisas seja verdade, meu filho – disse Morwen.

À medida que o tempo passava, o coração de Morwen se entristecia por seu filho Túrin, herdeiro de Dor-lómin e Ladros, pois não via para ele esperança maior do que tornar-se escravo dos homens lestenses em pouco tempo. Então lembrou-se de sua conversa com Húrin, e outra vez seus pensamentos se voltaram para Doriath. Por fim resolveu mandar Túrin embora em segredo, se pudesse, e rogar ao Rei Thingol que lhe desse refúgio. E, sentada a ponderar como isso poderia ser feito, ouviu claramente em seu pensamento a voz de Húrin lhe dizer: *Vai depressa! Não esperes por mim!* Mas o nascimento do bebê se aproximava, e o caminho seria duro e perigoso; quanto mais pessoas fossem, menor seria a esperança de escapar. Além disso seu coração ainda a enganava com uma esperança que ela não admitia; seu mais íntimo pensamento pressagiava que Húrin não estava morto, e ela ansiava por ouvir seus passos nas vigílias insones da noite, ou despertava pensando que escutara no pátio o relinchar de seu cavalo Arroch. Além do quê, apesar de se dispor a deixar o filho ser criado nos salões de outro, segundo o costume da época, ainda não rebaixava seu orgulho a ponto de pedir esmola, nem mesmo a um rei. Portanto a voz de Húrin, ou a lembrança de sua voz, foi negada, e assim teceu-se o primeiro filamento do destino de Túrin.

Avançava o outono do Ano da Lamentação quando Morwen tomou essa decisão, e então apressou-se, pois o tempo para a jornada era escasso e ela temia que Túrin fosse apanhado caso ela esperasse passar o inverno. Havia lestenses rondando em volta do jardim e espiando a casa. Assim, ela disse subitamente a Túrin: – Teu pai não vem. Portanto precisas partir, e logo. É como ele desejaria.

– Partir? – surpreendeu-se Túrin. – Aonde havemos de ir? Atravessar as Montanhas?

– Sim – respondeu Morwen –, atravessar as Montanhas rumo ao sul. O sul: por lá pode haver alguma esperança. Mas eu não disse *nós*, meu filho. Tu precisas partir, mas eu preciso ficar.

– Não posso ir sozinho! – disse Túrin. – Não te abandonarei. Por que não podemos ir juntos?

– Não posso partir – falou Morwen. – Mas não irás sozinho. Mandarei Gethron contigo, e Grithnir também, quem sabe.

– Não mandarás Labadal? – disse Túrin.

– Não, pois Sador é coxo – disse Morwen – e o caminho será tortuoso. E, visto que és meu filho e que passamos por dias difíceis, não medirei as palavras: poderás morrer no caminho. O ano está terminando. Mas se ficares sofrerás um fim pior: ser feito escravo. Se quiseres ser um homem quando atingires a idade de homem, farás como ordeno, bravamente.

– Mas teria de te deixar apenas com Sador, e o cego Ragnir, e as velhas – disse Túrin. – Meu pai não disse que sou herdeiro de Hador? O herdeiro deve ficar na casa de Hador para defendê-la. Agora gostaria de ainda ter minha faca!

– O herdeiro deve ficar, porém não pode – disse Morwen. – Mas poderá voltar algum dia. Agora anima-te! Eu irei atrás de ti se as coisas piorarem, se puder.

– Mas como me encontrarás perdido no ermo? – disse Túrin, e de repente seu coração o traiu e ele chorou abertamente.

– Se lamentares, outras coisas te encontrarão primeiro – disse Morwen. – Mas eu sei aonde vais, e se lá chegares e lá ficares, lá te encontrarei caso possa ir. Pois estou te enviando ao Rei Thingol em Doriath. Não preferes ser hóspede de um rei a ser escravo?

– Não sei – disse Túrin. – Não sei o que é um escravo.

– Estou te mandando para longe para que não tenhas de aprender isso – respondeu Morwen. Então pôs Túrin diante de si e olhou-o nos olhos, como se estivesse tentando decifrar ali algum enigma. – É duro, Túrin, meu filho – disse por fim. – Não é duro apenas para ti. Nestes dias malignos, é um peso para mim julgar o que é melhor fazer. Mas faço o que penso estar certo, senão por qual outro motivo haveria de me separar da coisa mais preciosa que me resta?

Não falaram mais nisso, e Túrin ficou aflito e confuso. Pela manhã foi procurar Sador, que estivera cortando gravetos para lenha, o pouco que ainda tinham, pois não se atreviam a perambular pelos bosques; Sador se apoiou na muleta e fitou a grande cadeira de Húrin, que fora jogada a um canto, inacabada. – Chegou a vez dela – falou –, pois só se pode atender às necessidades mais simples nestes dias.

– Não a quebres ainda – disse Túrin. – Talvez ele volte para casa, e então gostará de ver o que fizeste para ele enquanto estava longe.

– Falsas esperanças são mais perigosas que temores – disse Sador –, e não nos aquecerão neste inverno. – Passou os dedos pelos entalhes da cadeira e suspirou. – Desperdicei meu tempo – disse ele – apesar de as horas terem sido agradáveis. Mas tais coisas sempre têm vida curta, e a alegria da feitura é seu único fim verdadeiro, acredito. E agora bem que eu poderia devolver-te teu presente.

Túrin estendeu a mão, mas a recolheu depressa. – Um homem não toma seus presentes de volta – disse.

– Mas, se for meu, não posso dá-lo a quem quiser? – falou Sador.

– Sim – disse Túrin –, a qualquer um exceto a mim. Mas por que desejarias dá-la?

– Não tenho esperança de usá-la para tarefas dignas – disse Sador. – Não haverá trabalho para Labadal nos dias que virão, exceto o de escravo.

– O que é um escravo? – disse Túrin.

– Um homem que já foi homem, mas é tratado como animal – respondeu Sador. – Alimentado apenas para se manter vivo, mantido vivo apenas para labutar, labutando apenas por medo da dor ou da morte. E esses salteadores podem infligir-lhes a dor ou a morte só para sua diversão. Ouvi dizer que escolhem alguns dos mais velozes e os caçam com cães. Aprenderam mais depressa com os orcs do que nós aprendemos com o Belo Povo.

– Agora compreendo melhor as coisas – disse Túrin.

– É uma pena que tenhas de compreender tais coisas tão cedo – disse Sador; depois, vendo a expressão estranha no rosto de Túrin: – O que compreendes agora?

– Por que minha mãe está me mandando para longe – disse Túrin, e seus olhos se encheram de lágrimas.

– Ah! – disse Sador, e resmungou consigo: – Mas por que demorou tanto? – Então, voltando-se para Túrin, disse: – Isso não me parece uma notícia digna de lágrimas. Mas não deves falar em voz alta sobre os conselhos de tua mãe, nem a Labadal nem a ninguém. Nos dias de hoje todas as paredes e cercas têm ouvidos, e ouvidos que não crescem em belas cabeças.

– Mas preciso falar com alguém! – disse Túrin. – Sempre te contei as coisas. Não quero deixar-te, Labadal. Não quero abandonar esta casa nem minha mãe.

– Mas se não fizeres isso – disse Sador – logo a Casa de Hador estará acabada para sempre, como agora deves compreeender. Labadal não quer que vás, mas Sador, serviçal de Húrin, estará mais feliz quando o filho de Húrin estiver longe do alcance dos lestenses. Bem, não há outro jeito: precisamos dizer adeus. E agora, não aceitas minha faca como presente de despedida?

– Não! – recusou Túrin. – Vou encontrar os elfos, com o Rei de Doriath, diz minha mãe. Lá poderei obter outras coisas semelhantes. Mas não poderei te mandar nenhum presente, Labadal. Estarei muito longe e totalmente só. – Então Túrin chorou, mas Sador lhe disse: – Ora, ora! Onde está o filho de Húrin? Pois não faz muito tempo que o ouvi dizendo: *Partirei como soldado de um rei élfico assim que for capaz.*

Então Túrin conteve as lágrimas e disse: – Muito bem, se foram essas as palavras do filho de Húrin, ele precisa mantê-las e partir. Mas, sempre que digo que farei isso ou aquilo, tudo parece muito diferente quando chega a hora. Agora estou relutante. Preciso me cuidar para não voltar a dizer tais coisas.

– Seria melhor, realmente – falou Sador. – É o que a maioria dos homens ensina e poucos aprendem. Que os dias invisíveis sejam como forem. O dia de hoje é mais do que bastante.

Túrin então foi preparado para a viagem, deu adeus à mãe e partiu em segredo com seus dois companheiros. Mas, quando disseram a Túrin que se voltasse e olhasse a casa de seu pai, a angústia da partida o atingiu como uma espada, e ele exclamou: – Morwen, Morwen, quando hei de te ver outra vez? – Morwen, de pé na soleira, ouviu o eco desse grito nos morros cobertos de árvores e agarrou-se ao batente da porta até ferir os dedos. Esse foi o primeiro dos desgostos de Túrin.

No início do ano após a partida de Túrin, Morwen deu à luz sua filha, e chamou-a Niënor, que significa Lamentação; mas Túrin já estava muito longe quando ela nasceu. Longo e maligno foi seu caminho, pois o poder de Morgoth se estendia largamente, mas ele tinha por guias Gethron e Grithnir, que haviam sido jovens nos dias de Hador e apesar de velhos eram valorosos e conheciam bem as terras, pois muitas vezes tinham viajado por Beleriand nos tempos de outrora. Assim, por destino e coragem, atravessaram as Montanhas da Sombra e descendo ao Vale do Sirion penetraram na Floresta de Brethil; por fim, exaustos e esfarrapados, alcançaram os confins de Doriath. No entanto ficaram desorientados, enredando-se nos labirintos da Rainha e vagando perdidos entre as árvores sem trilha até que suas provisões estivessem todas esgotadas. Ali chegaram próximo da morte, pois o inverno desceu gélido do norte; mas não era esse o destino de Túrin. Enquanto jaziam em desespero, ouviram o som de uma trompa. Beleg, o Arcoforte, caçava naquela região, pois habitava sempre nos limites de Doriath, e era o maior mateiro daqueles dias. Ouviu os gritos dos viajantes e foi até eles, e depois de lhes dar comida e bebida ficou sabendo seus nomes e de onde vinham, enchendo-se de admiração e pena. Olhou com apreço para Túrin, pois este tinha a beleza da mãe e os olhos do pai, e era robusto e forte.

– Que obséquio desejas do Rei Thingol? – disse Beleg ao menino.

– Desejo ser um de seus cavaleiros, para sair contra Morgoth e vingar meu pai – disse Túrin.

– Isso bem pode acontecer quando os anos te fortalecerem – disse Beleg. – Pois tu, apesar de ainda pequeno, tens a substância de um homem valoroso, digno de ser filho de Húrin, o Inabalável, caso isso fosse possível. – Pois o nome de Húrin era honrado em todas as terras dos elfos. Assim, Beleg tornou-se de bom grado o guia dos andarilhos, e levou-os a uma choupana onde então vivia com outros caçadores, e lá foram alojados enquanto um mensageiro ia até Menegroth. E, quando voltou com a notícia de que Thingol e Melian receberiam o filho de Húrin e seus guardiões, Beleg os levou por vias secretas até o Reino Oculto.

Assim Túrin chegou à grande ponte sobre o Esgalduin e atravessou os portões dos salões de Thingol; e como criança fitou as maravilhas de Menegroth, que nenhum homem mortal havia visto antes, com exceção de Beren. Gethron pronunciou a mensagem de Morwen diante de Thingol e Melian, e Thingol os recebeu amavelmente, pondo Túrin em seu joelho em honra de Húrin, o mais poderoso dos homens, e de seu parente Beren. E os que viram isso admiraram-se, pois era sinal de que Thingol tomava Túrin por filho de criação; na época isso não era feito pelos reis, e nem foi feito outra vez por um senhor élfico para com um homem. Então Thingol lhe disse: – Aqui, filho de Húrin, há de ser teu lar; e em toda a tua vida serás considerado meu filho, ainda que sejas homem. Será concedida a ti sabedoria além da medida dos homens mortais, e as armas dos elfos serão postas em tuas mãos. Talvez chegue o dia em que recuperes as terras de teu pai em Hithlum, mas agora habita aqui com amor.

Assim começou a estada de Túrin em Doriath. Com ele permaneceram por algum tempo seus guardiões Gethron e Grithnir, apesar de ansiarem por retornar a sua senhora em Dor-lómin. Então a idade e a doença acometeram Grithnir, e ele ficou ao lado de Túrin até morrer. Gethron partiu, e Thingol enviou com ele uma escolta para guiá-lo e guardá-lo, e eles levaram notícias de Thingol a Morwen. Chegaram por fim à casa de Húrin e, quando Morwen soube que Túrin fora recebido com honra nos salões de Thingol, seu pesar aliviou-se; os elfos levaram também ricos presentes de Melian, e uma mensagem pedindo que ela voltasse a Doriath com a gente de Thingol. Porque Melian era sábia e previdente, e esperava assim prevenir o mal que estava preparado no pensamento de Morgoth. No entanto Morwen não quis partir de sua casa, pois seu coração permanecia inalterado e seu orgulho era grande; ademais, Niënor era um bebê de colo. Assim, despediu os elfos de Doriath com agradecimentos e lhes deu como presente as últimas miudezas de ouro que lhe restavam, ocultando sua pobreza; mandou que levassem de volta para Thingol o Elmo de Hador. Túrin esperava o tempo todo pelo retorno dos mensageiros de Thingol, e quando voltaram sozinhos ele fugiu para a floresta e chorou, pois sabia do convite de Melian e esperava que Morwen viesse. Esse foi o segundo desgosto de Túrin. Quando os mensageiros deram a resposta de Morwen, Melian foi tomada de compaixão, pois percebeu sua intenção e viu que o destino que pressagiava não podia ser facilmente abandonado.

O Elmo de Hador foi entregue nas mãos de Thingol. Era feito em aço cinzento adornado de ouro, e nele estavam gravadas runas de vitória. Possuía um poder que protegia de ferimento ou morte quem o usasse, pois a espada que o golpeasse se partia e o dardo que o atingisse desviava-se para longe. Fora fabricado por Telchar, o ferreiro de Nogrod, cujas obras eram renomadas. Tinha uma viseira (ao modo daquelas que os ananos usavam em suas forjas para proteger os olhos), e quem o usasse infundiria temor nos corações de todos os que o olhassem, mas se manteria a salvo de dardos e fogo. Na cimeira havia, como desafio, uma imagem dourada do dragão Glaurung, pois o elmo fora feito logo depois de sua primeira saída pelos portões de Morgoth. Muitas vezes Hador, e Galdor depois dele, haviam-no usado na guerra, e os corações da hoste de Hithlum se exaltavam quando o viam erguido bem alto em meio ao combate, e exclamavam: – Mais vale o Dragão de Dor-lómin que o lagarto dourado de Angband! – Húrin, porém, não envergava com desembaraço o Elmo de Dragão, e de qualquer modo preferia não usá-lo, pois dizia: – Prefiro contemplar meus inimigos com minha verdadeira face. – Ainda assim, considerava o elmo uma das maiores heranças de sua casa.

Thingol tinha em Menegroth profundos arsenais repletos de fartura de armas: metal trabalhado como escamas de peixe e reluzente como água ao luar; espadas e machados, escudos e elmos fabricados pelo próprio Telchar ou por seu mestre Gamil Zirak, o velho, ou por artesãos élficos ainda mais habilidosos. Pois recebera como presentes algumas coisas que vinham de Valinor e foram feitas com maestria por Fëanor, aquele que nenhum artífice superaria em todos os dias do mundo. Porém Thingol tomou nas mãos o Elmo de Hador como se não fosse detentor de um grande tesouro, e disse palavras corteses: – Altiva será a cabeça que usar este elmo, que foi usado pelos progenitores de Húrin.

Então veio-lhe um pensamento, e mandou vir Túrin, e contou-lhe que Morwen enviara ao filho um objeto poderoso, herança de seus pais. – Toma agora a Cabeça de Dragão do Norte – disse – e usa-a bem quando chegar a hora. – Mas Túrin ainda era demasiado jovem para erguer o elmo, e não lhe deu valor por causa do sofrimento que levava no coração.

CAPÍTULO V

TÚRIN EM DORIATH

Nos seus anos de infância no reino de Doriath, Túrin foi cuidado por Melian, apesar de raramente vê-la. Mas havia uma donzela chamada Nellas que vivia no bosque e que a pedido de Melian seguia Túrin caso este vagasse pela floresta, e frequentemente o encontrava ali como que por acaso. Então brincavam juntos ou caminhavam de mãos dadas, pois ele crescia depressa e ela parecia não ser mais do que uma donzela da idade dele, e assim era no coração, apesar de todos os seus anos de elfa. Túrin aprendeu com Nellas muita coisa a respeito dos costumes e dos seres selvagens de Doriath, e ela o ensinou a falar o idioma sindarin à maneira do antigo reino, mais velho, mais cortês e mais rico em belas palavras. Assim, em um curto tempo o humor dele foi alegrado, até que novamente uma sombra caísse sobre ele e aquela amizade acabasse como uma manhã de primavera. Pois Nellas não ia a Menegroth, e sempre relutava em caminhar sob tetos de pedra; portanto, à medida que a infância de Túrin terminava e ele voltava os pensamentos para os feitos dos homens, ele a via com frequência cada vez menor, e por fim já não chamava por ela. No entanto ela ainda o vigiava, apesar de agora ficar oculta.

Nove anos viveu Túrin nos salões de Menegroth. Seu coração e seu pensamento sempre se voltavam para sua gente, e às vezes, para ser reconfortado, recebia notícias deles. Porque Thingol enviava mensageiros a Morwen tantas vezes fosse possível, e ela mandava de volta mensagens para o filho; assim Túrin ficou sabendo que as dificuldades de Morwen haviam sido aliviadas e que sua irmã Niënor crescia bela, uma flor no Norte cinzento. E Túrin cresceu em estatura até se tornar alto entre os homens e ultrapassar os elfos de Doriath; sua força e audácia eram renomadas no reino de Thingol. Nesses anos aprendeu muitas tradições, escutando com avidez as histórias dos dias antigos e grandes feitos de outrora, e tornou-se pensativo e pouco falante. Muitas vezes Beleg Arcoforte vinha a Menegroth em busca dele e o levava para bem longe, ensinando-lhe a trabalhar com madeira, usar o arco e (o que mais lhe agradava) manejar espadas; porém nos ofícios de fabricação tinha menos destreza, e frequentemente estragava o que fizera com algum golpe súbito. Também em outros assuntos parecia que a sorte lhe era hostil, de forma que muitas vezes o que projetava dava errado, e não conseguia obter o que desejava; não fazia amigos facilmente, pois não era jovial e raramente ria, e uma sombra pairava sobre sua juventude. Ainda assim era amado e estimado pelos que o conheciam bem e era honrado como filho de criação do Rei.

Mas havia em Doriath alguém que invejava essa condição, o que se intensificava à medida que Túrin se aproximava da idade adulta: Saeros era seu nome. Era orgulhoso e tratava com arrogância os que julgava ser de menor condição e valor que ele. Tornou-se amigo do menestrel Daeron, pois também era hábil cantor; não tinha amor pelos homens, muito menos por algum parente de Beren Maneta. – Não é estranho – dizia – que esta terra se abra para mais um dessa raça infeliz? O outro já não causou estragos suficientes em Doriath? – Assim, olhava de soslaio para Túrin e todos os seus atos, falando mal deles quanto podia; porém suas palavras eram astuciosas e sua malícia era velada. Quando se encontrava com Túrin a sós, falava-lhe com arrogância e mostrava seu desprezo às claras; Túrin cansou-se dele, mas por muito tempo respondeu com silêncio às más palavras, pois Saeros era ilustre para o povo de Doriath, além de conselheiro do Rei. Mas o silêncio de Túrin desagradava a Saeros tanto quanto suas palavras.

No ano em que Túrin completou dezessete anos de idade, seu desgosto foi renovado, pois nessa época cessaram todas as notícias de seu lar. O poder de Morgoth crescera ano após ano, e toda Hithlum estava agora sob sua sombra. Sem dúvida ele sabia muito a respeito do povo e da família de Húrin, e não os molestara por um bom tempo para que seu desígnio pudesse se realizar; mas agora, visando esse propósito, fez vigiar atentamente todas as passagens das Montanhas da Sombra a fim de que ninguém pudesse sair nem entrar de Hithlum, salvo correndo grande perigo; havia enxames de orcs em torno das nascentes do Narog e do Teiglin e na cabeceira do Sirion. Assim chegou um tempo em que os mensageiros de Thingol não retornavam, e ele não enviou outros mais. Sempre fora avesso a deixar alguém vagar além das fronteiras vigiadas, e enviar sua gente por caminhos perigosos até Morwen em Dor-lómin fora a maior demonstração de boa vontade que pudera dar para Húrin e sua família.

Então Túrin sentiu o coração pesado, sem saber que novo mal se avizinhava, e temia que um destino maligno tivesse acometido Morwen e Niënor; e por muitos dias esteve sentado em silêncio, meditando sobre a queda da Casa de Hador e dos homens do Norte. Depois ergueu-se e foi em busca de Thingol; encontrou-o sentado com Melian debaixo de Hírilorn, a grande faia de Menegroth.

Thingol fitou Túrin com admiração ao ver de repente diante de si, no lugar de seu protegido, um homem e um estranho, alto, de cabelos escuros, que o encarava com olhos profundos cravados num rosto branco, severo e altivo; porém estava em silêncio.

– O que desejas, filho adotivo? – disse Thingol, e imaginou que não iria pedir algo insignificante.

– Cota de malha, espada e escudo para minha estatura, senhor – respondeu Túrin. – Também, com tua permissão, reclamarei agora o Elmo de Dragão de meus progenitores.

– Hás de tê-los – disse Thingol. – Mas qual a necessidade dessas armas neste momento?

– A necessidade de um homem – respondeu Túrin – e de um filho que tem uma família para se lembrar. E também preciso de bons companheiros em armas.

– Irei designar-te um lugar entre meus cavaleiros da espada, pois a espada será sempre a tua arma – disse Thingol. – Com eles poderás treinar para a guerra nos confins, se assim desejas.

– Meu coração me empurra para além dos confins de Doriath – disse Túrin. – Anseio por um ataque a nosso inimigo, e não por defesa.

– Então deves ir sozinho – disse Thingol. – Determino o papel de meu povo na guerra contra Angband de acordo com meu juízo, Túrin, filho de Húrin. Nenhuma força das armas de Doriath será enviada nestes tempos; nem em qualquer tempo que eu possa prever.

– No entanto és livre para partir como quiseres, filho de Morwen – disse Melian. – O Cinturão de Melian não impede a saída daqueles que entraram com nossa permissão.

– A não ser que um conselho sábio te refreie – falou Thingol.

– Qual é teu conselho, senhor? – disse Túrin.

– Pareces um homem em estatura, e já és, na verdade, mais do que muitos – respondeu Thingol –, mas ainda assim não alcançaste a plenitude de tua idade adulta que há de vir. Até que isso aconteça deverias ter paciência e testar e treinar tua força. Depois, quem sabe, possas te lembrar de tua família; mas há pouca esperança de que um homem só possa fazer mais contra o Senhor do Escuro do que ajudar os senhores élficos em sua defesa pelo tempo que ela conseguir durar.

Então Túrin disse: – Meu parente Beren fez mais.

– Beren e Lúthien – falou Melian. – Mas é audácia demais falar assim ao pai de Lúthien. Teu destino não é tão elevado, penso eu, Túrin, filho de Morwen, apesar de haver grandeza em ti e teu destino estar enredado com o do povo élfico, para o bem ou para o mal. Vigia-te a ti mesmo, para que não seja para o mal. – Após um momento de silêncio, voltou a lhe falar: – Vai agora, filho adotivo, e ouve o conselho do Rei. Ele será sempre mais sábio do que o teu próprio. No entanto, não creio que permaneças conosco em Doriath por muito tempo além da idade adulta. Se em dias vindouros te recordares das palavras de Melian, será para teu bem: teme tanto o calor quanto o frio de teu coração, e esforça-te para ser paciente, se puderes.

Então Túrin se inclinou diante deles e se despediu. E logo depois envergou o Elmo de Dragão, pegou em armas e partiu para os confins do norte, juntando-se aos guerreiros élficos que ali travavam combate incessante contra os orcs e todos os servos e criaturas de Morgoth. Assim, mal tendo saído da infância, foram provadas sua força e sua coragem e, tendo em mente os danos impostos a sua família, estava sempre à frente em feitos audaciosos e sofreu muitos ferimentos de lança, de flecha e das lâminas tortas dos orcs.

Porém seu destino o livrou da morte. Corria pelas florestas, e se ouvia muito além de Doriath o rumor de que o Elmo de Dragão de Dor-lómin fora visto novamente. Então muitos se admiraram, dizendo: – Pode o espírito de algum homem retornar da morte? Ou Húrin de Hithlum verdadeiramente escapou das profundezas do Inferno?

Apenas um era mais poderoso em armas que Túrin dentre os vigias fronteiriços de Thingol naquela época, e este era Beleg Arcoforte. Beleg e Túrin eram companheiros em todos os perigos, e caminhavam juntos por toda parte nas florestas selvagens.

Assim passaram-se três anos, e nessa época Túrin pouco ia aos salões de Thingol. Já não se preocupava mais com a aparência ou os trajes, e seus cabelos eram desgrenhados, sua cota de malha estava coberta com um manto cinzento manchado pelas intempéries. Mas no terceiro verão depois de sua partida, quando tinha vinte anos de idade, ocorreu que, desejando repouso e necessitando do trabalho de um ferreiro para consertar suas armas, Túrin chegou sem aviso a Menegroth e certa tarde entrou no salão. Thingol não estava ali, pois saíra para a floresta frondosa com Melian, como às vezes apreciava fazer no alto verão. Túrin tomou assento descuidadamente, pois estava cansado da viagem e ocupado com seus pensamentos; e por azar sentou-se à mesa entre os anciãos do reino, e no lugar onde Saeros costumava sentar-se. Saeros, que estava atrasado, zangou-se acreditando que Túrin fizera aquilo por orgulho e com a intenção de afrontá-lo; e sua raiva não se aplacou quando viu que Túrin não era censurado pelos que ali se assentavam, mas sim acolhido como alguém digno de estar entre eles.

Por certo tempo, portanto, Saeros fingiu concordar e tomou outro assento, de frente para Túrin, do outro lado da mesa. – Raramente o vigia fronteiriço nos honra com sua companhia – disse – e de bom grado cedo meu lugar de costume pela oportunidade de falar com ele. – Mas Túrin, que conversava com Mablung, o Caçador, não se levantou e disse apenas um abrupto: – Agradeço-te.

Então Saeros o assediou com perguntas sobre a situação das fronteiras e seus feitos no ermo; e ainda que suas palavras parecessem agradáveis, não havia como deixar de perceber o escárnio em sua voz. Então Túrin cansou-se, olhou em volta e experimentou o amargor do exílio; e apesar de toda a luz e do riso dos salões élficos, seu pensamento se voltou para Beleg e a vida que levavam na floresta, e dali para muito longe, para Morwen em Dor-lómin, na casa de seu pai; franziu o cenho por causa da obscuridade de seus pensamentos, e não deu resposta a Saeros. Diante disso, acreditando que a carranca era dirigida a ele, Saeros não refreou mais sua ira, tirou um pente de ouro e o lançou na mesa diante de Túrin, exclamando: – Sem dúvida, homem de Hithlum, vieste com pressa a esta mesa, e podes ser desculpado por tua capa esfarrapada. Mas não há por que deixar tua cabeça maltratada como uma moita de espinhos. E quem sabe, se tuas orelhas estivessem descobertas, prestarias mais atenção ao que te dizem.

Túrin nada respondeu, mas voltou-se para Saeros, e havia um lampejo em seus olhos escuros. No entanto Saeros não deu atenção ao alerta, e devolveu o olhar com desprezo, dizendo para que todos ouvissem: – Se os homens de Hithlum são tão selvagens e bárbaros, de que espécie são as mulheres daquela terra? Correm como corças, trazendo sobre o corpo apenas seus cabelos?

Túrin apanhou uma taça de bebida e a atirou no rosto de Saeros, que caiu para trás gravemente ferido. Túrin sacou a espada e o teria atacado caso Mablung não o houvesse contido. Então Saeros, erguendo-se, cuspiu sangue na mesa, e falou da melhor maneira que podia com a boca quebrada: – Por quanto tempo vamos abrigar este Selvagem da Floresta? Quem está no comando aqui hoje à noite? Os estatutos do Rei são severos com quem fere seus vassalos no salão; e para os que aqui sacam armas o banimento é o destino mais brando. Fora do salão eu poderia responder-te, Selvagem da Floresta!

Quando Túrin viu o sangue na mesa seu ânimo esfriou; e dando de ombros desvencilhou-se de Mablung e deixou o salão sem mais palavra.

Então Mablung disse a Saeros: – O que te aflige esta noite? Por este mal considero-te culpado, e talvez os estatutos do Rei julguem que uma boca quebrada é uma reação justa a teu insulto.

– Se o filhote tem uma queixa, ele que a leve ao julgamento do Rei – respondeu Saeros. – Mas sacar uma espada aqui é um ato que não pode ser desculpado por nenhuma causa. Fora do salão, se o Selvagem da Floresta sacar a arma para mim, hei de matá-lo.

– Pode muito bem resultar o contrário – disse Mablung. – Mas se algum dos dois for morto, será um feito maligno, mais condizente com Angband que com Doriath, e mais mal virá daí. Na verdade sinto que alguma sombra do Norte se estendeu em nossa direção hoje à noite. Cuida-te, Saeros, para que em teu orgulho não faças a vontade de Morgoth, e lembra-te de que és um dos eldar.

– Não me esqueço disso – disse Saeros, mas não moderou sua raiva, e durante a noite, enquanto cuidava do ferimento, sua má disposição ganhou mais corpo.

Pela manhã atocaiou Túrin quando este partia cedo de Menegroth com a intenção de voltar aos confins. Túrin apenas começava sua jornada quando Saeros o atacou por trás, de espada em punho e escudo no braço. Mas Túrin, que aprendera a ficar sempre alerta no ermo, enxergou-o com o canto do olho e, saltando de lado, sacou a espada depressa e se virou contra o inimigo. – Morwen! – exclamou. Agora o que zombou de ti há de pagar por seu escárnio! – Partiu o escudo de Saeros, e os dois combateram com lâminas velozes. Mas Túrin passara muito tempo numa escola severa e se tornara tão ágil quanto qualquer elfo, porém mais forte. Logo ganhou vantagem e, após ferir o braço com que Saeros empunhava a espada, tinha-o à sua mercê. Pôs o pé sobre a espada que ele deixara cair. – Saeros – disse –, há uma longa corrida diante de ti, e as roupas te atrapalharão; o cabelo tem de bastar. – E, lançando-o ao chão de repente, despiu-o; Saeros sentiu a grande força de Túrin e teve medo. Mas Túrin deixou-o levantar-se, e então gritou: – Corre, corre, tu que zombas das mulheres! Corre! E a não ser que sejas veloz como uma corça, eu te acossarei por trás. – Então espetou a ponta da espada na nádega de Saeros, e este fugiu para a floresta, gritando loucamente por socorro, aterrorizado; mas Túrin o perseguiu como um cão de caça, e por mais que corresse ou guinasse a espada, ainda estava atrás para fustigá-lo.

Os gritos de Saeros trouxeram muitos outros à caçada, mas só os mais velozes conseguiam acompanhar os corredores. Mablung, que ia à frente, ficou perturbado, pois embora o insulto lhe tivesse parecido pesado, "a maldade que acorda pela manhã é a alegria de Morgoth ao anoitecer", e além disso era considerado fato grave envergonhar alguém do povo élfico sem que o assunto fosse levado a julgamento. Ninguém sabia ainda que Túrin fora atacado primeiro por Saeros, que o teria matado.

– Para, para, Túrin! – gritou. – Isto é obra de orc na floresta! – Ao que Túrin exclamou em resposta: – Obra de orc já houve; isto é apenas brincadeira de orc. – Antes de Mablung falar ele estivera a ponto de soltar Saeros, mas então, com um grito, voltou a saltar em seu encalço; Saeros, enfim, sem esperança de ajuda e crendo que a morte o seguia de perto, prosseguiu na corrida desenfreada até chegar de repente a um precipício onde um curso-d'água que alimentava o Esgalduin corria numa profunda fenda através de altas rochas, larga mesmo para o salto de um cervo. Aterrorizado, Saeros tentou pular, mas falseou o pé na beirada oposta e caiu de costas com um grito, despedaçando-se em uma grande pedra na água. Assim acabou sua vida em Doriath, e por muito tempo Mandos o reteria.

Túrin contemplou de cima seu corpo jazendo no rio e pensou: – Tolo infeliz! Daqui eu o teria deixado caminhar de volta a Menegroth. Agora ele me impôs uma culpa imerecida. – Virou-se e olhou sombriamente para Mablung e seus companheiros, que se aproximaram e se detiveram na beira do precipício ao lado dele. Então, depois de um silêncio, Mablung disse com gravidade: – Ai de nós! Mas agora volta conosco, Túrin, pois o Rei precisa julgar esses feitos.

Túrin, por sua vez, disse: – Se o Rei fosse justo, ia julgar-me inocente. Mas este não foi um dos seus conselheiros? Por que um rei justo escolheria como amigo um coração cheio de maldade? Eu renuncio à sua lei e ao seu julgamento.

– Tuas palavras são carregadas de orgulho – falou Mablung, apesar de sentir pena do jovem. – Cria juízo! Não hás de te tornar um renegado. Peço-te que voltes comigo, como amigo que és. E há outras testemunhas. Quando o Rei souber da verdade, poderás ter esperança de perdão.

Mas Túrin estava farto dos salões élficos, e temia ser mantido prisioneiro. Disse a Mablung: – Rejeito teu pedido. Não buscarei o perdão do Rei Thingol por nada; e agora irei aonde seu julgamento não possa encontrar-me. Tende apenas duas escolhas: deixar-me ir em liberdade ou matar-me, se isso convier à vossa lei. Pois sois muito poucos para me prenderem vivo.

Viram no fogo de seus olhos que dissera a verdade, e deixaram-no passar. – Uma morte basta – disse Mablung.

– Não a quis, mas não a lamento – falou Túrin. – Que Mandos o julgue com justiça; e, se algum dia ele retornar às terras dos vivos, que demonstre ser mais sábio. Adeus!

– Vai em liberdade! – disse Mablung – Pois esse é teu desejo. Dizer *bem* seria em vão, já que vais deste modo. Uma sombra paira sobre ti. Quando nos encontrarmos de novo, que ela não esteja mais escura.

A isso Túrin não deu resposta, mas deixou-os e afastou-se depressa, a sós, indo ninguém soube aonde.

Conta-se que, quando Túrin não voltou aos confins setentrionais de Doriath e não foi possível obter notícias dele, o próprio Beleg Arcoforte veio a Menegroth em sua procura, e com um peso no coração ficou sabendo dos feitos e da fuga de Túrin. Logo depois Thingol e Melian voltaram a seus salões, pois o verão chegava ao fim; quando o Rei ouviu o relato do que acontecera, disse: – Este é um assunto penoso, que preciso escutar por inteiro. Apesar de meu conselheiro Saeros estar morto e de meu filho de criação Túrin ter fugido, amanhã ocuparei a cadeira do julgamento e ouvirei tudo outra vez, na devida ordem, antes de pronunciar minha sentença.

No dia seguinte o Rei sentou-se no trono em sua corte, e em volta dele estavam todos os comandantes e anciãos de Doriath. Muitas testemunhas foram ouvidas então, e dentre elas Mablung falou mais e com maior clareza. E quando falou da rixa à mesa, pareceu ao Rei que o coração de Mablung se inclinava a favor de Túrin.

– Falas como amigo de Túrin, filho de Húrin? – disse Thingol. – Eu fui amigo dele, porém amei a verdade com mais intensidade e por mais tempo – respondeu Mablung. – Ouve-me até o fim, senhor!

Quando tudo foi contado, até as palavras de despedida de Túrin, Thingol suspirou e encarou os que se sentavam diante dele: – Ai de mim! Vejo uma sombra em vossos rostos. Como foi que isso entrou furtivamente em meu reino? A malícia opera por aqui. Eu considerava Saeros fiel e sábio, mas se estivesse vivo ele sentiria minha ira, pois seu insulto foi maldoso, e considero-o culpado por tudo o que ocorreu no salão. Até esse ponto Túrin tem meu perdão. Mas não posso fechar os olhos ao que fez depois, quando a raiva deveria ter arrefecido. Envergonhar Saeros e persegui-lo até a morte foram injúrias maiores que a ofensa. Elas demonstram um coração duro e orgulhoso.

Então Thingol passou algum tempo sentado a pensar, e por fim falou com tristeza. – É um filho de criação ingrato, e na verdade um homem orgulhoso demais para sua condição. Como posso ainda abrigar alguém que desdenha de mim e da minha lei, ou perdoar alguém que não se arrepende? Esta tem de ser minha sentença. Banirei Túrin de Doriath. Se pedir para entrar, será trazido a julgamento diante de mim, e até que peça perdão a meus pés ele não é mais meu filho. Se alguém aqui considerar isso injusto, que fale agora!

Então fez-se silêncio no salão, e Thingol ergueu a mão para pronunciar sua sentença. Mas naquele momento Beleg entrou às pressas e exclamou: – Senhor, posso falar ainda?

– Chegaste tarde – disse Thingol. – Não foste convocado com os demais?

– É verdade, senhor – respondeu Beleg –, mas atrasei-me. Buscava alguém que conhecia. Agora, enfim, trago uma testemunha que deveria ser ouvida antes que se ouça tua sentença.

– Foram convocados todos os que tinham algo a dizer – declarou o Rei. – O que pode ele dizer agora que pese mais do que aqueles que escutei?

– Hás de julgar quando tiveres ouvido – disse Beleg. – Concede-me isso, se alguma vez mereci teu favor.

– Concedido – disse Thingol. Então Beleg saiu e trouxe pela mão a donzela Nellas, que habitava na floresta e jamais vinha a Menegroth, e ela tinha medo tanto do grande salão sustentado por colunas e do teto de pedra como do séquito de muitos olhos que a observava. E quando Thingol mandou-a falar, ela disse: – Senhor, eu estava sentada em uma árvore – mas então hesitou, intimidada pelo Rei, e não conseguiu dizer mais nada.

Diante disso, o Rei sorriu e disse: – Outros também fizeram isso, mas não acharam necessário contar-me.

– Outros, de fato – disse ela, encorajada pelo sorriso. – Até mesmo Lúthien! E era nela que eu pensava naquela manhã, e no homem Beren.

A isso Thingol nada respondeu, e não estava mais sorrindo, mas esperou até que Nellas voltasse a falar.

– Pois Túrin me lembrava Beren – disse ela por fim. – São aparentados, pelo que dizem, e seu parentesco pode ser visto por alguns: por alguns que olham de perto.

Thingol impacientou-se. – Pode ser – disse. – Mas Túrin, filho de Húrin, partiu desprezando-me, e não o verás mais para perceber seu parentesco. Pois agora pronunciarei meu julgamento.

– Senhor Rei! – exclamou ela então. – Escuta-me, e deixa-me falar primeiro. Sentei-me numa árvore para ver Túrin partir e vi Saeros sair da floresta com espada e escudo e saltar sobre o outro de surpresa.

Diante disso, ouviu-se um murmúrio no salão, e o Rei ergueu a mão, dizendo: – Trazes aos meus ouvidos notícias mais graves do que parecia provável. Agora toma cuidado com tudo o que disseres, pois este é um tribunal de julgamento.

– Assim Beleg me contou – respondeu ela –, e só por isso ousei vir aqui, para que Túrin não seja julgado erradamente. Ele é valoroso, mas clemente. Lutaram, senhor, aqueles dois, até que Túrin tivesse privado Saeros do escudo e da espada; porém não o matou. Portanto não creio que ele desejasse sua morte afinal. Se Saeros foi envergonhado, era uma vergonha que merecia.

– O julgamento cabe a mim – disse Thingol. – Mas o que disseste há de determiná-lo. – Interrogou Nellas detalhadamente, e por fim virou-se para Mablung, dizendo: – Acho estranho que Túrin não te tenha contado nada disso.

– Mas não contou – disse Mablung –, pois do contrário eu o teria relatado. E teria falado com ele de outro modo quando nos separamos.

– E outra será agora minha sentença – disse Thingol. – Ouvi-me! A culpa que possa recair sobre Túrin eu agora perdoo, considerando-o ofendido e provocado. E já que foi de fato, como ele disse, um membro de meu conselho quem assim fez-lhe mal, ele não há de buscar este perdão, que lhe será mandado por mim aonde quer que possa se encontrar, e será reconduzido com honra a meus salões.

No entanto, quando a sentença foi pronunciada, Nellas de repente caiu no choro. – Onde poderá se encontrar? – disse. – Partiu de nossa terra, e o mundo é grande.

– Há de ser procurado – disse Thingol. Então ergueu-se, e Beleg levou Nellas para fora de Menegroth e disse-lhe: – Não chores, pois se Túrin viver ou ainda caminhar, hei de encontrá-lo, mesmo que todos os demais fracassem.

No dia seguinte Beleg se apresentou a Thingol e Melian, e o Rei lhe disse: – Aconselha-me, Beleg, pois estou aflito

Tomei por filho o filho de Húrin, e assim ele será, a não ser que o próprio Húrin retorne das sombras para reclamar o que é seu. Não quero que digam que Túrin foi expulso injustamente para o ermo, e de bom grado o receberia de volta, porque amava-o muito.

– Dá-me licença, senhor – disse Beleg –, e em teu nome repararei esse mal, se puder. Pois o homem que ele prometia se tornar não deveria desperdiçar-se no ermo. Doriath precisa dele, e a necessidade ainda crescerá mais. E eu também o amo.

Então Thingol disse a Beleg: – Agora tenho esperança na demanda! Vai com minha boa vontade, e se o encontrares, guarda-o e guia-o como puderes. Beleg Cúthalion, por muito tempo foste o primeiro na defesa de Doriath, e por muitos feitos de valor e sabedoria mereceste minha gratidão. Considerarei o maior dos feitos encontrares Túrin. Nesta despedida podes pedir qualquer presente que não negarei.

– Peço então uma espada valorosa – disse Beleg –, pois agora os orcs estão muito numerosos e próximos para um simples arco, e a lâmina que possuo não pode competir com suas couraças.

– Escolhe dentre tudo o que tenho – disse Thingol –, exceto minha própria Aranrúth.

Beleg escolheu Anglachel, uma espada de grande fama que se chamava assim porque fora feita do ferro que caíra dos céus como estrela ardente e era capaz de romper todo ferro escavado da terra. Somente uma espada a igualava na

Terra-média. Essa espada não aparece nesta história, apesar de ter sido feita do mesmo minério e pelo mesmo ferreiro; e esse ferreiro foi Eöl, o Elfo Escuro, que desposou Aredhel, irmã de Turgon. Ele deu Anglachel a Thingol como paga, relutantemente, pela permissão de morar em Nan Elmoth; mas a outra espada, sua companheira Anguirel, ele guardou até que lhe fosse roubada por seu filho Maeglin.

No entanto, quando Thingol voltou o punho de Anglachel para Beleg, Melian olhou para a lâmina e disse: – Existe malícia nesta espada. O coração do ferreiro ainda habita nela, e esse coração era escuro. Ela não amará a mão à qual serve, nem ficará contigo por muito tempo.

– Ainda assim hei de brandi-la enquanto puder – disse Beleg e, agradecendo ao rei, tomou a espada e partiu. Muito longe, por toda a Beleriand, procurou em vão por notícias de Túrin, enfrentando muitos perigos; e aquele inverno passou, e depois dele a primavera.

CAPÍTULO VI

TÚRIN ENTRE OS PROSCRITOS

Agora a história volta a Túrin. Acreditando ser um proscrito que seria perseguido pelo Rei, não voltou para Beleg nos confins setentrionais de Doriath, mas partiu rumo ao oeste, e passando em segredo para fora do Reino Protegido chegou aos bosques ao sul do Teiglin. Antes da Nirnaeth, muitos homens haviam habitado ali em fazendas dispersas; pertenciam na maior parte à gente de Haleth, mas não reconheciam nenhum senhor e viviam tanto da caça como da criação, criando porcos nas terras das castanhas e cultivando clareiras que mantinham separadas por cercas do restante da floresta. Porém àquela época haviam sido quase todos destruídos ou tinham fugido para Brethil, e toda a região sofria com o temor dos orcs e dos proscritos. Porque naquele tempo de ruína homens desalojados e sem esperança desencaminhavam-se remanescentes da derrota em batalha e de terras arrasadas, e outros eram expulsos para o ermo por atos de maldade. Caçavam e recolhiam os alimentos que podiam, porém muitos se puseram a roubar e se tornavam cruéis quando a fome ou outra necessidade os impelia. No inverno eram mais temíveis, e eram chamados de Gaurwaith, homens-lobos, por aqueles que ainda defendiam seus lares. Uns sessenta desses homens haviam se juntado em um bando que vagava na floresta além dos confins ocidentais de Doriath; eram odiados quase tanto quanto os orcs, pois entre eles havia exilados de coração duro, que sentiam rancor contra a própria espécie.

O mais duro de coração era um que se chamava Andróg, expulso de Dor-lómin pelo assassinato de uma mulher; e também outros vinham daquela terra: o velho Algund, o mais idoso da companhia, que fugira da Nirnaeth, e Forweg, como ele mesmo se denominava, um homem de cabelos claros e olhos brilhantes e volúveis, grande e valente, mas já muito distanciado dos costumes dos edain do povo de Hador. No entanto ele ainda sabia ser sábio e generoso de vez em quando, e era o capitão da companhia. Já estavam reduzidos a uns cinquenta homens em virtude de mortes à míngua ou em brigas, e tinham se tornado precavidos, postando em volta batedores e vigias, estivessem em movimento ou em repouso. Assim, logo perceberam Túrin quando este penetrou em seu retiro. Seguiram sua trilha e se postaram em torno dele, de modo que repentinamente, quando saiu para uma clareira ao lado de um riacho, Túrin viu-se dentro de um círculo de homens com arcos retesados e espadas desembainhadas.

Túrin parou, mas não demonstrou medo. – Quem sois? – perguntou. – Pensei que somente os orcs atocaiavam os homens, mas vejo que estava enganado.

– Poderás arrepender-te do engano – disse Forweg –, pois este é nosso retiro, e meus homens não permitem que outros homens caminhem por aqui. Como punição tiramos sua vida, a não ser que consigam pagar pelo resgate.

Então Túrin riu com severidade: – Não obtereis resgate de mim, exilado e proscrito. Podeis revistar-me quando eu estiver morto, mas pagareis caro para provar que minhas palavras são verdadeiras. Muitos de vós provavelmente morrereis antes.

Sua morte parecia próxima, pois muitas flechas estavam encaixadas nas cordas, aguardando a palavra do capitão, e apesar de Túrin usar uma cota de malha élfica por baixo da túnica e capa cinzenta, alguma flecha encontraria um alvo fatal. Nenhum de seus inimigos estava ao alcance de um salto com espada sacada. Então, subitamente Túrin agachou-se, pois avistara algumas pedras à beira do córrego diante de seus pés. Naquele momento um proscrito, enraivecido por suas palavras carregadas de altivez, atirou uma flecha dirigida a seu rosto, mas ela passou por cima dele, e Túrin saltou de volta como uma corda de arco, lançando uma pedra no arqueiro com muita força e pontaria certeira; o homem caiu ao chão com o crânio partido.

– Eu poderia servir-vos melhor vivo, no lugar desse homem desafortunado – disse Túrin, e virando-se para Forweg completou: – Se és o capitão aqui, não deverias permitir que teus homens atirassem sem comando.

– Não permito – disse Forweg –; mas ele foi repreendido com rapidez suficiente. Podes tomar o lugar dele se obedeceres melhor às minhas palavras.

– Obedecerei – disse Túrin – enquanto fores o capitão, e em tudo que diz respeito a um capitão. Mas a escolha de um novo homem na companhia não é só dele, julgo eu. Todas as vozes deveriam ser ouvidas. Existe alguém aqui para quem não sou bem-vindo?

Dois dos proscritos falaram em voz alta contra ele, e um deles era amigo do morto. Ulrad era seu nome. – Estranho modo de obter acesso a uma companhia – falou –, matando um de nossos melhores homens!

– Não sem ser desafiado – disse Túrin. – Mas vamos lá! Posso enfrentar-vos os dois juntos, com armas ou com a força apenas. Então havereis de ver se sou capaz de substituir um de vossos melhores homens. Mas, se houver arcos na disputa, também precisarei de um. – Então andou na direção deles, mas Ulrad recuou e não quis lutar. O outro lançou o arco ao chão e adiantou-se para enfrentar Túrin. Esse homem era Andróg de Dor-lómin. Postou-se diante de Túrin e o fitou dos pés à cabeça.

– Não – disse por fim, balançando a cabeça. – Não tenho coração de galinha, como os homens sabem, mas não me igualo a ti. Ninguém aqui se iguala, acredito. Podes juntar-te a nós no que me diz respeito. Mas há uma luz estranha em teus olhos; és um homem perigoso. Qual é teu nome?

– Neithan, o Injustiçado, assim me chamo – disse Túrin, e Neithan foi como os proscritos o chamaram depois disso; no entanto, apesar de afirmar ter sofrido injustiça (e sempre dava ouvidos prontamente a quem afirmasse o mesmo), nada mais quis revelar sobre sua vida ou seu lar. Porém notaram que ele caíra de condição elevada, e que, apesar de nada possuir senão suas armas, estas eram feitas por ferreiros élficos. Logo conquistou a admiração dos proscritos, pois era forte e valoroso e tinha mais desenvoltura na floresta que eles; além disso, confiavam nele, pois não era ganancioso e pouco cuidava de si; por outro lado, temiam-no por causa de seus súbitos acessos de cólera, que eles raramente compreendiam.

Para Doriath, Túrin não podia voltar, ou não queria, por orgulho; em Nargothrond ninguém era admitido desde a queda de Felagund. À gente menor de Haleth em Brethil ele não se dignava ir, e a Dor-lómin não ousava, pois a região estava cercada de perto e um homem só, pensava ele, àquela época não podia ter esperança de atravessar as passagens das Montanhas da Sombra. Então Túrin ficou com os proscritos, visto que a companhia de quaisquer homens que fossem tornava mais fácil suportar as privações do ermo, e, já que desejava viver e não podia estar sempre discordando deles, pouco fez para reprimir suas maldades. Assim, logo se endureceu naquela vida vil e muitas vezes cruel, mas às vezes sua compaixão e indignação despertavam, e então tornava-se perigoso em sua ira. Túrin viveu desse modo maligno e arriscado até o fim daquele ano, e atravessou a carência e a fome do inverno até que viesse a agitação* e depois uma bela primavera.

Nas florestas do Teiglin, como foi dito, ainda havia algumas fazendas de homens robustos e cautelosos, porém já em número reduzido. Apesar de não gostarem nem um pouco dos Gaurwaith, e de sentirem pouca pena deles, nos invernos rigorosos colocavam alimentos que podiam dispensar em lugares onde pudessem achá-los; assim esperavam evitar o ataque em bando dos famintos. Dessa forma, porém, ganhavam menos gratidão dos proscritos que dos animais e pássaros, e só eram protegidos de fato por seus cães e suas cercas. Pois cada fazenda tinha grandes sebes em torno da terra roçada, e ao redor das casas havia fossos e estacadas; além disso havia trilhas de uma fazenda à outra, e os homem podiam convocar auxílio, caso necessitassem, a toque de trompa.

Mas quando chegou a primavera tornou-se perigoso para os Gaurwaith permanecer tão perto das casas dos homens da floresta, que poderiam reunir-se e persegui-los, e Túrin admirou-se de ver que Forweg não os conduziu para longe. Havia mais alimento e caça, e menos perigo, nas terras do sul, onde não restavam homens. Então, certo

* "Agitação" (no inglês *stirring*) é o termo – originalmente élfico – que denota a passagem do inverno para a primavera. (N. do T.)

dia Túrin deu pela falta de Forweg, e também de seu amigo Andróg, e perguntou onde estavam, mas seus companheiros riram.

– Saíram atrás de seus próprios negócios, acho eu – disse Ulrad. – Não vão demorar a voltar, e então vamos nos deslocar. Às pressas, talvez, pois teremos sorte se não trouxerem consigo as abelhas da colmeia.

O sol brilhava, as folhas novas estavam verdes, e Túrin cansou-se do esquálido acampamento dos proscritos e vagou sozinho, penetrando a fundo na floresta. Contra sua vontade lembrou-se do Reino Oculto, e parecia ouvir os nomes das flores de Doriath como ecos de um antigo idioma quase esquecido. Mas de repente ouviu gritos, e de uma moita de avelãs saiu correndo uma jovem; suas roupas estavam dilaceradas pelos espinhos, e tinha muito medo, e tropeçou, caindo ofegante ao chão. Então Túrin, saltando na direção da moita com a espada desembainhada, derrubou com um golpe um homem que irrompeu da aveleira em perseguição, e só então viu que se tratava de Forweg.

Mas quando se deteve, espantado, baixando os olhos para o sangue na grama, Andróg saiu e também parou, perplexo. – Obra maligna, Neithan! – exclamou, e sacou a espada; mas a disposição de Túrin arrefecera, e ele disse a Andróg: – Onde estão os orcs, então? Vós os ultrapassastes para ajudá-la?

– Orcs? – disse Andróg. – Tolo! E te consideras um proscrito. Os proscritos não conhecem lei senão suas necessidades. Cuida de ti mesmo, Neithan, e deixa-nos cuidar das nossas coisas.

– Assim farei – disse Túrin. – Mas hoje nossos caminhos se cruzaram. Deixarás a mulher comigo ou vais te juntar a Forweg.

Andróg riu. – Se as coisas são assim, faz o que quiseres – disse. – Não tenho pretensão de te igualar sozinho, mas nossos companheiros poderão levar a mal esse assassinato.

Então a mulher se pôs de pé e colocou a mão no braço de Túrin. Olhou para o sangue, depois para Túrin, e havia deleite em seus olhos. – Mata-o, senhor! – disse ela. – Mata-o também! E depois vem comigo. Se levares suas cabeças, meu pai, Larnach, não ficará descontente. Por duas "cabeças de lobo" ele já deu boas recompensas.

Mas Túrin disse a Andróg: – É longe a casa dela?

– Uma milha, mais ou menos – respondeu –, numa fazenda cercada ali adiante. Ela vagava do lado de fora. – Então Túrin disse, voltando-se outra vez para a mulher: – Então vai depressa. Diz a teu pai que cuide melhor de ti. Mas não vou decepar a cabeça de meus companheiros para comprar teus favores, nem nenhuma outra coisa.

Então embainhou a espada. – Vem! – disse a Andróg. – Vamos voltar. Mas se queres sepultar teu capitão, tu mesmo precisas fazê-lo. Apressa-te, pois poderá erguer-se um clamor por justiça. Traz as armas dele!

A mulher foi-se através da floresta, e muitas vezes olhou para trás antes que as árvores a escondessem. Então Túrin seguiu seu caminho sem mais palavra; Andróg o viu partir e franziu a testa como quem reflete sobre um enigma.

Quando Túrin voltou ao acampamento dos proscritos, encontrou-os inquietos e desassossegados, pois já se haviam demorado demais no mesmo lugar, perto de fazendas bem vigiadas, e murmuravam contra Forweg. – Ele corre riscos às nossas custas – diziam –, e outros poderão ter de pagar por seus prazeres.

– Então escolhei um novo capitão! – disse Túrin, de pé diante deles. – Forweg não pode mais liderar-vos, pois está morto.

– Como sabes disso? – perguntou Ulrad. – Buscaste mel na mesma colmeia? As abelhas o picaram?

– Não – disse Túrin. – Uma picada foi o bastante. Eu o matei. Mas poupei Andróg, e ele voltará logo. – Então contou tudo o que ocorrera, censurando os que cometiam tais atos; e enquanto ainda falava Andróg retornou trazendo as armas de Forweg. – Ouve, Neithan! – exclamou. – Não soou nenhum alarme. Talvez ela espere encontrar-te de novo.

– Se gracejares comigo – disse Túrin – hei de me arrepender de ter negado a ela tua cabeça. Agora conta tua história, e sem delongas.

Então Andróg contou bastante fielmente tudo o que acontecera. – O que Neithan procurava lá é o que agora me pergunto – disse ele. – Não o mesmo que nós, ao que parece. Pois quando apareci ele já tinha matado Forweg.

A mulher gostou muito disso, e ofereceu-se para ir com ele, pedindo nossa cabeça como compensação. Mas ele não a quis e mandou-a embora; assim, não posso imaginar que rancor tinha contra o capitão. Ele deixou minha cabeça sobre os ombros, e estou grato por isso, mas muito intrigado.

– Então nego o que afirmas, que vens do Povo de Hador – disse Túrin. – Pertences, isto sim, a Uldor, o Amaldiçoado, e deverias buscar serviço em Angband. Mas escutai-me agora! – exclamou para todos. – Estas escolhas eu vos dou. Deveis tomar-me por capitão em lugar de Forweg, ou então deixar-me partir. Liderarei agora esta companhia, ou a abandonarei. Mas se quiserdes matar-me, avante! Vou combater-vos a todos até que eu esteja morto, ou vós.

Muitos homens pegaram suas armas, mas Andróg exclamou: – Não! A cabeça que ele poupou não é estúpida. Se lutarmos, mais de um morrerá sem necessidade antes que matemos o melhor homem dentre nós. – Então riu-se. – Assim como era quando ele se juntou a nós, assim é outra vez. Ele mata para criar espaço. Se funcionou antes, poderá funcionar de novo, e ele poderá nos levar a melhor sorte do que rondar as esterqueiras de outros homens.

E o velho Algund disse: – O melhor homem dentre nós. Houve tempo em que teríamos feito o mesmo se nos atrevêssemos, mas esquecemos muita coisa. Ele poderá nos levar para casa no final.

Ao ouvir essas palavras, Túrin concluiu que a partir daquele pequeno bando ele poderia erguer-se e construir seu próprio domínio livre. Mas encarou Algund e Andróg e disse: – Para casa, dizeis? Antes disso existem as altas e frias Montanhas da Sombra. Atrás delas está o povo de Uldor, e em volta as legiões de Angband. Se isso não vos intimida, sete vezes sete homens, então posso conduzir-vos para casa. Mas até que ponto antes de morrermos todos?

Os homens fizeram silêncio. Então Túrin falou outra vez. – Vós me tomais por capitão? Então vou primeiro conduzir-vos para o ermo, longe dos lares dos homens. Lá poderemos encontrar melhor sorte, ou não; mas pelo menos mereceremos menos ódio de nossa própria espécie.

Então todos os que eram do Povo de Hador juntaram-se a ele e o tomaram por capitão; os demais concordaram com menor boa vontade. E de imediato Túrin os levou para longe daquela terra.

Muitos mensageiros haviam sido enviados por Thingol para buscar Túrin no interior de Doriath e nas terras próximas a suas fronteiras, mas no ano de sua fuga eles o procuraram em vão, pois ninguém sabia nem podia adivinhar que ele estava com os proscritos, inimigos dos homens. Com a chegada do inverno retornaram ao Rei, todos exceto Beleg. Depois de todos os demais partirem ele ainda prosseguiu sozinho.

Mas em Dimbar e ao longo dos confins setentrionais de Doriath as coisas haviam ido mal. O Elmo de Dragão já não era mais visto em combate por ali, e também do Arcoforte sentiam falta; os servos de Morgoth criaram ânimo e se tornaram cada vez mais numerosos e mais audazes. O inverno veio e passou, e na primavera seu ataque renovou-se: Dimbar foi assolada, e os homens de Brethil tinham medo, pois agora o mal rondava todas as suas fronteiras, exceto no sul.

Já fazia quase um ano que Túrin fugira, e Beleg ainda o procurava, mas com esperanças cada vez mais reduzidas. Em suas peregrinações, andou rumo ao norte até as Travessias do Teiglin, e de lá, tendo ouvido más notícias sobre uma nova incursão dos orcs vindos de Taur-nu-Fuin, retornou, chegando por acaso às casas dos homens da floresta, logo após Túrin deixar aquela região. Ali ouviu uma estranha história que circulava entre eles. Um homem alto e senhoril, ou um guerreiro élfico, diziam alguns, surgira na floresta, matara um dos Gaurwaith e salvara a filha de Larnach, a quem perseguiam. – Era muito altivo – disse a filha de Larnach a Beleg –, com olhos brilhantes que mal se dignaram olhar-me. Porém, chamou os homens-lobos de companheiros, e não quis matar o outro que estava próximo e conhecia seu nome. Este o chamou de Neithan.

– Podes decifrar esse enigma? – perguntou Larnach ao elfo.

– Posso, ai de mim – disse Beleg. – O homem de quem falais é o que busco. – Nada mais mencionou aos homens da floresta sobre Túrin, mas advertiu-os do mal que se acumulava ao norte. – Logo os orcs virão rapinar esta região, em quantidade demasiada para vós os enfrentardes

– disse. – Este ano, por fim, tendes de entregar vossa liberdade ou vossa vida. Ide a Brethil enquanto é tempo!

Beleg seguiu seu caminho às pressas e procurou os covis dos proscritos e os sinais que lhe pudessem mostrar aonde tinham ido. Logo encontrou, mas Túrin já estava vários dias à frente e deslocava-se depressa, temendo a perseguição dos homens da floresta; usara todas as artes que conhecia para derrotar ou iludir quem tentasse segui-lo. Levou seus homens rumo ao oeste, para longe dos homens da floresta e das fronteiras de Doriath, até que chegaram à extremidade norte do grande planalto que se erguia entre os Vales do Sirion e do Narog. Lá a terra era mais seca, e a floresta acabava repentinamente na beira de um espinhaço. Abaixo dele podia-se ver a antiga Estrada do Sul, subindo das Travessias do Teiglin, passando pelos sopés ocidentais dos brejos rumo a Nargothrond. Lá os proscritos viveram com cautela durante algum tempo, raramente passando duas noites no mesmo acampamento e deixando poucos vestígios de seu caminho ou sua estada. Assim foi que o próprio Beleg os caçou em vão. Conduzido pelos sinais que podia interpretar, ou pelo rumor da passagem dos homens entre os seres selvagens com os quais conseguia falar, muitas vezes esteve perto, mas seu covil sempre estava deserto quando lá chegava; os proscritos mantinham vigilância dia e de noite, e a qualquer rumor de aproximação levantavam acampamento e partiam depressa. – Ai de mim! – exclamava ele. – Ensinei bem demais as artes da floresta e do campo a esse filho dos homens!

Quase se poderia crer que se trata de um bando de elfos. – Mas os homens, por sua vez, sabiam estar sendo rastreados por algum perseguidor incansável, que não podiam ver e tampouco rechaçar, e ficaram apreensivos.

Não muito tempo depois, como Beleg temera, os orcs atravessaram o Brithiach e, enfrentados com toda a força possível de ser reunida por Handir de Brethil, passaram rumo ao sul sobre as Travessias do Teiglin em busca de pilhagem. Muitos dos homens da floresta haviam seguido o conselho de Beleg, mandando mulheres e crianças pedirem refúgio em Brethil. Estas e sua escolta escaparam, atravessando as Travessias em tempo, mas os homens armados que as seguiam foram atacados pelos orcs e derrotados. Alguns atravessaram combatendo e chegaram a Brethil, porém muitos foram mortos ou capturados; os orcs avançaram sobre as fazendas e as saquearam e queimaram. Então imediatamente voltaram rumo ao oeste, procurando a Estrada, pois agora desejavam voltar logo para o norte com seu saque e seus prisioneiros.

Os batedores dos proscritos logo tomaram conhecimento de sua presença e, apesar de bem pouco se importarem com seus prisioneiros, a pilhagem dos homens da floresta atiçou sua cobiça. A Túrin pareceu arriscado revelarem-se aos orcs antes de saberem quantos eram, mas os proscritos não lhe deram atenção, pois no ermo tinham necessidade de muitas coisas, e alguns já começavam a lamentar sua liderança. Portanto, tomando por único companheiro um certo Orleg, Túrin partiu para espionar os orcs e, passando o comando do grupo a Andróg, encarregou-o de ficar por perto, bem escondido, enquanto estivessem fora.

A hoste dos orcs era muito mais numerosa que o bando de proscritos, mas estavam em terras aonde raramente tinham ousado ir e sabiam também que além da Estrada ficava Talath Dirnen, a Planície Protegida, vigiada pelos batedores e espiões de Nargothrond; por temerem o perigo estavam alertas, e seus batedores esgueiravam-se pelas árvores de ambos os lados das fileiras em marcha. Foi assim que Túrin e Orleg foram descobertos, pois três batedores toparam com eles, deitados escondidos; apesar de matarem dois, o terceiro escapou, gritando *Golug! Golug!* ao correr. Esse era o nome que usavam para os noldor. Imediatamente a floresta se encheu de orcs, dispersando-se em silêncio e caçando por toda a parte. Então, vendo que havia pouca esperança de escapar, Túrin pensou em pelo menos iludi-los e levá-los para longe do esconderijo de seus homens e, percebendo pelo grito de *Golug!* que temiam os espiões de Nargothrond, fugiu com Orleg para o oeste. Foram perseguidos sem demora até que, por mais que se virassem e desviassem, foram finalmente forçados a sair da floresta e avistados, e, ao tentarem atravessar a Estrada, Orleg foi alvejado por muitas flechas. Túrin, por sua vez, foi salvo pela cota de malha élfica, escapou sozinho para os ermos mais além e com rapidez e astúcia evadiu-se dos inimigos, indo para longe, para terras que lhe eram estranhas. Então os orcs, temendo que os elfos de Nargothrond fossem provocados, mataram seus prisioneiros e voltaram às pressas para o norte.

Quando já haviam passado três dias e Túrin e Orleg não tinham voltado, alguns dos proscritos quiseram partir da caverna onde estavam escondidos, mas Andróg opôs-se. E enquanto estavam em meio ao debate repentinamente surgiu diante deles um vulto cinzento. Beleg enfim os encontrara. Adiantou-se sem armas nas mãos e com as palmas voltadas para eles, mas os homens se puseram de pé depressa, por medo, e Andróg, vindo por trás, passou um laço sobre ele e apertou-o de modo a lhe imobilizar os braços.

– Se não desejais visitantes, deveis manter uma guarda melhor – disse Beleg. – Por que me recebeis assim? Venho como amigo, e busco somente um amigo. Neithan, é assim que vos ouço chamá-lo.

– Não está aqui – disse Ulrad. – Mas, a não ser que estejas nos espionando há tempo, como conheces esse nome?

– Espiona-nos há tempo – disse Andróg. – Esta é a sombra que nos tem espreitado. Agora talvez conheçamos sua verdadeira intenção. – Então mandou-os amarrar Beleg a uma árvore ao lado da caverna, e quando estava firmemente atado de pés e mãos eles o interrogaram. Mas a todas as perguntas Beleg só dava uma resposta: – Sou amigo desse Neithan desde a primeira vez que o encontrei na floresta, e ele era então apenas uma criança. Busco-o por amor somente, e para lhe trazer boas novas.

– Vamos matá-lo e nos livrar da espionagem – disse Andróg com raiva; olhou para o grande arco de Beleg e o cobiçou, pois era arqueiro. Mas alguns de melhor coração opuseram-se, e Algund disse: – O capitão ainda poderá retornar, e então te arrependerás se ele descobrir que foi privado ao mesmo tempo de um amigo e de boas novas.

– Não acredito na história desse elfo – disse Andróg. – É um espião do Rei de Doriath. Mas se de fato tiver notícias, ele há de contá-las a nós, e havemos de julgar se são motivo para deixá-lo viver.

– Esperarei por vosso capitão – disse Beleg.

– Ficarás em pé aí até falares – disse Andróg.

Então, por insistência de Andróg, deixaram Beleg amarrado à árvore sem alimento nem água e sentaram-se ao lado comendo e bebendo, mas ele nada mais lhes disse. Ao fim de dois dias e duas noites, ficaram zangados e receosos, além de ansiosos por partir; àquela altura a maioria estava disposta a matar o elfo. Ao cair da noite estavam todos reunidos em torno dele, e Ulrad trouxe um tição da pequena fogueira que ardia na entrada da caverna. Mas nesse momento Túrin retornou. Chegando em silêncio, como costumava fazer, pôs-se de pé nas sombras além do círculo dos homens e viu o rosto faminto de Beleg à luz do tição.

Então foi como se uma seta o atingisse e, como uma geada que derretia subitamente, lágrimas havia muito não derramadas encheram-lhe os olhos. Saltou à frente e correu até a árvore. – Beleg! Beleg! – exclamou. – Como vieste até aqui? E por que estás aí desse modo? – Cortou de imediato as amarras do amigo, e Beleg caiu para a frente em seus braços.

Quando Túrin ouviu tudo o que os homens se dispuseram a contar, sentiu-se furioso e aflito, mas primeiro ocupou-se de Beleg. Enquanto cuidava dele com toda a habilidade que tinha, pensava na vida na floresta, e sua ira se voltou para si mesmo. Pois muitas vezes estranhos haviam sido mortos quando os apanhavam perto dos covis dos proscritos ou eram emboscados por estes, e ele não o impedira; e com frequência ele próprio tinha falado mal do Rei Thingol e dos Elfos-Cinzentos, de modo que devia compartilhar a culpa se os tratavam como inimigos. Então voltou-se para os homens com amargura. – Fostes cruéis – disse –, e cruéis sem necessidade. Nunca até agora torturamos um prisioneiro, mas a vida que vivemos nos levou a esta obra de orc. Todos os nossos feitos foram ilícitos e infrutíferos, servindo apenas a nós mesmos e incitando ódio em nosso coração.

Ao que Andróg rebateu: – Mas a quem havemos de servir senão a nós mesmos? A quem havemos de amar quando todos nos odeiam?

– Minhas mãos pelo menos não se erguerão de novo contra elfos ou homens – disse Túrin. – Angband tem servos suficientes. Se outros não fizerem esta promessa comigo, caminharei sozinho.

Então Beleg abriu os olhos e ergueu a cabeça. – Não sozinho! – disse. – Agora finalmente posso contar minhas novidades. Não és proscrito, e Neithan é um nome impróprio. A culpa que recaiu sobre ti foi perdoada. Por um ano foste procurado para ser reconduzido à honra e ao serviço do Rei. Por demasiado tempo sentiu-se a falta do Elmo de Dragão.

Mas Túrin não demonstrou alegria por essa notícia, e por muito tempo ficou sentado em silêncio; ao ouvir as palavras de Beleg, uma sombra voltou a cair sobre ele. – Que passe esta noite – disse por fim. – Então decidirei. Seja como for, precisamos abandonar este covil amanhã, pois nem todos os que nos buscam têm boas intenções.

– Não, ninguém – disse Andróg, e lançou um olhar maligno para Beleg.

Pela manhã Beleg, rapidamente curado de suas dores, à moda do povo élfico de outrora, falou com Túrin em particular.

– Esperava mais alegria com as novidades – falou. – Certamente agora voltarás a Doriath? – E implorou que Túrin o fizesse, de todas as maneiras que podia; porém, quanto mais insistia, mais Túrin hesitava, mas não sem interrogar Beleg detalhadamente acerca do julgamento de Thingol. Então Beleg lhe contou tudo o que sabia, e por fim Túrin disse: – Então Mablung demonstrou ser meu amigo, como parecia outrora?

– Amigo da verdade, isso sim – disse Beleg –, e isso foi o melhor, no fim das contas; mas a sentença teria sido menos justa não fosse pelo testemunho de Nellas. Por que, por que, Túrin, não falaste a Mablung sobre o ataque de Saeros? Tudo poderia ter sido bem diferente. E – disse, olhando para os homens espreguiçados perto da boca da caverna – ainda poderias ter mantido nas alturas teu elmo, e não decaído a isto.

– Pode ser, se isto é o que chamas de decadência – disse Túrin. – Pode ser. Mas assim foi, e as palavras me ficaram presas na garganta. Havia reprovação nos olhos dele, sem que me fizesse nenhuma pergunta, por algo que eu não fizera. Meu coração humano foi tomado de orgulho, como disse o Rei dos elfos. E ainda está, Beleg Cúthalion. Ele ainda não me permite voltar a Menegroth e suportar olhares de pena e perdão, como um menino genioso que se emendou. Eu deveria conceder perdão, não recebê-lo. E já não sou menino, e sim um homem, de acordo com minha espécie, e um homem duro por destino.

Beleg afligiu-se. – O que farás então? – perguntou.

– Ir em liberdade – disse Túrin. – Foi isso que Mablung me desejou quando nos separamos. O perdão de Thingol não se estenderá a estes meus companheiros de decadência, creio; mas não me separarei deles agora se não quiserem se separar de mim. Amo-os à minha maneira, até mesmo o pior deles, um pouco. São de minha própria espécie, e em cada um existe algo de bom que pode crescer. Creio que me apoiarão.

– Enxergas com olhos diferentes dos meus – disse Beleg. – Se tentares desviá-los do mal, eles te desapontarão. Não confio neles, e em um menos do que em todos.

– Como um elfo há de julgar os homens? – disse Túrin.

– Como julga todas as ações, seja por quem forem feitas – respondeu Beleg, porém nada mais disse, e não falou da malícia de Andróg, principal responsável por seus maus-tratos; percebendo o humor de Túrin, temia ser desacreditado e ferir sua antiga amizade, empurrando-o de volta ao mau caminho.

– Ir em liberdade, tu dizes, meu amigo Túrin – falou. – O que queres dizer?

– Quero liderar meus próprios homens e fazer guerra à minha maneira – respondeu Túrin. – Mas pelo menos nisto meu coração está mudado: arrependo-me de cada golpe, exceto dos desferidos contra o Inimigo dos homens e elfos. E acima de tudo gostaria de ter-te a meu lado. Fica comigo!

– Se eu ficar ao teu lado, seria guiado pelo amor, não pela sabedoria – disse Beleg. – Meu coração me alerta de que devemos voltar a Doriath. Em outros lugares uma sombra se coloca diante de nós.

– Ainda assim não irei para lá – disse Túrin.

– Ai de mim! – disse Beleg. – Mas, como um pai afeiçoado que concede o desejo do filho contra a própria intuição, cedo ao teu desejo. A teu pedido, ficarei.

– Isto é mesmo formidável! – disse Túrin. Depois silenciou de repente, como se ele mesmo tivesse consciência da sombra, e lutou contra o orgulho que não o deixava voltar. Por um longo tempo ficou sentado, refletindo sobre os anos que haviam passado.

Abandonando de repente os pensamentos, olhou para Beleg e disse: – A donzela élfica cujo nome mencionaste, mas esqueço qual é: muito lhe devo por seu testemunho oportuno, mas não consigo lembrar-me dela. Por que vigiava meus caminhos? – Beleg olhou-o com estranheza. – Por quê? – perguntou. – Túrin, viveste mesmo sempre com o coração e a mente assim tão longe? Quando menino costumavas andar com Nellas na floresta.

– Isso deve ter sido em um tempo muito distante – disse Túrin. – Ou é assim que minha infância me parece agora, e paira uma névoa sobre ela, a não ser pela lembrança da casa de meu pai em Dor-lómin. Por que eu andaria com uma donzela élfica?

– Para aprender o que ela podia ensinar, talvez – disse Beleg –, nem que fossem apenas algumas palavras élficas dos nomes das flores do bosque. Pelo menos esses nomes tu não esqueceste. Ai de ti, filho dos homens, há outros sofrimentos na Terra-média além dos teus, e feridas que nenhuma arma causou. Na verdade começo a pensar que elfos e homens não deveriam encontrar-se nem interferir uns na vida dos outros.

Túrin nada disse, mas olhou por longo tempo para o rosto de Beleg, como se nele fosse ler o enigma de suas palavras. Nellas de Doriath nunca mais o viu, e sua sombra afastou-se dela. Beleg e Túrin voltaram-se a outros assuntos, debatendo sobre onde deveriam habitar. – Vamos voltar a Dimbar, nos confins do norte, onde outrora caminhamos juntos! – disse Beleg com entusiasmo. – Somos necessários lá. Ultimamente os orcs encontraram um caminho descendo de Taur-nu-Fuin, abrindo uma estrada através da Passagem de Anach.

– Não me lembro desse caminho – disse Túrin.

– Não, nunca nos afastamos tanto das fronteiras – falou Beleg. – Mas viste os picos de Crissaegrim ao longe, e a leste deles as escuras muralhas de Gorgoroth. Anach fica entre eles, acima das altas nascentes do Mindeb. Um caminho difícil e perigoso, mas agora muitos vêm por ele, e Dimbar, que costumava estar em paz, está caindo sob a Mão escura, e os homens de Brethil estão inquietos. A Dimbar eu te chamo!

– Não, não andarei para trás na vida – disse Túrin. – Nem posso chegar facilmente a Dimbar agora. O Sirion está no meio do caminho, sem pontes e sem vaus abaixo de Brithiach, muito ao norte; é arriscado atravessá-lo. Exceto em Doriath. Mas não entrarei em Doriath fazendo uso da licença e do perdão de Thingol.

– Disseste que és um homem duro, Túrin. É verdade, se com isso queres dizer obstinado. Agora é minha vez. Partirei, com tua permissão, assim que puder, e despeço-me de ti. Se de fato desejas ter o Arcoforte a teu lado, procura-me em Dimbar. – Naquele momento Túrin nada mais disse.

No dia seguinte Beleg pôs-se a caminho, e Túrin foi com ele até a distância de uma flechada do acampamento sem nada dizer. – Então é adeus, filho de Húrin? – perguntou Beleg.

– Se de fato desejas manter tua palavra e ficar a meu lado – respondeu Túrin –, então procura-me em Amon Rûdh! – Assim falou, perturbado e sem consciência do que tinha diante de si. – Do contrário este é nosso último adeus.

– Talvez seja melhor – disse Beleg, e pôs-se a caminho.

Diz-se que Beleg voltou a Menegroth, apresentou-se a Thingol e Melian e lhes contou tudo o que ocorrera, exceto os maus-tratos que recebera dos companheiros de Túrin. Então Thingol suspirou e disse: – Assumi a criação do filho de Húrin, e não é possível renunciar a ela por amor nem por ódio, a não ser que o próprio Húrin, o Valente, retorne. O que mais ele queria que eu fizesse?

Mas Melian disse: – Agora terás um presente meu, Cúthalion, por tua ajuda e tua honra, pois não tenho nada mais valioso para dar. – E deu-lhe uma provisão de *lembas*, o pão de viagem dos elfos, embrulhada em folhas de prata, e os fios que a atavam estavam lacrados nos nós com o selo da Rainha, uma obreia de cera branca em forma de uma única flor de Telperion. De acordo com os costumes da Eldalië, a guarda e a distribuição desse alimento competiam apenas à Rainha. – Este pão de viagem, Beleg – disse ela –, há de ser teu auxílio no ermo e no inverno, e também o auxílio daqueles que escolheres. Pois agora te confio isto para repartires como quiseres em meu nome. – Melian não podia oferecer favor maior a Túrin do que esse presente, pois os eldar nunca antes haviam permitido que os homens consumissem aquele pão de viagem, e raramente voltaram a fazê-lo.

Então Beleg partiu de Menegroth e retornou aos confins do norte, onde ficavam seus alojamentos e muitos amigos; mas, quando o inverno chegou e o combate amainou, subitamente seus companheiros deram pela falta de Beleg, que nunca mais voltou a seu convívio.

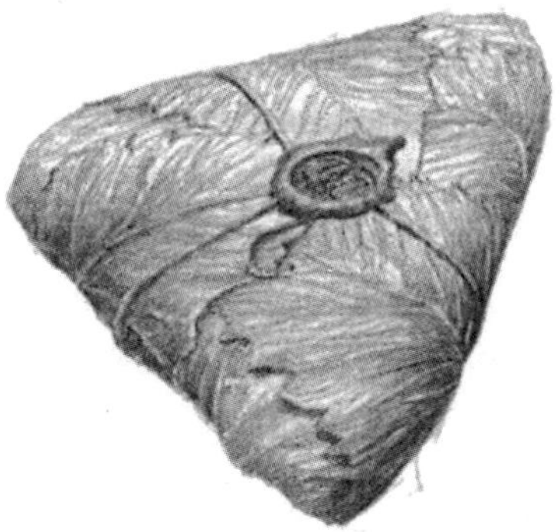

CAPÍTULO VII

SOBRE O ANANO MÎM

Agora a história se volta para Mîm, o anano-miúdo. Há muito tempo ninguém se lembra mais dos ananos-miúdos, pois Mîm foi o último. Pouco se sabia deles mesmo nos dias de outrora. Os elfos de Beleriand os chamavam de Nibin-nogrim muito tempo atrás, mas não os amavam, e os ananos-miúdos não amavam a ninguém exceto a si mesmos. Se odiavam e temiam os orcs, também odiavam os eldar, e os Exilados mais que todos, pois os noldor, diziam, tinham-lhes roubado as terras e os lares. Nargothrond foi encontrado primeiro e teve sua escavação iniciada pelos ananos-miúdos, muito antes que Finrod Felagund viesse por sobre o Mar.

Eram descendentes, diziam alguns, de ananos que foram banidos das cidades anânicas do leste nos dias antigos.

Muito antes do retorno de Morgoth eles haviam vagado rumo ao oeste. Sem senhores e pouco numerosos, resultou difícil para eles o acesso aos minérios dos metais, e seus trabalhos de ferreiros e seu suprimento de armas minguaram; assumiram vidas clandestinas e adquiriram estatura um tanto mais baixa que seus parentes do leste, caminhando com ombros curvados e passos rápidos e furtivos. Ainda assim, como todos de sua espécie, eram muito mais fortes do que sua estatura indicava, e eram capazes de se aferrar à vida diante de grandes provações. Mas por fim haviam minguado e desaparecido da Terra-média, todos exceto Mîm e seus dois filhos; e Mîm era velho até mesmo pela medida dos ananos, velho e esquecido.

Após a partida de Beleg (e isso foi no segundo verão depois que Túrin fugiu de Doriath), as coisas complicaram-se para os proscritos. Caíram chuvas fora de estação, e orcs em número cada vez maior desceram do norte e ao longo da velha Estrada do Sul por sobre o Teiglin, transtornando todas as florestas nos limites oeste de Doriath. Havia pouca segurança e pouco repouso, e a companhia desempenhava mais frequentemente o papel de caçados que o de caçadores.

Certa noite, de tocaia no escuro, sem fogueira, Túrin refletiu sobre sua vida, e pareceu-lhe que poderia ser melhorada. "Preciso encontrar um refúgio seguro", pensou, "e fazer provisões para o inverno e a fome." Mas não sabia o que fazer.

No dia seguinte levou seus homens para o sul, mais longe do que jamais tinham estado do Teiglin e dos confins de Doriath, e após três dias de viagem pararam na borda ocidental dos bosques do Vale do Sirion. Ali a terra era mais seca e estéril, pois começava a subir rumo às charnecas.

Logo depois ocorreu que, quando se apagava a luz cinzenta de um dia de chuva, Túrin e seus homens estavam abrigados em uma moita de azevinho, e além dela havia uma área sem árvores com muitas pedras grandes, inclinadas ou tombadas juntas. Tudo era silêncio, exceto pela chuva pingando das folhas.

De repente um vigia deu o alarme, e pondo-se de pé com um salto os homens viram três formas encapuzadas, trajadas de cinza, andando silenciosamente por entre as pedras. Cada uma carregava um grande saco, mas apesar disso caminhavam depressa. Túrin gritou-lhes que parassem, e os homens saíram correndo na direção deles como cães de caça, mas continuaram seu caminho e, apesar de Andróg atirar em sua direção, dois deles desapareceram no crepúsculo. Um retardou-se, pois era mais lento ou estava mais carregado, e logo foi agarrado, lançado ao chão e seguro por muitas mãos firmes, apesar de se debater e morder como um animal. Túrin, porém, chegou e censurou seus homens. – O que tendes aí? – disse. – Para que tanta violência? É velho e pequeno. Que mal pode fazer?

– Ele morde – disse Andróg, esfregando uma mão que sangrava. – É um orc, ou da espécie dos orcs. Mata-o!

– É o mínimo que merece por iludir nossas esperanças – disse outro, que pegara o saco. – Aqui não há nada senão raízes e pedrinhas.

– Não – disse Túrin –, é barbado. É apenas um anano, acho. Deixai-o levantar e falar.

Assim foi que Mîm tomou parte do Conto dos Filhos de Húrin. Pois colocou-se de joelhos, cambaleando, diante dos pés de Túrin e implorou por sua vida. – Sou velho – disse ele – e pobre. Apenas um anano, como dizes, não um orc. Mîm é meu nome. Não permitas que me matem, mestre, sem nenhuma causa, como fariam os orcs.

Então Túrin compadeceu-se dele em seu coração, mas falou: – Pareces pobre, Mîm, por mais que isso seja estranho para um anano; mas acredito que nós somos mais pobres: homens sem lar e sem amigos. Se eu dissesse que não poupamos vidas apenas por compaixão, já que estamos em grande necessidade, o que oferecerias como resgate?

– Não sei o que desejas, senhor – disse Mîm com cautela.

– Neste momento, bem pouco! – falou Túrin, olhando em volta amargurado, com a chuva nos olhos. – Um lugar seguro para dormir longe das florestas úmidas. Sem dúvida tens algo assim para ti.

– Tenho – disse Mîm –, mas não posso dá-lo como resgate. Sou velho demais para viver ao relento.

– Não precisas ficar mais velho – interrompeu Andróg, dando um passo e segurando uma faca na mão ilesa. – Posso poupar-te disso.

– Senhor! – exclamou Mîm com grande medo, agarrando-se aos joelhos de Túrin. – Se eu perder a vida, perdereis a habitação, pois não a encontrareis sem Mîm. Não posso dá-la, mas vou compartilhá-la. Há nela mais espaço do que nunca, porque muitos se foram para sempre – e começou a chorar.

– Tua vida foi poupada, Mîm – disse Túrin.

– Até que cheguemos a seu covil, pelo menos – falou Andróg.

Mas Túrin o encarou e disse: – Se Mîm nos levar até sua casa sem trapaça e ela for boa, então sua vida estará resgatada, e ele não há de ser morto por nenhum homem que me segue. Isso eu juro.

Então Mîm beijou os joelhos de Túrin e disse: – Mîm será teu amigo, senhor. Primeiro ele pensou que fosses um elfo, pela tua fala e tua voz. Mas, se és um homem, tanto melhor. Mîm não ama os elfos.

– Onde está essa tua casa? – perguntou Andróg. – Deve mesmo ser bom compartilhá-la com um anano. Pois Andróg não gosta de ananos. Sua gente trouxe do leste poucas histórias boas dessa raça.

– Deixaram para trás histórias ainda piores – disse Mîm. – Julga meu lar quando o vires. Mas precisareis de luz no caminho, homens cambaleantes. Voltarei logo para vos guiar. – Então ergueu-se e apanhou o saco.

– Não, não! – disse Andróg. – Não permitirás isto, certo, capitão? Nunca voltarias a ver o velho patife.

– Está escurecendo – disse Túrin. – Ele que nos deixe alguma garantia. Podemos ficar com teu saco e tua carga, Mîm?

Mas diante disso o anano outra vez caiu de joelhos, muito perturbado. – Se Mîm não pretendesse voltar, não voltaria por um velho saco de raízes – disse. – Eu voltarei. Deixai-me ir!

– Não deixarei – disse Túrin. – Se não queres te separar de teu saco, deves ficar com ele. Uma noite sob as folhas, quem sabe, fará com que tenhas piedade de nós. – Mas observou, e outros também, que Mîm dava mais importância ao saco e sua carga do que seu valor aparentava.

Levaram embora o velho anano até seu acampamento melancólico, e no caminho ele resmungava numa língua estranha que parecia áspera e carregada de um antigo ódio, mas quando puseram amarras em suas pernas ele se calou de repente. E os que o vigiavam viram-no sentado durante toda a noite, silencioso e imóvel como uma pedra, exceto pelos olhos insones que brilhavam percorrendo a escuridão.

Antes da manhã a chuva parou, e um vento agitou as árvores. A aurora surgiu mais luminosa do que fora por muitos dias, e ares leves do sul abriram o céu pálido e claro ao nascer do sol. Mîm continuava sentado sem se mover, como morto; agora suas pesadas pálpebras estavam fechadas, e a luz da manhã o revelou definhado e contraído de velhice. Túrin, de pé, baixou os olhos para ele. – Agora há luz suficiente – falou.

Então Mîm abriu os olhos e apontou para suas amarras; quando ficou livre falou furioso: – Aprendei isto, tolos! Não coloqueis amarras num anano! Ele não vos perdoará. Não desejo morrer, mas pelo que fizestes meu coração se inflamou. Arrependo-me de minha promessa.

– Mas eu não – disse Túrin. – Vais me conduzir ao teu lar. Até lá não falaremos em morte. Essa é a *minha* vontade. – Olhou firmemente nos olhos do anano, e Mîm não pôde suportá-lo; de fato poucos eram capazes de desafiar os olhos de Túrin, por vontade firme ou por ira. Logo desviou a cabeça e se ergueu. – Segue-me, senhor! – disse ele.

– Bom! – disse Túrin. – Mas agora acrescentarei isto: compreendo teu orgulho. Podes morrer, mas não hás de ser posto em amarras outra vez.

– Não serei – disse Mîm. – Mas vinde agora! – E com essas palavras levou-os de volta ao lugar onde fora capturado, e apontou para o oeste. – Lá fica meu lar! – falou. – Muitas vezes o vistes, imagino, pois é alto. Sharbhund, nós o chamávamos, antes que os elfos mudassem todos os nomes. – Então viram que ele apontava para Amon Rûdh, o Morro Calvo, cuja cabeça desnuda vigiava muitas léguas do ermo.

– Nós o vimos, mas nunca de perto – disse Andróg. – Pois que covil seguro pode existir lá, ou água, ou qualquer outra coisa de que necessitamos? Imaginei que havia al-

gum truque. Que tipo de homens se escondem no topo de um morro?

– A visão a distância pode ser melhor que a espreita – disse Túrin. – Amon Rûdh olha em todo o redor. Bem, Mîm, vou ver o que tens para mostrar. Quanto tempo levaremos nós, homens cambaleantes, para chegarmos até lá?

– Todo este dia até o anoitecer se partirmos agora – respondeu Mîm.

Logo a companhia partiu rumo ao oeste, com Túrin à frente e Mîm a seu lado. Caminharam com cautela depois de sair da floresta, mas toda a região parecia vazia e silenciosa. Passaram por sobre as pedras tombadas e começaram a subir, pois Amon Rûdh ficava na borda oriental das altas charnecas que se encimavam entre os vales do Sirion e do Narog, e mesmo acima do urzal pedregoso em sua base o topo se erguia mais de mil pés*. Do lado leste, um terreno acidentado subia lentamente até os altos espinhaços, entre grupos de bétulas e sorveiras e antigas árvores espinhosas enraizadas na rocha. Mais além, nos brejos e em torno das encostas inferiores de Amon Rûdh, cresciam moitas de *aeglos*, mas sua íngreme cabeça cinzenta era desnuda, exceto pelo *seregon* vermelho que recobria a pedra.

À medida que a tarde encerrava-se, os proscritos se aproximaram das raízes do morro. Agora vinham pelo norte,

* Cerca de 300 metros. (N. do T.)

pois assim Mîm os conduzira, e a luz do sol poente caiu sobre o cume de Amon Rûdh, revelando o *seregon* todo em flor.

– Vede! Há sangue no topo do morro – disse Andróg.

– Ainda não – falou Túrin.

O sol declinava e a luz fraquejava nos vales. Agora o morro assomava diante deles e acima deles, e os homens perguntavam-se que necessidade haveria de um guia para um alvo tão evidente. Mas, à medida que Mîm os conduzia adiante e que começavam a escalar os últimos aclives íngremes, perceberam que ele seguia alguma trilha por sinais secretos ou antigo costume. Agora seu trajeto serpenteava para lá e para cá, e quando olhavam para os lados viam que aqui e ali se abriam pequenos vales escuros e ravinas fundas, ou que o terreno descia para áreas desertas com grandes pedras, com depressões e cavidades ocultas sob arbustos e espinhos. Sem um guia poderiam passar dias pelejando e escalando para encontrar o caminho.

Por fim chegaram a um terreno mais íngreme, porém mais liso. Passaram sob as sombras de antigas sorveiras, entrando em corredores de *aeglos* de longas pernas: uma escuridão repleta de um doce odor. Então subitamente uma muralha de pedra surgiu diante deles, de face plana e perpendicular, talvez com quarenta pés* de altura, mas o crepúsculo turvava o céu e a estimativa era incerta.

* Cerca de 12 metros. (N. do T.)

– Esta é a porta de tua casa? – perguntou Túrin. – Os ananos apreciam a pedra, é o que se diz. – Aproximou-se de Mîm para que este não lhes pregasse uma peça no final.

– Não a porta da casa, mas o portão do pátio – disse Mîm. Voltou-se então para a direita, percorrendo o pé do penhasco, e após vinte passos deteve-se de repente; então Túrin viu que, por obra de mãos ou das intempéries, havia uma fenda de tal forma que duas faces da muralha se sobrepunham, e uma abertura infiltrava-se no meio delas pelo lado esquerdo. Sua entrada era escondida por longas plantas suspensas, enraizadas em fissuras lá em cima, mas no interior havia uma íngreme trilha de pedra que subia no escuro. A água gotejava sobre ela, e o ar era úmido.

Um a um eles subiram enfileirados. Ao chegar ao topo a trilha guinou outra vez para a direita e para o sul, e através de uma moita de espinhos levou-os a um campo verde que ela atravessava rumo às sombras. Haviam chegado à casa de Mîm, Bar-en-Nibin-noeg, da qual somente antigos contos de Doriath e Nargothrond se recordavam, e que nenhum homem jamais havia visto. Mas a noite caía, e o leste estava estrelado, portanto não conseguiam ainda ver que forma tinha aquele estranho lugar.

Amon Rûdh tinha uma coroa, uma grande massa na forma de um íngreme chapéu de pedra, com um topo chato e desnudo. Do lado norte projetava-se uma saliência, plana e quase quadrada, que não se podia ver de baixo, pois atrás dela a coroa do morro se erguia como uma muralha, e a oeste e a leste havia penhascos abruptos de sua margem. Apenas pelo norte, como haviam vindo, ela podia ser alcançada com tranquilidade por quem conhecesse o caminho. Do "portão" saía um caminho que logo entrava em um pequeno bosque de bétulas acanhadas, crescendo em torno de um laguinho límpido em uma bacia escavada na rocha. Era alimentado por uma nascente ao pé da muralha posterior, que através de um vertedouro derramava-se como um fio branco por sobre a beirada ocidental da saliência. Atrás do anteparo de árvores, perto da nascente e entre dois altos contrafortes de rocha, havia uma caverna. Parecia não ser mais que uma gruta rasa, com um arco baixo e partido, mas seu interior fora aprofundado e escavado profundamente sob o morro pelas lentas mãos dos ananos-miúdos nos longos anos em que lá haviam morado sem ser incomodados pelos Elfos-Cinzentos da floresta.

Através do escuro crepúsculo, Mîm conduziu-os pela beira do lago, onde agora as estrelas pálidas se espelhavam entre as sombras dos ramos de bétula. Na boca da caverna, virou-se e se inclinou para Túrin. – Entra, senhor! – disse ele: – Bar-en-Danwedh, a Casa do Resgate. Pois assim há de ser chamada.

– Pode ser – disse Túrin. – Primeiro vou olhá-la. – Então entrou com Mîm, e os outros, vendo-o prosseguir sem temor, foram atrás, até mesmo Andróg, o que mais desconfiava do anano. Logo estavam em escuridão total, mas Mîm bateu palmas e uma luzinha surgiu contornando uma curva: de uma passagem no fundo da gruta exterior veio outro anano trazendo uma pequena tocha.

– Ah! Errei, como eu temia! – disse Andróg. Mas Mîm falou rapidamente com o outro, em sua própria língua áspera, e, parecendo perturbado ou zangado com o que ouvira, correu para dentro da passagem e desapareceu. Então Andróg insistiu em avançar. – Atacai primeiro! – gritou. – Pode haver um enxame deles, mas são pequenos.

– Só três, imagino – disse Túrin, colocando-se à frente, enquanto atrás dele os proscritos andavam pela passagem às apalpadelas, tateando as paredes toscas. Muitas vezes o caminho se curvou para lá e para cá em ângulos fechados; mas por fim uma luz fraca brilhou à frente, e chegaram a um salão pequeno, mas alto, fracamente iluminado por lamparinas que pendiam da sombra do teto em finas correntes. Mîm não estava ali, mas podia-se ouvir sua voz, e guiado por ela Túrin chegou à porta de um recinto que dava para os fundos do salão. Olhando para dentro, viu Mîm de joelhos no chão. A seu lado, silencioso, estava o anano com a tocha, e num banco de pedra junto à parede posterior jazia o outro. – Khîm, Khîm, Khîm! – gemia o velho anano, puxando a barba.

– Nem todas as tuas flechadas erraram o alvo – disse Túrin a Andróg. – Mas esse poderá se revelar um mau acerto. Atiras tuas setas de maneira leviana, e talvez não vivas bastante para adquirir sabedoria.

Deixando os demais, Túrin entrou de mansinho e se postou atrás de Mîm, falando: – Qual é o problema, mestre? – disse. – Domino algumas artes de cura. Posso ajudar-te?

Mîm virou a cabeça, e uma luz vermelha reluzia em seus olhos. – Não se não puderes voltar no tempo e decepar as mãos cruéis de teus homens – respondeu. – Este é meu filho. Havia uma flecha em seu peito. Agora ele está além da fala. Morreu ao pôr do sol. Tuas amarras me impediram de curá-lo.

Outra vez a compaixão há muito endurecida brotou no coração de Túrin como a água brota da rocha. – Ai de ti! – disse ele. – Eu reverteria essa seta se pudesse. Agora esta há de ser verdadeiramente chamada Bar-en-Danwedh, Casa do Resgate. Pois, quer habitemos aqui ou não, irei considerar-me teu devedor, e se alguma vez adquirir riqueza pagarei por teu filho um *danwedh* de ouro pesado em troca de tua mágoa, mesmo que isso não seja mais suficiente para contentar teu coração.

Então Mîm se ergueu e olhou longamente para Túrin. – Eu te ouço – disse ele. – Falas como um senhor dos ananos de outrora, e fico admirado com isso. Agora meu coração arrefeceu, apesar de não estar contente. Pagarei, portanto, meu próprio resgate: podeis morar aqui se quiserdes. Mas acrescentarei isto: aquele que atirou a seta há de quebrar seu arco e suas flechas e depositá-los aos pés de meu filho e nunca mais há de pegar em flecha nem portar arco. Se o fizer, há de morrer por isso. Essa maldição eu lhe imponho.

Andróg sentiu medo quando ouviu falar na maldição e, apesar de fazê-lo com muita relutância, quebrou o arco e as flechas e as depositou aos pés do anano morto. Mas ao sair do recinto lançou um olhar malévolo a Mîm e resmungou: – A maldição de um anano jamais morre, dizem; mas também a de um homem pode acertar o alvo. Que morra com uma seta na garganta!

Naquela noite deitaram-se no salão e dormiram inquietos por causa das lamúrias de Mîm e de Ibun, seu outro filho. Não sabiam dizer quando elas cessaram, mas quando por fim despertaram os anões haviam saído e o recinto estava fechado com uma pedra. O dia estava claro outra vez, e ao sol matutino os proscritos se lavaram no lago e prepararam os alimentos que tinham; enquanto comiam, Mîm se pôs diante deles.

Curvou-se diante de Túrin. – Ele se foi e tudo está feito – disse. – Ele agora descansa com seus pais. Agora voltamo-nos para a vida que nos resta, ainda que possam ser breves os dias diante de nós. O lar de Mîm te agrada? O resgate está pago e aceito?

– Está – disse Túrin.

– Então é tudo teu, para arrumares tua morada aqui como quiseres, exceto por isto: o recinto que está fechado, ninguém há de abri-lo senão eu.

– Nós te escutamos – disse Túrin. – Mas, quanto à nossa vida aqui, estamos seguros, ou assim parece, mas ainda precisamos de comida e outras coisas. Como havemos de sair? Ou, ainda, como havemos de voltar?

Para desconforto dos homens, Mîm deu uma risada gutural. – Temeis ter seguido uma aranha ao centro de sua teia? – disse. – Não, Mîm não devora homens. E uma aranha dificilmente poderia lidar com trinta vespas ao mesmo tempo. Vede, vós estais armados, e eu aqui estou desguarnecido. Não, precisamos compartilhar, vós e eu: casa, comida e fogo, e quem sabe outros ganhos. A casa, creio, guardareis e mantereis secreta em vosso próprio proveito, mesmo quando conhecerdes os caminhos de entrada e saída. Ireis aprendê-los com o tempo. Mas enquanto isso Mîm deve guiar-vos, ou seu filho Ibun, quando sairdes; e alguém irá aonde fordes e retornará quando retornardes, ou vos esperará em algum ponto que conheçais e possais encontrar sem guia. Creio que isso será cada vez mais perto da casa.

Túrin concordou e agradeceu a Mîm, e a maior parte de seus homens ficou contente, pois sob o sol da manhã, enquanto o verão ainda estava no auge, parecia um belo lugar para morar. Apenas Andróg estava contrariado. – Quanto antes formos senhores de nossas próprias idas e voltas, melhor – disse. – Nunca antes em nossas andanças levamos para lá e para cá um prisioneiro ressentido.

Naquele dia descansaram, limparam as armas e consertaram o equipamento, pois ainda tinham comida que duraria um ou dois dias, e Mîm ainda fez acréscimos ao que tinham. Emprestou-lhes três grandes caçarolas e lenha e trouxe um saco. – Miudezas – falou. – Nada que valha a pena roubar. Apenas raízes selvagens.

Mas quando lavadas as raízes se revelaram brancas e carnudas em suas cascas, e quando cozidas eram boas de comer, lembravam um pouco o pão; e os proscritos ficaram contentes com isso, pois por muito tempo lhes faltara pão, exceto quando conseguiam roubá-lo. – Os elfos selvagens não as conhecem; os Elfos-Cinzentos não as encontraram; os altivos de além-Mar são orgulhosos demais para cavar – disse Mîm.

– Como se chamam? – disse Túrin.

Mîm olhou-o de lado. – Não têm nome, exceto no idioma dos ananos, que não ensinamos – disse. – E não ensinamos os homens a encontrá-las, pois os homens são gananciosos e esbanjadores e não iriam descansar até que tivessem exterminado todas as plantas; porém agora passam por elas quando caminham desajeitados no ermo. Não sabereis mais por mim, mas podeis ter bastante por minha liberalidade enquanto falardes francamente e não espionardes nem roubardes. – Então deu outra vez uma risada gutural. – São de grande valia – disse. – Mais do que ouro num inverno de fome, pois podem ser armazenadas como as nozes do esquilo e já estávamos acumulando nosso estoque com as primeiras que amadureceram. Mas sois tolos se pensais que eu não me separaria de um pequeno carregamento para salvar minha vida.

– Escuto-te – disse Ulrad, que havia olhado dentro do saco quando Mîm fora apanhado. – Ainda assim não querias te separar, e tuas palavras só me admiram ainda mais.

Mîm virou-se e o olhou sombriamente. – És um dos tolos que a primavera não lamentaria se perecesse no inverno – disse-lhe. – Eu havia dado minha palavra, e portanto tinha de voltar, querendo ou não, com ou sem saco, e que um homem sem lei e sem fé pense o que quiser! Mas não gosto de ser apartado do que é meu por força dos maus, nem que seja apenas de um laço de sapato. Por acaso não me recordo de que tuas mãos estavam entre as que me puseram amarras e me impediram de voltar a falar com meu filho? Sempre que eu repartir o pão-da-terra de meu estoque não te incluirei, e se o comeres será por generosidade de teus companheiros, não minha.

Então Mîm foi embora, e Ulrad, que tremera diante da sua ira, falou pelas suas costas: – Grandes palavras! Ainda assim o velho patife tinha outras coisas no saco, de formato semelhante, porém mais duras e pesadas. Talvez existam no ermo outras coisas além de pão-da-terra que os elfos não encontraram e os homens não podem conhecer!

– Pode ser – disse Túrin. – Mas o anano falou a verdade pelo menos em um ponto, chamando-te de tolo. Por que precisas falar o que pensas? O silêncio, se és incapaz de dizer palavras belas, serviria melhor a todos os nossos propósitos.

O dia transcorreu em paz, e nenhum dos proscritos quis sair. Túrin andava para lá e para cá na verde relva da saliência, de uma beirada à outra, e espiava para o leste, e o oeste, e o norte, e admirava-se de ver quão longe podia enxergar no ar límpido. Ao norte, parecendo estranhamente próxima, podia discernir a floresta de Brethil subindo verde ao redor de Amon Obel. Descobriu que naquela direção seus olhos se desviavam mais do que desejava, porém não sabia por quê, pois seu coração era mais atraído pelo noroeste, onde a léguas e léguas de distância, nas orlas do firmamento, acreditava conseguir entrever as Montanhas da Sombra e as fronteiras de seu lar. Mas à tardinha Túrin olhou o sol poente a oeste, que descia vermelho nas névoas sobre as costas muito distantes, e o Vale do Narog, no meio, jazia no fundo das sombras.

Assim começou a estada de Túrin, filho de Húrin, nos salões de Mîm, em Bar-en-Danwedh, a Casa do Resgate.

Por um longo período a vida dos proscritos seguiu de forma muito satisfatória. O alimento não era escasso, tinham um bom abrigo, quente e seco, com espaço suficiente e até de sobra, pois descobriram que as cavernas poderiam alojar uma centena ou mais, se necessário. Um salão menor escondia-se mais para dentro, e havia uma lareira de um dos lados, por cima da qual uma chaminé subia pela rocha até um respiradouro habilmente oculto numa fenda na face do morro. Também havia muitos outros recintos que davam para os salões ou o corredor que os ligava, alguns para habitação, outros usados como oficinas ou depósitos. Mîm era mais experimentado nas artes da armazenagem do que eles, e possuía diversos recipientes e arcas de pedra e madeira que aparentavam ser de grande antiguidade. Mas a maioria dos recintos agora estava desocupada: nos arsenais estavam pendurados machados e outros atavios cheios de ferrugem e poeira, as prateleiras e os armários estavam vazios e as ferrarias estavam ociosas. Exceto uma: um pequeno recinto que dava para o salão interior e tinha uma lareira que usava a mesma saída de fumaça daquela do salão. Ali Mîm trabalhava às vezes, mas não permitia que outros fossem com ele; além disso, não mencionava uma escada oculta e secreta que levava de sua casa para o topo chato de Amon Rûdh. Andróg topou com ela quando, faminto, buscava os estoques de comida de Mîm e se perdeu nas cavernas, mas não revelou sua descoberta a ninguém.

Durante o restante daquele ano não fizeram mais incursões e, quando saíam para caçar ou recolher alimento, iam geralmente em grupos pequenos. E por muito tempo acharam difícil refazer o trajeto da vinda, e além de Túrin não mais que seis dos homens chegaram a ter certeza do caminho. No entanto, ao perceber que os que tinham habilidade para tanto conseguiam chegar ao covil sem a ajuda de Mîm, puseram um vigia dia e noite perto da fenda na muralha norte. Do sul não esperavam inimigos, nem havia risco de alguém escalar Amon Rûdh por aquele lado; mas de dia havia quase sempre um guarda postado no topo da coroa, capaz de enxergar ao longe em toda a volta. Por mais que fossem íngremes os lados da coroa, o cume podia ser alcançado, pois a leste da boca da caverna haviam sido entalhados degraus toscos que subiam até encostas que podiam ser escaladas sem ajuda.

Assim o ano avançou sem dano nem alarme. Mas quando os dias encurtaram, o lago ficou cinzento e frio, as bétulas desnudas e voltaram as chuvas intensas, tiveram que passar mais tempo abrigados. Logo se cansaram da escuridão sob o morro e da fraca meia-luz dos salões, e pareceu à maioria que a vida seria melhor se não tivessem de compartilhá-la com Mîm. Diversas vezes ele surgia de algum canto ou portal escuro quando acreditavam que estava em outro lugar; e com Mîm por perto a inquietude se abatia sobre suas conversas. Começaram a falar entre si sempre em sussurros.

Porém, e parecia-lhes estranho, com Túrin ocorria o contrário; ele se afeiçoava cada vez mais ao velho anano, e cada vez mais escutava seus conselhos. No inverno que se seguiu sentava-se por longas horas junto a Mîm, ouvindo suas tradições e as histórias de sua vida, e Túrin não o censurava quando falava mal dos eldar. Mîm parecia muito satisfeito e, em troca, fazia muitos favores a Túrin; somente a ele permitia entrar às vezes em sua ferraria, e lá conversavam baixinho.

Mas quando o outono passou, o inverno os fez sofrer. Antes de Iule* veio neve do norte, mais espessa do que a

* Na Terra-média, a época que antecede o novo ano, por volta do solstício de inverno. (N. do T.)

tinham visto nos vales dos rios; naqueles tempos, e cada vez mais à medida que crescia o poderio de Angband, os invernos recrudesceram em Beleriand. Amon Rûdh ficou coberto por uma grossa camada de gelo, e só os mais resistentes se atreviam a sair. Alguns adoeceram e todos eram fustigados pela fome.

No escuro crepúsculo de um dia no meio do inverno, surgiu repentinamente entre eles um homem, ao que parecia, de grande estatura e porte, de manto e capuz brancos. Havia conseguido esquivar-se dos vigias, e caminhou até a fogueira sem nada dizer. Quando os homens se puseram de pé, saltando, ele riu e jogou o capuz para trás, e viram que era Beleg Arcoforte. Sob o largo manto carregava um grande pacote, no qual trouxera muitas coisas para auxílio dos homens.

Desse modo Beleg voltou a ter com Túrin, cedendo ao amor em detrimento da sabedoria. Túrin alegrou-se de verdade, pois muitas vezes se arrependera de sua teimosia, e agora o desejo de seu coração se realizava sem que precisasse humilhar-se ou agir contra a própria vontade. Mas, se Túrin estava alegre, Andróg e alguns outros da companhia não estavam. Parecia-lhes que Beleg e seu capitão haviam combinado alguma coisa que este escondera deles; Andróg os observava atentamente quando os dois se sentavam e conversavam longe do grupo.

Beleg trouxera consigo o Elmo de Hador, pois esperava que este poderia resgatar o pensamento de Túrin da vida no ermo como líder de uma companhia insignificante. – É o que te pertence que trago de volta – disse a Túrin quando exibiu o elmo. – Foi deixado aos meus cuidados nos confins do norte, mas não esquecido, creio.

– Quase – disse Túrin –, mas não será novamente – e ficou em silêncio, olhando para muito longe com os olhos do pensamento, até perceber subitamente o brilho de outro objeto que Beleg tinha na mão. Era o presente de Melian, com as folhas de prata vermelhas à luz do fogo, e quando Túrin viu o selo seus olhos escureceram. – O que tens aí? – perguntou.

– O maior presente que alguém que ainda te ama tem para dar – respondeu Beleg. – Eis aqui *lembas in·Elidh*, o pão de viagem dos eldar que nenhum homem jamais provou.

– O elmo de meus pais eu aceito de bom grado porque o guardaste – disse Túrin. – Mas não receberei presentes vindos de Doriath.

– Então manda de volta tua espada e tuas armas – disse Beleg. – Manda de volta também os ensinamentos e a educação de tua juventude. E deixa teus homens, que (segundo dizes) têm sido fiéis, morrerem no deserto para satisfazer teu temperamento! Este pão de viagem foi um presente não para ti, mas para mim, e posso fazer dele o que quiser. Não o comas se te para na garganta, mas outros podem estar mais famintos e ser menos orgulhosos.

Os olhos de Túrin brilharam, mas quando avistaram o rosto de Beleg, o fogo que tinham morreu, seu olhar tornou-se cinzento, e ele disse numa voz que mal se podia ouvir: – Admira-me, amigo, que aceites voltar para a companhia de alguém tão grosseiro. De ti aceitarei qualquer coisa que dês, até reprimendas. Daqui em diante hás de me aconselhar em todos os caminhos, com exceção da estrada para Doriath.

CAPÍTULO VIII

A TERRA DO ARCO E DO ELMO

Nos dias que se seguiram Beleg trabalhou muito pelo bem da companhia. Cuidou dos que estavam feridos ou doentes, e eles sararam depressa. Pois naqueles dias os elfos-cinzentos ainda eram um povo ilustre que possuía grande poder, eram sábios nas coisas da vida de todos os seres viventes; apesar de terem menor perícia e tradição que os Exilados de Valinor, possuíam muitas artes além do alcance dos homens. Além disso, Beleg, o Arqueiro, era famoso entre o povo de Doriath; forte e tolerante, enxergava longe com a mente e também com os olhos, e em caso de necessidade era valoroso no combate, contando não somente com as velozes flechas de seu arco longo, mas também com sua grande espada Anglachel. O ódio crescia cada vez mais no coração de Mîm, que detestava todos os elfos, como foi dito, e via com olhos ciumentos o amor que Túrin demonstrava em relação a Beleg.

Quando o inverno passou e veio a agitação e a primavera, os proscritos logo tiveram de mobilizar-se para um trabalho mais árduo. O poder de Morgoth foi acionado, e os precursores de seus exércitos, como longos dedos de uma mão que tateia, sondavam os caminhos para entrar em Beleriand.

Quem conhece os desígnios de Morgoth? Quem pode medir o alcance de seu pensamento, daquele que foi Melkor, poderoso entre os Ainur da Grande Canção, e que agora estava assentado como senhor do escuro em um trono escuro no Norte, pesando em sua malícia todas as notícias que lhe chegavam, fosse por espião ou por traidor? Morgoth via com os olhos da mente e compreendia muito mais dos feitos e propósitos de seus inimigos do que temia até mesmo o mais sábio entre eles, a não ser a Rainha Melian. Para ela muitas vezes se estendia seu pensamento, mas ali era frustrado.

Naquele ano então ele voltou sua malícia para as terras a oeste do Sirion, onde ainda havia poder que se lhe opusesse. Gondolin ainda perdurava, mas estava oculta. Doriath ele conhecia, mas ainda não conseguia penetrar. Ainda mais longe ficava Nargothrond, cujo caminho nenhum de seus servos havia encontrado e cujo nome causava pavor entre eles; lá o povo de Finrod habitava em todo o seu vigor, ainda que oculto. E do sul, muito de longe, além dos brancos bosques de bétulas de Nimbrethil, da costa de Arvernien e das Fozes do Sirion, vinha o rumor dos Portos dos Navios. Estes ele não podia atingir até que tudo o mais estivesse derrotado.

Portanto os orcs desciam do Norte em número cada vez maior. Vieram através de Anach, e Dimbar foi tomada, e todos os confins setentrionais de Doriath foram infestados. Desciam pela antiga estrada que cortava o longo desfiladeiro do Sirion, passando pela ilha onde estivera Minas Tirith de Finrod, pela terra entre o Malduin e o Sirion, e depois através das bordas de Brethil até as Travessias do Teiglin. Dali, antigamente a estrada chegava à Planície Protegida e depois, ao longo do sopé do planalto vigiado por Amon Rûdh, descia ao vale do Narog e chegava por fim a Nargothrond. Mas os orcs ainda não avançavam muito por essa estrada, pois agora habitava no ermo um terror oculto, e sobre o morro vermelho havia olhos vigilantes sobre os quais eles não haviam sido alertados.

Naquela primavera Túrin voltou a envergar o Elmo de Hador, e Beleg alegrou-se. Inicialmente sua companhia tinha menos de cinquenta homens, mas a destreza de Beleg na floresta e a bravura de Túrin faziam que parecessem uma hoste a seus inimigos. Os batedores dos orcs eram caçados, seus acampamentos eram espionados e, caso se reunissem em algum lugar estreito para uma marcha vigorosa, saltavam das rochas ou da sombra das árvores o Elmo de Dragão e seus homens, altos e bravios. Logo, o simples som de sua trompa nos morros fazia tremer os capitães, e os orcs partiam em fuga antes que uma flecha assobiasse ou fosse sacada uma espada.

Conta-se que, quando Mîm cedeu a Túrin e sua companhia a habitação oculta em Amon Rûdh, ele exigiu que o atirador da flecha que matara seu filho quebrasse o arco e as setas e as depusesse aos pés de Khîm; esse homem era Andróg. Então, com grande má vontade, Andróg fez o que Mîm mandou. Além disso, Mîm declarou que Andróg nunca mais deveria portar arco e flecha e impôs-lhe uma maldição dando conta de que, se ainda assim o fizesse, encontraria a própria morte por esse meio.

Na primavera daquele ano, Andróg desafiou a maldição de Mîm e empunhou um arco outra vez numa incursão desde Bar-en-Danwedh, na qual foi atingido por uma flecha envenenada de orc e trazido de volta morrendo de dores. No entanto Beleg o curou do ferimento, o ódio que Mîm nutria pelo elfo cresceu ainda mais, pois este tinha desfeito sua maldição, mas "ela morderia de novo", prometeu.

Naquele ano, por toda a Beleriand, sob a floresta e sobre o rio e através das passagens dos morros, correu o sussurro dando conta de que o Arco e o Elmo que (acreditava-se) haviam tombado em Dimbar outra vez haviam se erguido contra todas as possibilidades. Então, muitos que estavam sem líderes, tanto elfos quanto homens, despojados mas destemidos, remanescentes de batalhas e derrotas e terras arrasadas, outra vez se animaram e foram em busca dos Dois Capitães, apesar de ninguém saber ainda onde tinham sua fortaleza. Túrin recebia contente todos os que vinham a ele, mas por conselho de Beleg não admitiu nenhum novato em seu refúgio sobre Amon Rûdh (que agora se chamava Echad i Sedryn, Acampamento dos Fiéis); o caminho para lá só era conhecido dos membros da Antiga Companhia, e nenhum outro era admitido. Porém outros acampamentos e fortes vigiados foram estabelecidos em torno: na floresta a leste, ou no planalto, ou nos brejos ao sul, de Methed-en-glad ("o Fim da Floresta") ao sul das Travessias do Teiglin até Bar-erib algumas léguas ao sul de Amon Rûdh, na terra outrora fértil entre o Narog e os Brejos do Sirion. De todos esses lugares os homens podiam ver o cume de Amon Rûdh e receber notícias e comandos através de sinais.

Desse modo, antes que acabasse o verão os seguidores de Túrin haviam aumentado até formarem uma grande força, e o poder de Angband foi rechaçado. Até a Nargothrond chegaram notícias a esse respeito, e ali muitos se inquietaram, dizendo que, se um proscrito podia causar tanto mal ao Inimigo, o que não poderia fazer o Senhor de Narog? Mas Orodreth, Rei de Nargothrond, não pretendia mudar seus pareceres. Em tudo ele seguia Thingol, com quem trocava mensageiros por vias secretas; e era um senhor sábio, de acordo com a sabedoria daqueles que primeiro levavam em conta o próprio povo e por quanto tempo poderiam preservar sua vida e sua riqueza diante da avidez do Norte. Portanto, não permitiu que ninguém de seu povo fosse ter com Túrin e enviou mensageiros para lhe dizer que, em tudo o que houvesse de fazer ou tramar em sua guerra, não pusesse os pés na terra de Nargothrond nem impelisse os orcs para lá. No entanto, ofereceu auxílio, desde que não envolvesse armas, aos Dois Capitães caso tivessem necessidade (e quanto a isso, acredita-se, foi persuadido por Thingol e Melian).

Morgoth conteve sua mão, mas frequentemente simulou atacar, para que com as vitórias fáceis a confiança dos rebeldes pudesse se tornar presunção. O que de fato ocorreu, pois Túrin deu o nome de Dor-Cúarthol a toda a terra entre o Teiglin e o confim ocidental de Doriath e, reivindicando seu domínio, renomeou-se como Gorthol, o Elmo do Terror, e seu coração encheu-se de orgulho. Mas a Beleg já parecia que o Elmo tivera sobre Túrin um efeito diferente do esperando, e ao contemplar os dias vindouros sua mente se afligiu.

Certo dia, quando o verão avançava e ele e Túrin estavam sentados no Echad, descansando após longo combate e longa marcha, Túrin disse a Beleg: – Por que estás triste e pensativo? Não tem ocorrido tudo bem desde que voltaste a mim? Minha intenção não demonstrou ser boa?

– Tudo está bem agora – disse Beleg. – Nossos inimigos ainda estão surpresos e temerosos. E ainda há bons dias diante de nós, por algum tempo.

– E depois o quê? – disse Túrin.

– O inverno – disse Beleg. – E depois disso outro ano, para aqueles que viverem para vê-lo.

– E depois o quê?

– A ira de Angband. Queimamos as pontas dos dedos da Mão Negra, nada mais. Ela não se retrairá.

– Mas a ira de Angband não é nosso propósito e deleite? – disse Túrin. – O que mais queres que eu faça?

– Sabes muito bem – disse Beleg. – Mas proibiste que eu mencionasse essa estrada. Porém escuta-me agora. Um rei ou o senhor de uma grande hoste tem muitas necessidades. Precisa ter um refúgio seguro, e precisa ter riqueza, e muitos cuja ocupação não seja a guerra. Com a quantidade de pessoas vem a necessidade de alimento, mais do que o ermo fornecerá aos caçadores. E vem o fim do sigilo. Amon Rûdh é um bom lugar para uns poucos, e tem olhos e ouvidos. Mas ergue-se isolado, e pode ser visto de bem longe; e não é necessária grande força para cercá-lo, a não ser que seja defendido por uma hoste maior do que a nossa, provavelmente jamais será.

– Ainda assim serei o capitão de minha própria hoste – disse Túrin – e se for para tombar, então tombarei. Aqui estou postado no caminho de Morgoth, e enquanto assim estiver ele não poderá usar a estrada rumo ao sul.

Relatos sobre o Elmo de Dragão na terra a oeste do Sirion chegaram depressa aos ouvidos de Morgoth, e ele se riu, pois agora Túrin lhe fora revelado de novo, ele que por muito tempo estivera perdido nas sombras e sob os véus de Melian. No entanto ele começou a temer que Túrin adquirisse tamanho poder que se tornasse nula a maldição que lançara sobre ele e que escapasse ao destino que lhe fora planejado, ou então que poderia refugiar-se em Doriath e sumir outra vez de suas vistas. Assim, tinha agora a intenção de aprisionar Túrin e afligi-lo como ao pai, para atormentá-lo e escravizá-lo.

Beleg falara a verdade quando dissera a Túrin que tinham apenas chamuscado os dedos da Mão Negra, e que ela não se retrairia. Mas Morgoth ocultou seus desígnios, e por um tempo contentou-se em enviar seus batedores mais habilidosos; não demorou muito para Amon Rûdh estar cercado de espiões, emboscados no ermo sem fazer nada contra os grupos de homens que entravam e saíam.

Mas Mîm tinha ciência da presença de orcs nas terras em torno de Amon Rûdh, e o ódio que nutria por Beleg o levou a uma resolução maligna em seu coração obscurecido. Certo dia, quando o ano minguava, disse aos homens de Bar-en-Danwedh que iria com seu filho Ibun procurar raízes para o estoque de inverno; porém sua intenção verdadeira era buscar os servos de Morgoth e conduzi-los ao esconderijo de Túrin*.

Ainda assim, tentou impor certas condições aos orcs, que se riram dele, mas Mîm afirmou que pouco sabiam se acreditavam que pela tortura poderiam arrancar algo de um anano-miúdo. Então perguntaram-lhe quais eram essas condições, e ele declarou suas exigências: que lhe pagassem em ferro o peso de cada homem que apanhassem

* Mas conta-se outra história, dando conta de que Mîm não encontrou os orcs com intenção deliberada. Foi a captura de seu filho e a ameaça de torturá-lo que impeliram Mîm à traição.

ou matassem, e o de Túrin e Beleg em ouro; que a casa de Mîm, quando tivesse se livrado de Túrin e sua companhia, fosse-lhe deixada, e que ele próprio não fosse molestado; que Beleg fosse deixado para trás, amarrado, para que Mîm cuidasse ele; e que Túrin fosse libertado.

Com essas condições os emissários de Morgoth concordaram prontamente, sem intenção de cumprir nem a primeira nem a segunda. O capitão orc considerou que o destino de Beleg até podia ser deixado a cargo de Mîm, mas, quanto a deixar Túrin em liberdade, suas ordens eram levá-lo "vivo para Angband". Apesar de concordar com as condições, insistiu que manteriam Ibun como refém, e então Mîm teve medo e tentou voltar atrás em sua promessa, ou então escapar. Mas os orcs tinham seu filho, e Mîm foi obrigado a guiá-los a Bar-en-Danwedh. Assim a Casa do Resgate foi traída.

Foi relatado que a massa de pedra que coroava ou encimava Amon Rûdh tinha um topo desnudo ou chato, mas que, apesar de seus flancos serem íngremes, os homens podiam alcançar o cume subindo por uma escada entalhada na rocha, que começava na saliência ou terraço diante da entrada da casa de Mîm. No cume havia vigias postados, e eles deram o alerta da aproximação dos inimigos. Mas estes, guiados por Mîm, chegaram até a saliência plana diante das portas, e Túrin e Beleg foram rechaçados até a entrada de Bar-en-Danwedh. Alguns dos homens que tentaram subir pelos degraus entalhados na rocha foram abatidos pelas flechas dos orcs.

Túrin e Beleg recuaram para a caverna e rolaram uma grande pedra na frente da passagem. Nesse apuro Andróg revelou-lhes a escada oculta que levava ao topo chato de Amon Rûdh que encontrara quando se perdera nas cavernas, como foi relatado. Então Túrin e Beleg, com muitos de seus homens, subiram por essa escada e alcançaram o topo, surpreendendo os poucos orcs que já haviam chegado ali pela trilha externa, e os empurraram por cima da beirada.

Por algum tempo mantiveram à distância os orcs que escalavam a rocha, mas não tinham abrigo no topo desnudo, e muitos foram alvejados de baixo. O mais valoroso destes foi Andróg, que tombou mortalmente ferido por uma flecha na cabeceira da escada exterior.

Túrin e Beleg, com os dez homens que lhes restavam, recuaram até o centro da coroa, onde havia uma pedra fincada, e formando um círculo em volta dela defenderam-se até estarem todos mortos, exceto os dois, já que sobre eles os orcs haviam lançado redes. Túrin foi amarrado e levado embora; Beleg, que estava ferido, foi também amarrado, mas deitaram-no ao chão com os pulsos e tornozelos presos por pinos de ferro encravados na rocha.

Então os orcs, encontrando a saída da escada secreta, deixaram o topo e entraram em Bar-en-Danwedh, que aviltaram e devastaram. Não encontraram Mîm, que espreitava em suas cavernas, e quando partiram Mîm surgiu no topo e, indo até onde Beleg jazia prostrado e imóvel, tripudiou sobre ele enquanto afiava uma faca.

No entanto Mîm e Beleg não eram os únicos seres vivos naquela elevação rochosa. Andróg, apesar de estar ele próprio mortalmente ferido, arrastou-se na direção deles por entre os cadáveres, apanhou uma espada e impeliu-a na direção do anano. Guinchando de medo, Mîm correu até a beira do penhasco e desapareceu: fugiu descendo uma íngreme e difícil trilha de cabras que conhecia. Andróg, reunindo suas últimas forças, cortou as algemas e grilhões que prendiam Beleg e assim o soltou; porém ao morrer disse: – Minhas feridas são profundas demais até mesmo para tua cura.

CAPÍTULO IX

A MORTE DE BELEG

Beleg procurou Túrin entre os mortos para sepultá-lo, mas não conseguiu encontrar seu corpo. Soube então que o filho de Húrin ainda estava vivo, e que fora levado a Angband, mas precisara ficar em Bar-en-Danwedh até que seus ferimentos fossem curados. Então, partiu com poucas esperanças para tentar encontrar a trilha dos orcs, e topou com suas pegadas perto das Travessias do Teiglin. Lá elas se dividiam, e algumas passavam ao longo da borda da Floresta de Brethil em direção ao Vau de Brithiach, ao passo que outras desviavam-se para o oeste; a Beleg pareceu evidente que deveria seguir as que iam diretamente, com a maior velocidade, para Angband, rumando para a Passagem de Anach. Assim, seguiu viagem através de Dimbar, subindo à Passagem de Anach em Ered Gorgoroth, as Montanhas de Terror, e chegando ao planalto de Taur--nu-Fuin, a Floresta-sob-a-Noite, uma região de terror e obscuro encantamento, de perambulação e desespero.

Surpreendido pela noite naquela terra maligna, Beleg viu uma luzinha entre as árvores, e ao aproximar-se dela encontrou um elfo que dormia deitado sob uma grande árvore morta; ao lado de sua cabeça havia uma lamparina cuja cobertura havia caído. Então Beleg despertou o que dormia, deu-lhe *lembas* e perguntou-lhe que destino o trouxera àquele local terrível, e ele respondeu que era Gwindor, filho de Guilin.

Beleg contemplou-o aflito, pois Gwindor era somente uma sombra encurvada e tímida da forma e do ânimo que tivera quando, na Batalha das Lágrimas Sem Conta, aquele senhor de Nargothrond cavalgara até as portas de Angband e lá fora aprisionado. Pois poucos dentre os noldor capturados por Morgoth eram mortos, em virtude de sua habilidade na mineração de metais e pedras preciosas, assim Gwindor foi posto a trabalhar nas minas do Norte. Aqueles noldor possuíam muitas das lamparinas fëanorianas, que eram cristais suspensos em uma fina rede de correntes, cristais que reluziam sempre com uma radiância azul interior maravilhosa para se encontrar o caminho na escuridão da noite ou em túneis; eles próprios não conheciam o segredo dessas lamparinas. Muitos dos elfos mineradores escaparam da treva das minas dessa forma, pois conseguiram escavar um caminho de saída; Gwindor recebeu uma pequena espada de alguém que trabalhava nas forjas, e enquanto trabalhava numa turma que cavava pedras atacou os guardas de repente. Ele escapou, porém perdeu uma das mãos e agora jazia exausto sob os grandes pinheiros de Taur-nu-Fuin.

Gwindor informou a Beleg que a pequena companhia de orcs à frente deles, de que se escondera, não tinha prisioneiros e avançava com rapidez: uma guarda avançada, talvez, levando relatórios a Angband. Diante dessa notícia, Beleg desesperou-se, pois estimou que as pegadas que vira voltando-se para o oeste, depois das Travessias do Teiglin, eram de uma hoste maior, que à maneira dos orcs fora pilhando a região em busca de comida e saque e agora poderia estar voltando a Angband através da "Terra Estreita", o longo desfiladeiro do Sirion, muito mais a oeste. Se assim fosse, sua única esperança consistiria em voltar ao Vau de Brithiach e depois seguir rumo ao norte até Tol Sirion. Tinha acabado de decidir-se a fazer isso quando ouviu-se o ruído de uma grande hoste aproximando-se pela floresta, proveniente do sul; ocultando-se nos ramos de uma árvore, observaram a passagem dos servos de Morgoth, andando devagar, carregados de pilhagem e prisioneiros, cercados por lobos. E viram Túrin com as mãos acorrentadas, impelido adiante a chicotadas.

Então Beleg contou-lhe sobre sua própria incumbência em Taur-nu-Fuin, mas Gwindor procurou dissuadi-lo dela, dizendo-lhe que assim só haveria de se juntar a Túrin na agonia que o aguardava. Mas Beleg estava decidido a não abandonar Túrin e, apesar de ele estar mesmo desesperado, reacendeu a esperança no coração de Gwindor, e então prosseguiram juntos, acompanhando os orcs até saírem da floresta nas altas encostas que desciam rumo às dunas estéreis de Anfauglith. Ali, à vista dos picos de Thangorodrim, os orcs montaram seu acampamento numa várzea desnuda e puseram lobos sentinelas em volta de todo o perímetro. Ali entregaram-se a bebedeiras e banquetes com seu saque e após atormentarem os prisioneiros a maioria caiu num sono ébrio. Àquela altura o dia declinava, e ficou muito escuro. Uma grande tempestade aproximou-se pelo oeste, e um trovão rugia a distância enquanto Beleg e Gwindor rastejavam em direção ao acampamento.

Quando todos dormiam no acampamento, Beleg tomou do arco e na escuridão alvejou quatro dos lobos sentinelas do lado sul, um por um e em silêncio. Então entraram, enfrentando grande perigo, e encontraram Túrin agrilhoado nas mãos e nos pés, amarrado a uma árvore. Em torno dele, as facas que seus algozes lhe haviam arremessado estavam cravadas no tronco, mas ele não havia se ferido; estava inconsciente, em letargia provocada por narcóticos, ou desmaiado num sono de exaustão total. Então, Beleg e Gwindor cortaram as amarras da árvore e carregaram Túrin para fora do acampamento. Mas ele era pesado demais para ser levado muito longe e não conseguiram ir além de uma moita de espinheiros no alto das encostas sobre o acampamento, onde o deitaram. Então a tempestade se avizinhou, e os raios faiscaram sobre Thangorodrim. Beleg sacou sua espada Anglachel e com ela cortou os grilhões que prendiam Túrin; mas naquele dia o destino foi mais forte, pois a lâmina de Eöl, o Elfo Escuro, resvalou em sua mão e espetou o pé de Túrin.

Túrin foi então incitado a um súbito despertar de ira e temor e, à visão de uma forma que se debruçava sobre ele no escuro com uma lâmina desembainhada na mão, levantou-se de um salto e soltou um grito muito alto, por acreditar que os orcs haviam voltado para atormentá-lo; e na luta corpo a corpo nas trevas agarrou Anglachel e matou Beleg Cúthalion acreditando tratar-se de um inimigo.

Mas ao colocar-se de pé, vendo-se livre e disposto a vender caro sua vida aos inimigos imaginados, um grande relâmpago espocou acima deles e em sua luz Túrin contemplou o rosto de Beleg. Então se deteve, petrificado e silencioso, encarando aquela morte pavorosa, tomando consciência do que fizera; e era tão terrível o seu rosto, iluminado pelos raios que bruxuleavam em torno deles, que Gwindor se encolheu no chão e não ousou erguer os olhos.

No acampamento lá embaixo, os orcs despertaram, tanto por causa da tempestade como do grito de Túrin, e descobriram que ele se fora; porém não deram busca por ele, pois estavam tomados de terror pelos trovões que vinham do oeste, imaginando que lhes eram enviados pelos grandes Inimigos além do Mar. Então ergueu-se um vento, caíram chuvas intensas e desceram torrentes das alturas de Taur-nu-Fuin; e apesar de Gwindor gritar com Túrin, alertando-o do extremo perigo que corriam, ele não deu resposta e sentou-se imóvel e sem derramar lágrimas ao lado do corpo de Beleg Cúthalion, que jazia na escura floresta abatido por sua própria mão enquanto afastava dele as amarras da escravidão.

Quando chegou a manhã, a tempestade já se fora rumo ao leste sobre Lothlann, e o sol do outono se ergueu quente e luminoso; mas os orcs, que o odiavam quase tanto quanto o trovão, imaginando que Túrin havia fugido para longe e todos os rastros de sua fuga haviam sido lavados, partiram às pressas, ávidos por voltarem a Angband. Gwindor os divisou ao longe, marchando para o norte por sobre as areias ferventes de Anfauglith. Assim voltaram para Morgoth de mãos vazias, deixando para trás o filho de Húrin, sentado enlouquecido e inconsciente nas encostas de Taur-nu-Fuin, carregando um fardo mais pesado que as amarras dos orcs.

Então Gwindor encorajou Túrin a ajudá-lo a sepultar Beleg, e ele se levantou como um sonâmbulo; juntos puseram Beleg em uma cova rasa e colocaram a seu lado Belthronding, seu grande arco, feito de madeira negra de teixo. No entanto, Gwindor tomou para si a terrível espada Anglachel, dizendo que seria melhor que ela se vingasse dos servos de Morgoth do que jazesse inútil na terra; levou também o *lembas* de Melian para fortalecê-los no ermo.

Assim se foi Beleg Arcoforte, o mais fiel dos amigos, aquele de maior habilidade dentre todos os que habitaram os bosques de Beleriand nos Dias Ancestrais, pela mão de quem mais amava; esse pesar ficou gravado no rosto de Túrin e jamais se desvaneceu.

Por outro lado, a coragem e a força renasceram no elfo de Nargothrond, e partindo de Taur-nu-Fuin ele conduziu Túrin para longe. Nem uma só vez Túrin falou enquanto vagaram juntos por trilhas longas e penosas; caminhava como quem não tivesse desejo nem propósito enquanto o ano terminava e se avizinhava o inverno sobre as terras setentrionais. No entanto, Gwindor estava sempre a seu lado para vigiá-lo e guiá-lo, e assim rumaram para o oeste por sobre o Sirion e chegaram por fim à Bela Lagoa e Eithel Ivrin, a fonte onde o Narog nascia sob as Montanhas da Sombra. Ali Gwindor falou a Túrin: – Desperta, Túrin, filho de Húrin! Sobre o lago de Ivrin há alegria infindável. Ele se alimenta de fontes cristalinas inesgotáveis e está protegido de malefícios por Ulmo, Senhor das Águas, que criou sua beleza nos dias antigos. – Então Túrin ajoelhou-se e bebeu daquela água; subitamente lançou-se ao chão, e suas lágrimas finalmente foram libertadas, curando-o de sua loucura.

Ali ele fez uma canção para Beleg, que denominou *Laer Cú Beleg*, a Canção do Grande Arco, entoando-a em alta voz, sem dar atenção ao perigo. Gwindor pôs a espada Anglachel em suas mãos, e Túrin soube que era pesada, forte e possuía grande poder; sua lâmina, porém, estava negra e embotada, e os gumes estavam cegos. Então Gwindor disse: – Esta é uma estranha lâmina, diferente de todas as que vi na Terra-média. Ela chora por Beleg assim como tu. Mas tranquiliza-te, pois volto à Nargothrond da Casa de Finarfin, onde nasci e morei antes de minha provação. Hás de vir comigo, e serás curado e refeito.

– Quem és tu? – perguntou Túrin.

– Um elfo errante, um escravo fugido que Beleg encontrou e consolou – respondeu Gwindor. – Porém, outrora fui Gwindor, filho de Guilin, um senhor de Nargothrond, até ir à Nirnaeth Arnoediad e ser escravizado em Angband.

– Então viste Húrin, filho de Galdor, o guerreiro de Dor-lómin? – perguntou Túrin.

– Não o vi – respondeu Gwindor. – Mas em Angband corre o rumor de que ele ainda desafia Morgoth; e Morgoth impôs uma maldição sobre ele e toda a sua família.

– Nisso eu acredito – disse Túrin.

Então puseram-se de pé, e partindo de Eithel Ivrin viajaram para o sul ao longo das margens do Narog até serem encontrados por batedores dos elfos e levados como prisioneiros à fortaleza oculta.

Assim, Túrin chegou a Nargothrond.

CAPÍTULO X

TÚRIN EM NARGOTHROND

A princípio nem sua própria gente reconheceu Gwindor, que saíra jovem e forte e agora retornava parecendo um dos anciãos dos homens mortais, por causa de seus tormentos e suas labutas, além da mutilação. No entanto Finduilas, filha do Rei Orodreth, reconheceu-o e lhe deu as boas-vindas, pois o amara; na verdade estavam prometidos antes da Nirnaeth, e Gwindor amava tanto sua beleza que a chamava de Faelivrin, o resplendor do sol nas lagoas de Ivrin.

Assim Gwindor voltou ao lar, e por causa dele Túrin foi admitido, pois o elfo dissera que se tratava de um homem de valor, amigo querido de Beleg Cúthalion de Doriath. Mas quando Gwindor ia dizer seu nome, Túrin o deteve dizendo: – Eu sou Agarwaen, filho de Úmarth

(Sujo de Sangue, filho do Desafortunado), caçador da floresta. – E embora os elfos suspeitassem que ele assumira aqueles nomes por ter matado o amigo (não conheciam outros motivos), não o questionaram mais.

A espada Anglachel foi reforjada para ele pelos habilidosos ferreiros de Nargothrond e, apesar de sempre negra, seus fios brilhavam sob um fogo pálido. Então o próprio Túrin tornou-se conhecido em Nargothrond como Mormegil, o Espada Negra, por causa do rumor de seus feitos com aquela arma; mas ele deu à espada o nome de Gurthang, Ferro da Morte.

Graças a sua destreza e sua habilidade no combate contra os orcs, Túrin caiu nas boas graças de Orodreth e foi admitido em seu conselho. Mas Túrin não apreciava o modo de combater dos elfos de Nargothrond, com emboscadas e sigilo e flecha secreta, e insistiu para que o abandonassem e usassem sua força para atacar os servos do Inimigo em batalhas e perseguições abertas. Gwindor, porém, sempre se opunha a Túrin nesse assunto no conselho do Rei, dizendo que estivera em Angband, vislumbrara o poder de Morgoth e tinha alguma noção dos seus propósitos. – Vitórias triviais acabarão por se mostrar infrutíferas – dizia –, pois assim Morgoth descobre onde podem ser encontrados seus inimigos mais arrojados e reúne uma força grande o bastante para destruí-los. Todo o poderio dos elfos e edain unidos foi suficiente apenas para refreá-lo e para obter a paz de um cerco; longo, é verdade, mas que durou somente o tempo que Morgoth quis esperar antes de rompê-lo; e nunca mais tal união poderá ser feita de novo. Somente no sigilo reside a esperança de sobreviver. Até que venham os Valar.

– Os Valar! – disse Túrin. – Eles vos abandonaram, e desprezam os homens. De que adianta olhar para o oeste, por sobre o Mar sem fim, para um ocaso agonizante no Ocidente? Só há um Vala com o qual temos de lidar, e esse é Morgoth; e se no fim não pudermos derrotá-lo, poderemos ao menos feri-lo e detê-lo. Pois vitória é vitória, não importa quão pequena, e não deve ser medida apenas pelo que se segue a ela. Porque ela também é oportuna. O sigilo não é possível em última análise: as armas são a única muralha contra Morgoth. Se nada fizerdes para detê-lo, toda Beleriand cairá sob sua sombra em poucos anos, e então, um a um, ele vos fumigará para fora de vossas tocas. E então o quê? Um deplorável remanescente fugirá para o sul e o oeste para se encolher nas praias do Mar, preso entre Morgoth e Ossë. É melhor, pois, obter um tempo de glória, por mais que seja efêmera, já que dessa forma o fim não será pior. Falais de sigilo e dizeis que nele reside a única esperança, mas se pudésseis emboscar e atocaiar cada batedor e espião de Morgoth, até o último e o menor, de tal forma que nenhum deles jamais voltasse a Angband com notícias, ainda assim, e por causa disso, ele saberia que viveis e adivinharia onde. E digo isto também: apesar de os homens mortais terem pouco tempo de vida, em comparação com os elfos, eles preferem gastá-la em combate a fugir ou submeter-se. A rebeldia de Húrin Tha-

lion é um grande feito; e, mesmo que Morgoth mate seu realizador, não pode fazer que seu feito deixe de existir. Os próprios Senhores do Oeste irão honrá-lo; e ele não está escrito na história de Arda, que nem Morgoth nem Manwë podem apagar?

– Falas de coisas elevadas – respondeu Gwindor – e é evidente que viveste entre os eldar. Mas há uma treva sobre ti se pões no mesmo patamar Morgoth e Manwë, ou se falas dos Valar como inimigos dos elfos e dos homens; porque os Valar nada desprezam, e menos que tudo os Filhos de Ilúvatar. Além disso, não conheces todas as esperanças dos eldar. Há uma profecia entre nós dando conta de que um dia um mensageiro da Terra-média chegará a Valinor através das sombras, e Manwë escutará, e Mandos se abrandará. Para esse tempo não havemos de tentar preservar a semente dos noldor, e também dos edain? E Círdan agora vive no sul, e estão sendo construídos navios; mas que sabes tu sobre navios, ou sobre o Mar? Pensas em ti e em tua própria glória, e pedes que cada um de nós faça o mesmo; mas precisamos pensar em outros além de nós mesmos, pois nem todos podem lutar e tombar, e a esses devemos proteger da guerra e da ruína enquanto pudermos.

– Então enviai-os aos vossos navios enquanto ainda houver tempo – disse Túrin.

– Não querem separar-se de nós – disse Gwindor –, mesmo que Círdan pudesse sustentá-los. Precisamos viver juntos enquanto pudermos, e não atrair a morte.

– A tudo isso dei resposta – disse Túrin. – Defesa valorosa das fronteiras e golpes duros antes que o inimigo se reúna; nesse caminho reside a melhor esperança de viverdes juntos por muito tempo. E aqueles de quem falais gostam mais de esconder-se assim nas florestas, caçar desgarrados como um lobo, do que de envergar o elmo e o escudo adornado e expulsar os inimigos, ainda que sejam mais numerosos que toda a sua hoste? Ao menos as mulheres dos edain não gostam. Elas não impediram os homens de participar da Nirnaeth Arnoediad.

– Mas experimentariam um sofrimento menor caso essa batalha não tivesse ocorrido – disse Gwindor.

Mas Túrin muito cresceu no apreço de Orodreth, e tornou-se o principal conselheiro do Rei, que submetia todas as coisas à sua opinião. Naquele tempo os elfos de Nargothrond renunciaram ao sigilo e criaram um grande suprimento de armas; a conselho de Túrin, os noldor construíram uma enorme ponte sobre o Narog, diante das Portas de Felagund, para acelerar a passagem de suas armas, pois agora a guerra ocorria principalmente a leste do Narog, na Planície Protegida. Nargothrond agora considerava como confim setentrional a "Terra Disputada" perto das nascentes do Ginglith, do Narog e das bordas dos Bosques de Núath. Entre o Nenning e o Narog nenhum orc penetrava; e a leste do Narog o reino estendia-se até o Teiglin e os limites das Charnecas dos Nibin-noeg.

Gwindor caiu em desonra, pois deixara de ser impetuoso com as armas, e sua força era pouca; além disso a dor do braço esquerdo, mutilado, frequentemente o debilitava. Túrin, por sua vez, era jovem, acabara a plena idade adulta; e era de fato, pelo aspecto, fiho de Morwen Eledhwen: alto, cabelos escuros, pele clara, olhos cinzentos e um rosto mais belo que o de qualquer outro homem mortal nos Dias Ancestrais. Tinha a fala e o porte dos habitantes do antigo reino de Doriath, e mesmo entre os elfos poderia ser tomado, à primeira vista, por alguém das grandes casas dos noldor. Tão valoroso era Túrin, e tão imensamente hábil nas armas, em especial com a espada e o escudo, que os elfos diziam que ele não podia ser morto exceto por infortúnio ou por uma seta maligna lançada de longe. Assim, deram-lhe uma cota de malha anânica para protegê-lo e, em virtude de seu estado de humor sombrio, apanhou nos arsenais uma máscara anânica toda dourada, que punha antes da batalha, fazendo os inimigos fugirem diante de seu rosto.

Agora que tinha o que pretendia, e tudo ia bem, e tinha trabalho para fazer conforme seu gosto, e era honrado por causa dele, passou a ser cortês com todos e menos severo que anteriormente, de forma que quase todos os corações se voltavam para ele; muitos o chamavam de Adanedhel, o homem-elfo. Porém, mais do que qualquer um, era Finduilas, a filha de Orodreth, que se emocionava todas as vezes que ele se aproximava ou se encontrava no salão. Ela tinha cabelos dourados à maneira da Casa de Finarfin, e Túrin começou a sentir prazer em vê-la e em desfrutar de sua companhia, pois lhe lembrava sua família e as mulheres de Dor-lómin na casa de seu pai.

No início se encontrava com ela somente quando Gwindor estava por perto; mas após certo tempo ela passou a procurá-lo, de modo que às vezes ficavam a sós, por mais que o encontro parecesse fortuito. Então ela o interrogava sobre os edain, dos quais vira poucos, e vez ou outra, apenas, sobre seu país e sua família.

Então Túrin lhe falava livremente sobre tudo isso, mas sem citar o nome de sua terra natal ou de algum membro de sua família; mas certa vez lhe disse: – Tive uma irmã, Lalaith, assim eu a chamava; e tu me fazes lembrar dela. Mas Lalaith era criança, uma flor amarela na grama verde da primavera; e se vivesse estaria agora, quem sabe, turvada de tanto sofrimento. Mas tu és majestosa, como uma árvore dourada; quisera eu ter uma irmã tão bela.

– Mas tu és majestoso – disse ela – exatamente como os senhores do povo de Fingolfin; quisera eu ter um irmão tão valoroso. E não creio que teu nome seja Agarwaen, não combina contigo, Adanedhel. Eu te chamo de Thurin, o Secreto.

Diante dessas palavras Túrin se sobressaltou, mas disse: – Esse não é meu nome; e não sou rei, pois nossos reis são dos eldar, o que não sou.

Túrin notou que a amizade de Gwindor tornava-se mais indiferente para com ele; e admirou-se também com o fato de que, ainda que a princípio a aflição e o horror de Angband tivessem começado a afastar-se dele, ele parecia recair na preocupação e na mágoa. E pensou: quem sabe ele esteja angustiado por eu ter me oposto a seus conselhos e tê-lo sobrepujado; gostaria que não fosse o caso. Amava Gwindor como seu guia e curador, e sentia imensa compaixão por ele. Mas naqueles dias a radiância de Finduilas também se turvou, seus passos se tornaram lentos e seu rosto sério, e ela ficou abatida e magra; Túrin, ao perceber isso, imaginou que as palavras de Gwindor haviam incutido em seu coração o temor do que poderia vir a acontecer.

Na verdade Finduilas estava repleta de dúvidas. Porque honrava Gwindor e tinha pena dele, e não desejava acrescentar uma só lágrima ao seu sofrimento; porém, contra a sua vontade, o amor por Túrin crescia a cada dia, e ela pensava em Beren e Lúthien. Mas Túrin não era como Beren! Ele não a desdenhava, e sentia-se bem em sua companhia; ainda assim sabia que ele não tinha por ela o amor que desejava. A mente e o coração dele estavam em outro lugar, junto a rios em primaveras muito distantes.

Então Túrin falou a Finduilas: – Não deixes que as palavras de Gwindor te amedrontem. Ele sofreu na treva de Angband; e para alguém tão valoroso é difícil estar assim mutilado e forçosamente ultrapassado. Ele necessita de todo consolo e de um tempo maior para curar-se.

– Bem sei disso – disse ela.

– Mas nós ganharemos esse tempo para ele! – falou Túrin. – Nargothrond há de perdurar! Nunca mais Morgoth, o Covarde, sairá de Angband, e terá de valer-se somente de seus servos; assim diz Melian de Doriath. Eles são os dedos de suas mãos, e nós os golpearemos e os arrancaremos até que ele recolha suas garras. Nargothrond há de perdurar!

– Talvez – disse ela. – Há de perdurar se fores capaz de conseguir isso. Mas cuida-te, Thurin; meu coração fica pesado quando sais ao combate, receando que Nargothrond sofra uma perda.

Mais tarde Túrin foi em busca de Gwindor e disse-lhe: – Gwindor, caro amigo, estás recaindo na tristeza. Não faças isso! Pois tua cura virá nas casas de tua família, e na luz de Finduilas.

Então Gwindor fitou Túrin, mas nada disse, e seu rosto se anuviou.

– Por que me olhas assim? – perguntou Túrin. – Ultimamente muitas vezes teus olhos me encararam de modo estranho. Como foi que te ofendi? Eu me opus a teus conselhos, mas um homem deve dizer o que pensa, e não esconder a verdade em que crê, não importa por que razão pessoal. Quisera eu que fôssemos da mesma opinião, pois tenho uma grande dívida contigo, e não hei de esquecê-la.

– Não hás de esquecê-la? – disse Gwindor. – Ainda assim tuas ações e teus conselhos mudaram meu lar e minha família. Tua sombra se estende sobre eles. Por que eu haveria de estar contente, eu que tudo perdi para ti?

Túrin não compreendeu essas palavras, e concluiu somente que Gwindor invejava seu lugar no coração e no aconselhamento do Rei.

Mas Gwindor, quando Túrin havia partido, ficou sentado a sós em pensamentos sombrios, e amaldiçoou Morgoth, capaz de perseguir e infligir sofrimento a seus inimigos daquela forma, não importa para onde corressem. – E agora, enfim – disse ele –, acredito no rumor que corre por Angband de que Morgoth amaldiçoou a Húrin e a toda a sua família. – E, buscando Finduilas, disse-lhe: – Pesam sobre ti uma tristeza e uma dúvida; e agora sinto demasiado a tua falta, e começo a supor que me estás evitando. Já que não me dizes a causa, tenho de supor. Filha da Casa de Finarfin, que nenhum pesar se interponha entre nós; pois, mesmo tendo Morgoth arruinado minha vida, a ti ainda amo. Mas vai aonde o amor te conduzir; pois tornei-me impróprio para desposar-te, e minha bravura e meu conselho já não possuem nenhuma honra.

Então Finduilas chorou. – Não chores ainda! – disse Gwindor. – Mas toma cuidado para não teres motivo. Não é adequado que os Filhos Mais Velhos de Ilúvatar desposem os Mais Novos; nem isso é sábio, pois eles são breves, logo passam, e nos deixam em viuvez por quanto durar o mundo. Nem o destino tolera isso, a não ser apenas uma ou duas vezes, por alguma razão superior de maldição que nos escapa.

"Mas este homem não é Beren, mesmo sendo igualmente belo e também igualmente corajoso. Um destino pesa sobre ele; um destino obscuro. Não entres nele! E se o fizeres teu amor há de voltar-se contra ti em amargura e morte. Pois escuta-me! Apesar de ele ser deveras *agarwaen*, filho de *úmarth*, seu nome verdadeiro é Túrin, filho de Húrin, a quem Morgoth mantém em Angband e cuja família amaldiçoou. Não duvides do poder de Morgoth Bauglir! Não está ele escrito em mim?"

Então Finduilas levantou-se, e seu aspecto era de fato majestoso. – Teus olhos estão turvados, Gwindor – disse ela. – Não vês nem compreendes o que ocorreu aqui. Agora devo sofrer dupla vergonha por te revelar a verdade? Pois eu te amo, Gwindor, e me envergonho de não te amar ainda mais, e sim de ter assumido um amor até maior, do qual não consigo escapar. Não o busquei, e por muito tempo afastei-o. Mas, se me compadeço de tuas feridas, compadece-te das minhas. Túrin não me ama, nem me amará.

– Dizes isso – falou Gwindor – para eximir de culpa aquele que amas. Por que ele te procura, e passa longo tempo sentado contigo, e sempre está mais contente ao deixar-te?

– Porque também ele necessita de consolo – disse Finduilas – e foi privado de sua família. Ambos tendes vossas necessidades. Mas o que dizer de Finduilas? Já não basta que eu, não amada, tenha de me confessar a ti, e ainda ouvir que o faço para enganar?

– Não, uma mulher não se engana facilmente em tal caso – disse Gwindor. – Nem encontrarás muitas que neguem ser amadas, caso isso seja verdade.

– Se algum de nós três é desleal, sou eu, mas não por vontade. Mas o que dizer de teu destino e dos rumores de Angband? O que dizer da morte e da destruição? O Adanedhel é poderoso no conto do Mundo, e sua estatura ainda há de alcançar a de Morgoth em algum longínquo dia vindouro.

– Ele é orgulhoso – observou Gwindor.

– Mas é também misericordioso – retrucou Finduilas. – Ainda não tem consciência, mas a compaixão sempre consegue penetrar-lhe o coração, e ele jamais a nega. Talvez a compaixão sempre haverá de ser a única forma de acesso a seu coração. Mas ele não se compadece de mim. Tem reverência por mim, como se eu fosse ao mesmo tempo sua mãe e uma rainha.

Talvez Finduilas falasse a verdade, enxergando com os olhos aguçados dos eldar. E agora Túrin, sem saber o que ocorrera entre Gwindor e Finduilas, tornava-se cada vez mais brando com ela à medida que parecia se entristecer. Mas certa vez Finduilas lhe disse: – Thurin Adanedhel, por que ocultaste teu nome de mim? Se eu soubesse quem és não te teria honrado menos, e sim compreendido melhor teu pesar.

– O que queres dizer? – disse ele. – Por quem me tomas?

– Por Túrin, filho de Húrin, capitão do Norte.

Então, tendo sabido por Finduilas o que ocorrera, Túrin encheu-se de fúria e disse a Gwindor: – Tenho-te amor pelo salvamento e pela custódia. Mas agora mal me fizeste, amigo, revelando meu nome verdadeiro e chamando sobre mim o meu destino, de que pretendia esconder-me.

Mas Gwindor respondeu: – O destino está em ti mesmo, não em teu nome.

Naquele tempo de prorrogação e esperança, quando, por causa dos feitos do Mormegil, o poder de Morgoth estava estancado a oeste do Sirion e todas as florestas tinham paz, Morwen fugiu finalmente de Dor-lómin com sua filha Niënor, aventurando-se na longa jornada até os salões de Thingol. Ali uma nova aflição a aguardava, pois descobriu que Túrin se fora e que nenhuma notícia chegara a Doriath desde que o Elmo de Dragão desaparecera das terras a oeste do Sirion; mas Morwen permaneceu em Doriath com Niënor, como hóspedes de Thingol e Melian, e foram tratadas com honra.

CAPÍTULO XI

A QUEDA DE NARGOTHROND

Quando haviam se passado cinco anos desde a chegada de Túrin a Nargothrond, na primavera, chegaram dois elfos, que se chamavam Gelmir e Arminas, do povo de Finarfin; diziam ter uma mensagem para o Senhor de Nargothrond. Túrin comandava então todas as forças de Nargothrond, e decidia todos os assuntos bélicos; tornara-se deveras severo e altivo, e ordenava todas as coisas como desejava ou achava conveniente. Os elfos foram levados, portanto, à presença de Túrin, mas Gelmir disse: – É com Orodreth, filho de Finarfin, que desejamos falar.

E quando Orodreth veio Gelmir lhe disse: – Senhor, fomos do povo de Angrod, e vagamos por caminhos distantes desde a Nirnaeth, mas ultimamente vivemos entre os seguidores de Círdan junto às Fozes do Sirion. E certo dia ele nos chamou e nos mandou vir até ti, pois o próprio Ulmo, o Senhor das Águas, aparecera-lhe e alertara-o do grande perigo que se aproxima de Nargothrond.

Mas Orodreth era precavido, e respondeu: – Então por que chegais aqui vindos do norte? Ou quem sabe também tivestes outras incumbências?

Então Arminas disse: – Sim, senhor. Desde a Nirnaeth sempre busquei o reino oculto de Turgon, mas não o encontrei; agora temo nessa busca ter atrasado demais nossa missão para cá. Pois Círdan mandou-nos por navio ao longo da costa, por sigilo e rapidez, e fomos postos em terra em Drengist. Mas entre a gente do mar havia alguns que vieram para o sul em anos passados, como mensageiros de Turgon, e por sua fala cautelosa pareceu-me que talvez Turgon ainda habite no norte, e não no sul como a maioria acredita. Mas não encontramos sinal nem rumor do que buscávamos.

– Por que buscais Turgon? – perguntou Orodreth.

– Porque se diz que seu reino há de ser o mais duradouro contra Morgoth – respondeu Arminas. E essas palavras pareceram a Orodreth de mau agouro, e ele desagradou-se.

– Então não vos demoreis em Nargothrond – disse ele –, pois aqui não ouvireis notícias de Turgon. E não preciso que ninguém me diga que Nargothrond corre perigo.

– Não te zangues, senhor – disse Gelmir –, se respondemos às tuas perguntas com a verdade. E nosso desvio da trilha direta para cá não foi infrutífero, pois passamos além do alcance de teus batedores mais longínquos, atravessamos Dor-lómin e todas as terras sob as fraldas de Ered

Wethrin e exploramos a Passagem do Sirion, espionando os caminhos do Inimigo. Há grande ajuntamento de orcs e criaturas malignas nessas regiões, e uma hoste está sendo reunida em torno da Ilha de Sauron.

– Sei disso – disse Túrin. – Vossa notícia é velha. Se a mensagem de Círdan tinha algum propósito, deveria ter chegado mais cedo.

– Ao menos, senhor, ouvirás a mensagem agora – disse Gelmir a Orodreth. – Ouve, pois, as palavras do Senhor das Águas! Assim falou ele a Círdan: "O Mal do Norte conspurcou as nascentes do Sirion, e meu poder se retrai dos dedos das águas correntes. Mas algo pior ainda surgirá. Dize portanto ao Senhor de Nargothrond: Fecha as portas da fortaleza e não saias de lá. Lança as pedras de teu orgulho no rio ruidoso para que o mal rastejante não possa encontrar teu portão."

Essas palavras pareceram tenebrosas a Orodreth, e como sempre ele voltou-se para ouvir o conselho de Túrin. Mas Túrin desconfiava dos mensageiros e disse com desdém: – O que sabe Círdan das guerras de quem vive próximo do Inimigo? Que o marinheiro cuide de seus navios! Mas se de fato o Senhor das Águas quer nos enviar um conselho, ele que fale mais claramente. Do contrário alguém treinado na guerra ainda considerará melhor, em nosso caso, que reunamos nossas forças e vamos com arrojo ao encontro de nossos inimigos antes que se aproximem demais.

Então Gelmir curvou-se diante de Orodreth e disse: – Falei como me foi ordenado, senhor – e virou-se. Mas

Arminas disse a Túrin: – És mesmo da Casa de Hador, como ouvi dizer?

– Aqui chamam-me de Agarwaen, o Espada Negra de Nargothrond – respondeu Túrin. – Ao que parece, gostas de tratar sobre tudo à boca pequena, amigo Arminas. É bom que o segredo de Turgon esteja oculto de vós, pois do contrário logo seria ouvido em Angband. O nome de um homem a ele pertence, e caso o filho de Húrin ouça que vós o traístes quando preferia estar oculto, então que Morgoth vos apanhe e vos queime a língua!

Arminas ficou assombrado com a cólera negra de Túrin; mas Gelmir disse: – Ele não há de ser traído por nós, Agarwaen. Não estamos reunidos a portas fechadas, onde a fala pode ser mais franca? E Arminas, creio eu, te questionou porque é sabido por todos os que habitam junto ao Mar que Ulmo tem grande amor pela Casa de Hador, e alguns dizem que Húrin e seu irmão Huor outrora chegaram ao Reino Oculto.

– Se assim fosse, ele não falaria a respeito com ninguém, nem com os maiores nem com os menores, e menos ainda com seu filho na infância – respondeu Túrin. – Portanto não acredito que Arminas tenha me questionado com o intuito de ouvir algo sobre Turgon. Desconfio de tais mensageiros da injúria.

– Guarda tua desconfiança! – disse Arminas, irado. – Gelmir entendeu-me mal. Perguntei porque duvidava do que aqui parece ser acreditado; pois em verdade pouco te pareces com a família de Hador, não importa qual seja teu nome.

– E o que sabes sobre eles? – disse Túrin.

– Húrin eu vi – respondeu Arminas – e seus progenitores antes dele. E nos ermos de Dor-lómin encontrei-me com Tuor, filho de Huor, irmão de Húrin; e ele se assemelha a seus progenitores, ao contrário de ti.

– Pode ser – disse Túrin –, apesar de até agora eu não ter ouvido palavra sobre Tuor. Mas, se minha cabeça é escura e não dourada, disso não me envergonho. Pois não sou o primeiro filho que se assemelha à mãe; e através de Morwen Eledhwen descendo da Casa de Bëor e da família de Beren Camlost.

– Não falei da diferença entre o negro e o ouro – disse Arminas. – E sim que outros da Casa de Hador conduzem-se de outro modo, Tuor entre eles. Pois valem-se da cortesia, escutam bons conselhos e respeitam os Senhores do Oeste. Mas tu, ao que parece, aconselhas-te com tua própria sabedoria, ou somente com tua espada, e falas com soberba. E eu te digo, Agarwaen Mormegil, que se assim fizeres teu destino será contrário ao que poderia aspirar alguém das Casas de Hador e Bëor.

– Contrário sempre foi – respondeu Túrin. – E se, como parece, preciso suportar o ódio de Morgoth por causa da bravura de meu pai, hei também de sofrer os insultos e maus presságios de um renegado da guerra, por mais que ele reivindique parentesco com reis? Vai de volta às seguras margens do Mar!

Então Gelmir e Arminas partiram, retornando para o sul; mas, a despeito dos insultos de Túrin, de bom grado teriam aguardado a batalha ao lado de sua gente, e se foram somente porque Círdan lhes ordenara, sob o comando de Ulmo, que lhe trouxessem notícias de Nargothrond e do cumprimento de sua missão. Orodreth ficou muito perturbado com as palavras dos mensageiros; porém ainda mais feroz se tornou o humor de Túrin, que de modo algum quis escutar os conselhos dos mensageiros, e acima de tudo discordava da demolição da grande ponte. Nesse ponto, ao menos, as palavras de Ulmo foram bem interpretadas.

Logo após a partida dos mensageiros morreu Handir, senhor de Brethil; os orcs invadiram sua terra, buscando garantir as Travessias do Teioglin para seu avanço ulterior. Handir combateu-os, mas os homens de Brethil foram derrotados e rechaçados de volta para suas florestas. Os orcs não os perseguiram, pois haviam conseguido seu propósito para o momento, e continuaram reunindo suas forças na Passagem do Sirion.

No outono desse ano, no momento propício, Morgoth desencadeou sobre a gente de Narog a grande hoste que por muito tempo preparara; e Glaurung, o Pai dos Dragões, passou sobre Anfauglith e de lá alcançou os vales setentrionais do Sirion, onde produziu grandes danos. Sob as sombras de Ered Wethrin, conduzindo na retaguarda um grande exército de orcs, violou Eithel Ivrin, e dali passou para o reino de Nargothrond, queimando Talath Dirnen, a Planície Protegida, entre o Narog e o Teiglin.

Então puseram-se em marcha os guerreiros de Nargothrond; naquele dia Túrin tinha um aspecto elevado e terrível, e os corações da hoste soergueram-se quando ele cavalgou à mão direita de Orodreth. Porém a hoste de Morgoth era muito maior do que havia relatado qualquer batedor, e ninguém, salvo Túrin, defendido por sua máscara anânica, conseguia resistir à aproximação de Glaurung.

Os elfos foram rechaçados e derrotados no campo de Tumhalad, e ali definharam todo o orgulho e a hoste de Nargothrond. O Rei Orodreth foi morto na vanguarda do combate, e Gwindor, filho de Guilin, foi mortalmente ferido. Mas Túrin veio em seu socorro, e todos fugiram diante dele; levou Gwindor para fora da turba e, escapando para um bosque, deitou-o na relva.

Então Gwindor disse a Túrin: – Que o carregar pague pelo carregar! Mas o meu trouxe má sorte, e o teu é vão, pois meu corpo está arruinado e sem cura, e preciso partir da Terra-média. E apesar de te amar, filho de Húrin, ainda assim deploro o dia em que te livrei dos orcs. Não fossem tua coragem e teu orgulho, eu ainda teria amor e vida, e Nargothrond ainda haveria de perdurar. Agora, se me amas, deixa-me! Apressa-te rumo a Nargothrond e salva Finduilas. E isto te digo por último: apenas ela se interpõe entre ti e teu destino. Se a abandonares, ele não tardará em te encontrar. Adeus!

Assim Túrin voltou às pressas para Nargothrond, reunindo os membros da turba que encontrou pelo caminho; as folhas caíam das árvores em grande vento enquanto passavam, pois o outono estava se transformando em um lúgubre inverno. Mas Glaurung e sua hoste de orcs já estavam bem à frente, por causa do resgate de Gwindor, e chegaram de surpresa, antes que os vigias tomassem ciência do que ocorrera no campo de Tumhalad. Naquele dia a ponte que Túrin mandara fazer sobre o Narog demonstrou ser um erro, pois era grande e construída com vigor, não podendo ser destruída rapidamente, e assim o inimigo prontamente atravessou o rio profundo, e Glaurung atacou as Portas de Felagund com fogo farto, derrubou-as e entrou.

No momento em que Túrin chegou, o medonho saque de Nargothrond estava quase concluído. Os orcs haviam matado ou expulsado todos os que restavam armados, e naquela hora estavam pilhando os grandes salões e compartimentos, espoliando e destruindo; dentre as mulheres e donzelas, as que não foram queimadas ou mortas haviam sido arrebanhadas no terraço diante das portas como escravas a serem levadas para Angband. Foi com essa ruína e desgraça que Túrin deparou, e ninguém conseguia opor-se a ele; nem queria, já que ele abateu a todos diante de si, passou sobre a ponte e abriu caminho a golpes de espada em direção aos prisioneiros.

Ia sozinho, pois os poucos que o haviam seguido fugiram para esconder-se. Naquele momento Glaurung, o cruel, emergiu das Portas de Felagund, largamente abertas, e postou-se atrás, entre Túrin e a ponte. Então, de repente, falou pelo espírito maligno que tinha dentro de si:
– Salve, filho de Húrin. Em boa hora!

Túrin virou-se de um salto e avançou contra ele a passos largos, com fogo nos olhos e os gumes de Gurthang brilhando como se estivessem em chamas. Mas Glaurung deteve o ataque, arregalou os olhos de serpente e fitou Túrin. Sem medo, Túrin encarou aqueles olhos, erguendo a espada, e imediatamente caiu sob o terrível encantamento do dragão, como se tivesse sido transformado em pedra. Por longo tempo ficaram assim imóveis e em silêncio diante das grandes Portas de Felagund. Então Glaurung falou outra vez, escarnecendo Túrin. – Malogrados foram todos os teus caminhos, filho de Húrin – disse ele. – Filho adotivo ingrato, proscrito, matador de teu amigo, ladrão de amor, usurpador de Nargothrond, capitão imprudente e desertor de tua família. Como escravas vivem tua mãe e tua irmã em Dor-lómin, em miséria e carência. Tu estás trajado como príncipe, mas elas andam em farrapos. Por ti anseiam, mas não te importas com isso. Teu pai ficará contente em saber que tem um filho assim, e há de saber. – E Túrin, sob o encantamento de Glaurung, escutou suas palavras e viu-se como em um espelho deformado pela malícia, e detestou o que viu.

E, enquanto estava ainda retido pelos olhos de Glaurung e com a mente atormentada, sem conseguir se mexer, a um sinal do Dragão os orcs levaram embora os prisioneiros arrebanhados, passando perto de Túrin ao atravessar a ponte. E entre eles estava Finduilas, que estendeu os braços para Túrin e o chamou pelo nome. Mas foi só quando seus gritos e a lamúria dos prisioneiros se haviam perdido na estrada rumo ao norte que Glaurung libertou Túrin, que não conseguiu tapar os ouvidos para abafar a voz que passou a assombrá-lo.

Subitamente, Glaurung afastou o olhar e esperou. Túrin agitou-se devagar, como quem desperta de um sonho horrível. Então, vindo a si com um grande grito, saltou sobre o Dragão. Mas Glaurung riu, dizendo: – Se queres ser morto, posso fazê-lo de bom grado. Mas de pouco isso adiantará para Morwen e Niënor. Não deste atenção aos gritos da mulher élfica. Negarás também o vínculo de teu sangue?

Porém Túrin, sacando a espada, golpeou-lhe os olhos, e Glaurung, serpenteando rapidamente para trás, ergueu-se acima dele e disse: – Não! Ao menos és valente. Mais que todos os que encontrei. E mente quem diz que nós, de nossa parte, não honramos a bravura dos inimigos. Vê agora! Ofereço-te a liberdade. Vai ter com tua família se puderes. Vai-te embora! E, se restar algum elfo ou homem para fazer o relato destes dias, certamente dirão teu nome com desdém se rejeitares esta dádiva.

Então Túrin, ainda perturbado pelos olhos do dragão, como se estivesse lidando com um inimigo capaz de conhecer a misericórdia, acreditou nas palavras de Glaurung e voltou-se para atravessar a ponte às pressas. Porém, enquanto partia, Glaurung falou atrás dele, com voz cruel: – Apressa-te agora, filho de Húrin, rumo a Dor-lómin! Ou quem sabe mais uma vez os orcs cheguem antes de ti. E se te detiveres por Finduilas nunca mais verás Morwen nem Niënor, e elas te amaldiçoarão.

Túrin partiu na estrada para o norte, e Glaurung riu outra vez, pois havia realizado a incumbência de seu Mestre. Então voltou a se comprazer, soprando seu bafo e queimando tudo à sua volta. No entanto, expulsou todos os orcs ocupados no saque, negando-lhes seus despojos até o último objeto de valor. Então demoliu a ponte e a lançou na espuma do Narog; e assim, em segurança, reuniu todos os tesouros e riquezas de Felagund, amontoou-os, deitou-se sobre eles no salão mais bem protegido e repousou um pouco.

Túrin apressou-se pelos caminhos rumo ao norte, através das terras agora desoladas entre o Narog e o Teiglin, e o Inverno Cruel desceu para encontrá-lo; naquele ano caiu neve antes que tivesse terminado o outono, e a primavera chegou tardia e fria. Sempre tinha a impressão, à medida que avançava, de ouvir os gritos de Finduilas a chamar seu nome pelas florestas e pelos morros, e era grande sua angústia; mas, como tinha o coração inflamado pelas mentiras de Glaurung, só via em sua mente os orcs queimando a casa de Húrin ou atormentando Morwen e Niënor, e manteve-se no caminho sem jamais se desviar.

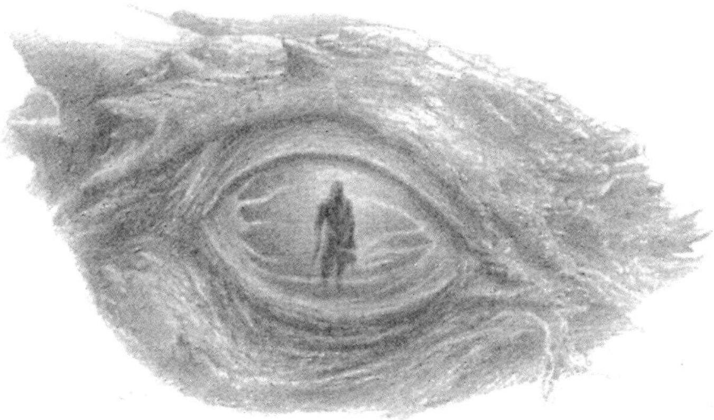

CAPÍTULO XII

O RETORNO DE TÚRIN A DOR-LÓMIN

Por fim, exaurido pela pressa e pela longa jornada (pois viajara mais de quarenta léguas sem descanso), Túrin chegou no início do inverno às lagoas de Ivrin, onde outrora fora curado. No entanto estavam reduzidas a um charco congelado, e ele não podia mais beber delas.

Dali chegou às passagens para Dor-lómin, e a neve veio implacável do norte, tornando os caminhos perigosos e frios. Apesar de se terem passado vinte e três anos desde que ele trilhara aquela via, ela ainda estava gravada em seu coração, tão grande fora o sofrimento a cada passo dado quando se despedira de Morwen. Dessa forma Túrin enfim retornou à terra de sua infância. Estava desolada e desnuda, e as pessoas por ali eram poucas e grosseiras, e falavam a língua áspera dos lestenses; o idioma antigo se tornara língua de servos ou inimigos. Por isso Túrin caminhou com cautela, encapuzado e em silêncio até finalmente alcançar a casa que buscava. Erguia-se vazia e escura, e nenhum ser vivo morava perto dela, pois Morwen se fora, e Brodda, o Forasteiro (que desposara à força Aerin, parenta de Húrin), saqueara-lhe a casa e levara tudo o que restara em bens ou criados. A casa de Brodda era a mais próxima da antiga casa de Húrin, e para lá foi Túrin, consumido pela perambulação e pelo pesar, implorando abrigo, que lhe foi concedido, pois Aerin ainda praticava ali alguns dos modos mais amáveis de antigamente. Deram-lhe um assento junto à lareira com os criados e com alguns viajantes tão mal-humorados e cansados quanto ele, a quem pediu notícias da terra.

Ao som dessas palavras o grupo silenciou, e alguns se afastaram, olhando o estranho de soslaio. Mas um velho andarilho de muleta disse: – Se tens de falar a língua antiga, mestre, fala-a mais baixo e não perguntes por notícias. Queres ser surrado como malandro, ou enforcado como espião? Pois pelo teu aspecto podes muito bem ser ambas as coisas. O que quer dizer simplesmente – disse, aproximando-se e falando baixinho na orelha de Túrin – alguém do povo bondoso de antigamente que veio com Hador nos dias de ouro, antes que as cabeças usassem pelos de lobo. Alguns aqui são desse tipo, apesar de agora terem sido transformados em mendigos e escravos, e não fosse pela Senhora Aerin não teriam nem esta lareira nem este caldo. De onde és tu, e que notícias desejas?

– Houve uma senhora chamada Morwen – respondeu Túrin – e muito tempo atrás eu vivia em sua casa. Foi para lá que me dirigi, depois de muito vagar, buscando boas-vindas, mas já não há lá fogo nem gente.

– E nem houve neste longo ano nem antes dele – respondeu o velho. – Foram escassos o fogo e a gente naquela casa desde a guerra mortal, pois pertencia à gente antiga, como tu sem dúvida sabes, à viúva de nosso senhor, Húrin, filho de Galdor. Porém não ousaram tocar nela, pois a temiam; era altiva e bela como uma rainha antes que o sofrimento a desfigurasse. Chamavam-na de Mulher Bruxa e a evitavam. Mulher Bruxa: é simplesmente "amiga dos elfos" na nova língua. Ainda assim a roubaram. Muitas vezes ela e a filha teriam passado fome, não fosse pela Senhora Aerin. Ela as auxiliou em segredo, dizem, e muitas vezes foi espancada por isso pelo grosseirão Brodda, seu marido por necessidade.

– E neste longo ano e antes dele? – perguntou Túrin. – Foram mortas ou feitas escravas? Ou os orcs as atacaram?

– Não se sabe ao certo – disse o velho. – Mas ela se foi com a filha, e este Brodda saqueou e se apossou do que restava. Nem um cão sobrou, e a pouca gente dela tornou-se escrava dele, exceto por alguns que se puseram a esmolar, como eu. Por muitos anos a servi, e antes dela ao grande senhor, eu, Sador Perneta: um maldito machado na floresta muito tempo atrás, do contrário eu jazeria agora no Grande Túmulo. Bem me lembro do dia em que o menino de Húrin foi mandado embora, e de como ele chorava, e ela também. Foi ao Reino Oculto que ele se dirigiu, segundo disseram.

Com essas palavras o velho se calou, e encarou Túrin indeciso. – Sou velho e tagarela, mestre – disse ele. – Não me dês atenção! Mas, apesar de ser agradável falar a antiga língua com alguém que a fala com toda a beleza dos tempos passados, os dias são malignos e temos de ser cautelosos. Nem todos os que falam o belo idioma são belos de coração.

– É verdade – disse Túrin. – Meu coração é severo. Mas, se temes que eu seja um espião do norte ou do leste, então aprendeste pouco mais do que sabias tempos atrás, Sador Labadal.

O velho encarou-o boquiaberto; depois falou, tremendo: – Vem para fora! É mais frio, porém mais seguro. Falas alto demais, e eu demasiado, para o salão de um lestense.

Quando saíram para o pátio, agarrou o manto de Túrin. – Muito tempo atrás moraste naquela casa, tu dizes. Senhor Túrin, por que voltaste? Meus olhos se abriram, e meus ouvidos por fim: tens a voz de teu pai. Mas só o jovem Túrin me chamava por esse nome, Labadal. Ele não tinha má intenção: éramos alegres amigos naqueles dias. O que ele busca aqui agora? Somos poucos os que restamos, e estamos velhos e desarmados. São mais felizes os do Grande Túmulo.

– Não vim pensando em combate – disse Túrin –, apesar de agora tuas palavras me terem despertado esse pensamento, Labadal. Mas isso precisa esperar. Vim em busca da Senhora Morwen e de Niënor. O que me podes contar, e depressa?

– Pouca coisa, senhor – disse Sador. – Partiram em segredo. Entre nós sussurrávamos que tinham sido convocadas pelo Senhor Túrin, pois não duvidávamos de que ele se houvesse engrandecido com os anos, tornando-se rei ou senhor em algum país meridional. Mas parece que não é o caso.

– Não é – respondeu Túrin. – Fui senhor num país meridional, porém agora sou um andarilho. E não as convoquei.

– Então não sei o que te contar – disse Sador. – Mas a Senhora Aerin saberá, não duvido. Ela conhecia todas as decisões de tua mãe.

– Como posso chegar até ela?

– Isso não sei. Custaria a ela muita dor ser apanhada cochichando à porta com um infeliz errante do povo oprimido, mesmo que alguma mensagem pudesse trazê-la. E um mendigo como tu não iria longe, caminhando pelo salão rumo à mesa elevada, antes que os lestenses o agarrassem e lhe dessem uma surra, ou coisa pior.

Então Túrin exclamou, irado: – Não posso caminhar pelo salão de Brodda, e eles vão me surrar? Vem e vê!

Com essas palavras entrou no salão, tirou o capuz e, empurrando para longe todos os que estavam em seu caminho, andou com passos largos na direção da mesa onde se assentavam o senhor da casa e sua esposa, além de outros senhores lestenses. Alguns então se ergueram para agarrá-lo, mas ele os lançou ao chão e exclamou: – Alguém comanda esta casa ou é de fato um covil de orcs? Onde está o senhor?

Brodda ergueu-se furioso. – Eu comando esta casa – disse. Mas antes que pudesse dizer mais, Túrin falou:

– Então ainda não aprendeste a cortesia que existia nesta terra antes de ti. Agora os modos dos homens consistem em deixar os lacaios maltratarem os parentes de sua esposa? É o que sou, e tenho uma missão junto à Senhora Aerin. Hei de vir livremente ou hei de vir como quiser?

– Vem – disse Brodda, carrancudo; mas Aerin empalideceu.

Então, Túrin caminhou até a mesa elevada e parou diante dela, inclinando-se. – Perdoa-me, Senhora Aerin – disse –, por irromper assim em tua casa, mas minha missão é urgente e me trouxe de longe. Procuro por Morwen, Senhora de Dor-lómin, e sua filha Niënor. Mas a casa delas está vazia e saqueada. O que me podes contar?

– Nada – disse Aerin com grande temor, pois Brodda a observava de perto.

– Não acredito nisso – disse Túrin.

Brodda deu um salto, e estava vermelho e enlouquecido de raiva. – Nada mais! – gritou. – Minha esposa há de ser contradita diante de mim por um mendigo que fala a língua dos servos? Não existe nenhuma Senhora de Dor-lómin. Mas quanto a Morwen, pertencia ao povo escravo e fugiu como os escravos fogem. Faz o mesmo, e depressa, do contrário mandarei enforcarem-te numa árvore!

Então Túrin saltou sobre Brodda, sacou a espada negra, agarrou-o pelos cabelos e puxou-lhe a cabeça para trás. – Que ninguém se mexa – disse –, ou esta cabeça abandonará os ombros! Senhora Aerin, mais uma vez peço perdão se concluí erradamente que este grosseirão jamais te fez algo de bom. Mas fala agora, e não me negues! Pois não sou Túrin, Senhor de Dor-lómin? Não deveria te dar ordens?

– Dê-me ordens – disse ela.

– Quem saqueou a casa de Morwen?

– Brodda – respondeu ela.

– Quando ela fugiu, e para onde?

– Faz um ano e três meses – disse Aerin. – O Senhor Brodda e outros Forasteiros do Leste que estavam por aqui muito a oprimiam. Muito tempo atrás ela havia sido convidada a ir ao Reino Oculto, e enfim partiu. Pois as terras em meio estavam então livres do mal, por algum tempo, por causa da bravura do Espada Negra das terras do sul, assim diziam; mas agora isso acabou. Ela pretendia encontrar o filho à sua espera. Mas, se tu és Túrin, então temo que tudo tenha dado errado.

Túrin riu amargamente. – Errado, errado? – exclamou. – Sim, sempre errado: corrompido como Morgoth! – E subitamente uma ira negra o sacudiu; seus olhos se abriram, e o encantamento de Glaurung desatou seus últimos filamentos, possibilitando que tomasse ciência das mentiras com que fora defraudado. – Fui logrado para vir até aqui e morrer em desonra, eu que poderia pelo menos ter encontrado um fim valoroso diante das Portas de Nargothrond? – E do meio da noite, em torno do salão, teve a impressão de ouvir os gritos de Finduilas.

– Não serei o primeiro a morrer aqui! – exclamou. Agarrou Brodda e, com a força de sua grande angústia e ira, ergueu-o para o alto e o sacudiu, como se fosse um cão. – Morwen do povo escravo, tu disseste? Tu, filho de poltrões, ladrão, escravo de escravos! – Com isso lançou Brodda de cabeça, por cima de sua própria mesa, bem no rosto de um lestense que se levantou para atacar o invasor. Na queda Brodda quebrou o pescoço, e Túrin saltou atrás e matou mais três que lá estavam agachados, pois tinham sido apanhados sem armas. Houve tumulto no salão. Os lestenses que lá estavam sentados teriam partido para cima de Túrin, mas muitos outros que lá se encontravam reunidos pertenciam ao povo anterior de Dor-lómin; por muito tempo haviam sido mansos criados, mas agora erguiam-se com gritos de rebelião. Logo começou um grande combate no salão e, apesar de os servos disporem apenas de facas de carne e outros objetos que conseguiram agarrar contra punhais e espadas, muitos logo foram mortos de ambos os lados antes que Túrin descesse de um salto e matasse o último dos lestenses que restava no salão.

Então descansou, apoiado numa coluna, e o fogo de sua ira tornara-se cinzas. Mas o velho Sador arrastou-se até ele e agarrou-lhe os joelhos, pois estava mortalmente ferido. – Três vezes sete anos e mais, foi longa a espera por esta hora – disse. – Mas agora vai, vai, senhor! Vai e não voltes, a não ser que seja com maior força. Sublevarão o país contra ti. Muitos correram do salão. Vai, ou acabarás aqui. Adeus! – Então deixou-se cair e morreu.

– Ele fala com a verdade da morte – disse Aerin. – Descobriste o que querias. Agora vai depressa! Mas vai primeiro até Morwen e consola-a, do contrário considerarei difícil perdoar toda a destruição que causaste aqui. Pois, por mais ruim que tenha sido minha vida, trouxeste-me a morte com tua violência. Os Forasteiros farão todos os que estiveram aqui pagar por esta noite. São impulsivos teus atos, filho de Húrin, como se ainda fosses apenas a criança que conheci.

– E teu coração é fraco, Aerin, filha de Indor, como era quando eu te chamava de tia e um cão desordeiro te metia medo – disse Túrin. – Foste feita para um mundo mais bondoso. Mas vem comigo! Eu te levarei até Morwen.

– Há neve sobre a terra, porém ainda mais sobre minha cabeça – respondeu ela. – Eu morreria tão depressa no ermo contigo quanto com os bárbaros lestenses. Não podes consertar o que fizeste. Vai! Ficar piorará tudo, além de despojar Morwen de seu filho sem motivo. Vai, eu te imploro!

Então Túrin inclinou-se profundamente diante dela, virou-se e deixou o salão de Brodda, e todos os rebeldes que tinham forças seguiram-no. Fugiram rumo às montanhas, pois alguns dentre eles conheciam os caminhos do ermo, e abençoavam a neve que caía atrás deles e lhes encobria os rastros. Assim, apesar de a caçada logo começar, com muitos homens, cães e cavalos, eles escaparam para os morros do sul. Então, olhando para trás, viram uma luz vermelha ao longe, na terra que haviam deixado.

– Eles incendiaram o salão – disse Túrin. – Que serventia pode ter isso?

– Eles? Não, senhor; acredito que tenha sido ela – disse um deles, chamado Asgon. – Muitos homens de armas interpretam mal a paciência e o silêncio. Ela faz muito bem para nós, e a muito custo. Seu coração não era fraco, e afinal sua paciência chegou ao fim.

Alguns dos mais resistentes, capazes de suportar o inverno, ficaram com Túrin e o conduziram por estranhas trilhas até um refúgio nas montanhas, uma caverna conhecida dos proscritos e dos renegados; lá havia escondido um pequeno estoque de comida. Ali esperaram até que cessasse a neve, deram-lhe alimento e o levaram até uma passagem pouco usada que conduzia para o sul, até o Vale do Sirion, aonde a neve não chegara. Na trilha de descida despediram-se.

– Agora adeus, Senhor de Dor-lómin – disse Asgon. – Mas não te esqueças de nós. Agora havemos de ser homens caçados, e o Povo Lobo será mais cruel por causa de tua vinda. Portanto vai, e não retornes, a não ser que venhas com forças para nos resgatar. Adeus!

CAPÍTULO XIII

A CHEGADA DE TÚRIN A BRETHIL

Túrin desceu então rumo ao Sirion, com a mente dividida. Parecia-lhe que, se antes tivera duas opções amargas, passara a ter três, pois também o chamava seu povo oprimido, ao qual só trouxera mais desgraça. Só tinha este consolo: que sem dúvida Morwen e Niënor há muito tinham chegado a Doriath, e que apenas pela bravura do Espada Negra de Nargothrond sua jornada fora segura. E dizia em pensamento: – Em que outro lugar melhor eu as poderia ter posto, mesmo que tivesse chegado mais cedo? Se o Cinturão de Melian for rompido, então tudo estará terminado. Não, as coisas estão melhores como estão, pois com minha ira e meus atos impensados eu lanço uma sombra onde quer que habite. Que Melian as guarde! E eu as deixarei em paz, sem sombra, por algum tempo.

Mas Túrin procurava por Finduilas tarde demais, percorrendo as florestas sob as encostas de Ered Wethrin, selvagem e cauteloso como um animal, e emboscando todas as estradas que levavam ao norte, para a Passagem do Sirion. Tarde demais. Pois todas as trilhas haviam sido destruídas pelas chuvas e nevascas. Mas assim foi que Túrin, descendo o Teiglin, topou com alguns do Povo de Haleth da Floresta de Brethil. A guerra os havia reduzido a um pequeno grupo, que na maior parte habitava em segredo o interior de uma paliçada sobre Amon Obel, nas profundezas da floresta. Ephel Brandir chamava-se aquele lugar, pois Brandir, filho de Handir, era seu senhor desde que seu pai fora morto. E Brandir não era homem de guerra, pois fora mutilado em virtude de uma perna quebrada num acidente na infância; além disso era pouco impetuoso, preferindo a madeira ao metal e o conhecimento das coisas que crescem na terra a outras tradições.

No entanto alguns dos homens da floresta ainda caçavam os orcs em suas divisas, e assim foi que, quando Túrin lá chegou, ouviu um ruído de tumulto. Correu naquela direção e, passando cautelosamente por entre as árvores, viu um pequeno bando de homens cercado de orcs. Defendiam-se desesperadamente, dando as costas a um capão de árvores que cresciam à parte, numa clareira; mas os orcs eram em grande número, e os homens tinham pouca esperança de escapar a não ser que recebes-

sem algum auxílio. Assim, escondido na vegetação rasteira, Túrin fez grande ruído de pisadas e estalos e depois gritou em voz alta, como quem lidera muitos homens:
– Ah! Aqui os encontramos! Sigam-me, todos! Vamos sair, e ao abate!

A estas palavras muitos dos orcs olharam para trás, espantados, e então Túrin saiu saltando, acenando como se houvesse muitos homens atrás dele e os gumes de Gurthang tremulando como uma chama em sua mão. Os orcs conheciam muito bem aquela lâmina, e mesmo antes que saltasse no meio deles muitos se dispersaram e fugiram. Então os homens da floresta correram a seu encontro, e juntos acossaram os inimigos até o rio: poucos o atravessaram. Por fim detiveram-se na margem, e Dorlas, líder dos homens da floresta, disse: – És rápido na caça, senhor, mas teus homens te seguem devagar.

– Não – disse Túrin –, todos corremos juntos como um só, e nada nos separa.

Então os homens de Brethil riram e disseram: – Bem, um assim vale por muitos. E te somos muito gratos. Mas quem és, e o que fazes aqui?

– Apenas sigo meu ofício, que é matar orcs – falou Túrin. – E moro onde meu ofício está. Sou o Bárbaro dos Bosques.

– Então vem morar conosco – convidaram eles. – Pois moramos nos bosques e necessitamos de artífices como tu. Serias bem-vindo!

Túrin os olhou estranhamente e disse: – Então ainda resta alguém que concorde que eu turve suas portas? Mas, amigos, ainda tenho uma missão penosa: encontrar Finduilas, filha de Orodreth de Nargothrond, ou pelo menos obter notícias sobre seu paradeiro. Ai dela! Faz muitas semanas que foi levada de Nargothrond, mas ainda assim devo procurá-la.

Então olharam-no com pena, e Dorlas disse: – Não procures mais. Pois uma hoste de orcs subiu de Nargothrond rumo às Travessias do Teiglin, e bem cedo tomamos conhecimento de sua presença: marchavam muito devagar por causa do número de prisioneiros que conduziam. Então imaginamos desferir nosso pequeno golpe na guerra, e emboscamos os orcs com todos os arqueiros que conseguimos reunir, esperando salvar alguns dos cativos. Mas ai de nós! Assim que foram atacados, os imundos orcs mataram primeiro as mulheres, e a filha de Orodreth foi pregada numa árvore com uma lança.

Túrin deteve-se como alguém ferido de morte. – Como sabeis disso? – perguntou.

– Porque ela falou comigo antes de morrer – respondeu Dorlas. – Olhou-nos como quem buscasse alguém que esperava e disse: "Mormegil. Dizei ao Mormegil que Finduilas está aqui." Nada mais disse. Mas por causa de suas últimas palavras nós a depusemos onde morrera. Ela jaz em um montículo junto ao Teiglin. Sim, faz um mês agora.

– Levai-me até lá – pediu Túrin, e conduziram-no até um pequeno morro perto das Travessias do Teiglin. Lá se deitou, e uma treva se abateu sobre ele, de modo que pensaram que estivesse morto. Mas Dorlas baixou os olhos para ele no chão e depois virou-se para seus homens, dizendo: – Tarde demais! Esta é uma eventualidade lastimável. Mas vede: aqui jaz o próprio Mormegil, o grande capitão de Nargothrond. Pela espada deveríamos tê-lo reconhecido, assim como os orcs o reconheceram. – A fama do Espada Negra do Sul se espalhara por toda a parte, mesmo nas profundezas da floresta.

Portanto, ergueram-no com reverência e levaram-no a Ephel Brandir; e Brandir, saindo ao encontro deles, admirou-se com a maca que carregavam. Então, puxando a coberta, olhou o rosto de Túrin, filho de Húrin, e uma sombra obscura se abateu sobre seu coração. – Ó cruéis homens de Haleth! – exclamou. – Por que arrancastes este homem da morte? Com grande esforço trouxestes até aqui a última perdição de nosso povo.

Mas os homens da floresta disseram: – Não, este é o Mormegil de Nargothrond, um temível matador de orcs, e há de nos ser muito útil caso sobreviva. E, mesmo que não fosse, deveríamos abandonar um homem aflito, deitado como carniça à beira do caminho?

– Não deveríeis de fato. O destino não o quis assim – disse Brandir, e levou Túrin para dentro de sua casa e cuidou dele diligentemente.

Quando por fim se livrou da treva, retornava a primavera; Túrin despertou e viu o sol nos verdes botões de flor.

Então a coragem da Casa de Hador despertou nele também, e ao erguer-se disse de coração: – Todos os meus atos e dias passados foram obscuros e plenos de maldade. Mas chegou um novo dia. Aqui ficarei em paz, e renunciarei a meu nome e minha família; assim deixarei para trás minha sombra, ou ao menos não a lançarei sobre aqueles que amo.

Assim ele adotou um novo nome, chamando-se Turambar, que na fala alto-élfica significava Senhor do Destino, e viveu entre os homens da floresta, sendo amado por eles, que tiveram de esquecer seu nome antigo e considerá-lo alguém nascido em Brethil. No entanto, apesar da mudança de nome, ele não conseguiu mudar totalmente seu temperamento nem esquecer suas antigas mágoas contra os servos de Morgoth, e saía a caçar orcs com alguns que tinham a mesma opinião, embora isso desagradasse a Brandir. Pois este esperava preservar seu povo pelo silêncio e pelo sigilo.

– O Mormegil não existe mais – disse –, porém cuida-te para que a bravura de Turambar não traga uma vingança semelhante sobre Brethil!

Assim, Turambar deixou de lado sua espada negra, e não a levou mais ao combate; no seu lugar, lidava com o arco e a lança. Porém não permitia que os orcs usassem as Travessias do Teiglin nem se aproximassem do montículo onde jazia Finduilas. Haudh-en-Elleth foi ele chamado, o Túmulo da Donzela-elfo, e logo os orcs aprenderam a temer aquele lugar, e o evitavam. E Dorlas disse a Turambar: – Renunciaste ao nome, mas ainda és o Espada Negra; e o rumor não diz, em verdade, que ele era filho de Húrin de Dor-lómin, senhor da Casa de Hador?

E Turambar respondeu: – Assim ouvi dizer. Mas não o divulgues, peço-te, se fores meu amigo.

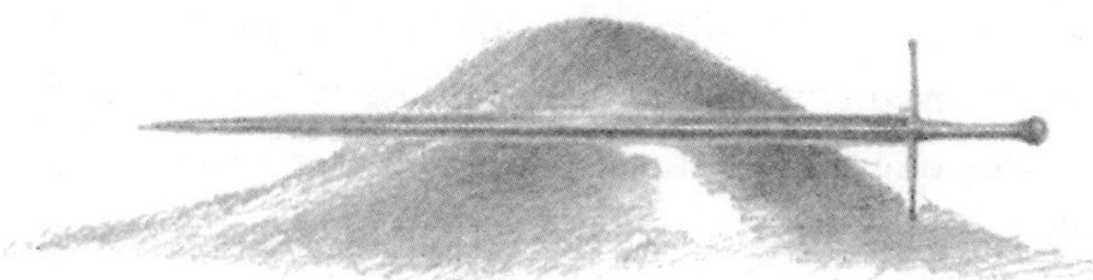

CAPÍTULO XIV

A VIAGEM DE MORWEN E NIËNOR A NARGOTHROND

Quando o Inverno Cruel arrefeceu, chegaram a Doriath novas notícias de Nargothrond. Pois alguns, que haviam escapado ao saque e sobrevivido ao inverno nos ermos, no fim vieram buscar refúgio com Thingol, e os guardas fronteiriços os trouxeram ao Rei. Alguns disseram que o inimigo se havia retirado rumo ao norte, e outros que Glaurung ainda vivia nos salões de Felagund; uns disseram que o Mormegil fora morto, e outros, que ele sucumbira a um encantamento do Dragão e ainda vivia por lá, mas transformado em pedra. E todos declararam que, antes do fim, já se sabia em Nargothrond que o Espada Negra não era outro senão Túrin, filho de Húrin de Dor-lómin.

Então foram grandes o temor e a mágoa de Morwen e de Niënor, e Morwen disse: – Tal dúvida é a própria obra de Morgoth! Não podemos conhecer a verdade e saber com certeza o pior que temos de suportar?

O próprio Thingol desejava muito saber mais sobre o destino de Nargothrond, e pretendia enviar alguns que cautelosamente pudessem chegar até lá, mas acreditava que Túrin de fato fora morto ou estava além do salvamento, e temia chegar a hora em que Morwen tomasse conhecimento disso com todas as letras. Portanto, disse a ela: – Este é um assunto perigoso, Senhora de Dor-lómin, e tem de ser ponderado. Tal dúvida pode muito bem ser obra de Morgoth, para nos atrair a alguma temeridade.

Mas Morwen, perturbada, exclamou: – Temeridade, senhor! Se meu filho está abandonado e faminto na floresta, se definha em amarras, se seu corpo jaz insepulto, então quero ser temerária. Não hesitarei um minuto sequer para ir buscá-lo.

– Senhora de Dor-lómin – disse Thingol –, isso certamente o filho de Húrin não desejaria. Ele acreditaria que aqui estás mais bem guardada que em qualquer outra terra que reste, aos cuidados de Melian. Por amor a Húrin e a Túrin eu não permitiria que vagasses lá fora, no negro perigo destes dias.

– Não mantiveste Túrin longe do perigo, mas a mim queres manter – exclamou Morwen. – Aos cuidados de Melian! Sim, prisioneira do Cinturão! Por muito tempo hesitei em entrar aqui, e agora me arrependo.

– Se preferes assim, Senhora de Dor-lómin – disse Thingol –, sabes disto: o Cinturão está aberto. Livremente vieste para cá, livremente ficarás, ou partirás.

Então Melian, que permanecera em silêncio, falou: – Não te vás daqui, Morwen. Disseste algo verdadeiro: esta dúvida é obra de Morgoth. Se te fores, irás por vontade dele.

– O medo de Morgoth não me afastará do chamado de minha família – respondeu Morwen. – Mas se temes por mim, senhor, então empresta-me alguns de tua gente.

– Não posso dar ordens a ti – disse Thingol. – Mas minha gente sou eu que comando. Só os mandaria a meu próprio critério.

Morwen nada mais disse, mas chorou e saiu da presença do Rei. Thingol lamentou, pois parecia-lhe que o ânimo de Morwen estava desvairado; perguntou a Melian se não a refrearia com seu poder. – Contra a entrada do mal muito posso fazer – respondeu –, mas contra a saída dos que desejam sair, nada. Esse é teu papel. Se ela deve ser mantida aqui, tens de retê-la à força. Porém assim talvez lhe destruas a mente.

Então Morwen foi ter com Niënor e disse: – Adeus, filha de Húrin. Vou em busca de meu filho, ou de notícias verdadeiras sobre ele, já que aqui ninguém fará nada a não ser esperar até que seja tarde demais. Espera aqui por mim até que por acaso eu retorne. – Então Niënor, em temor e aflição, quis detê-la, mas Morwen nada respondeu e recolheu-se a seu aposento; quando chegou a manhã, já havia montado em um cavalo e partido.

Thingol ordenara que ninguém a detivesse nem parecesse atocaiá-la. Porém, assim que ela partiu, o Rei reuniu uma companhia de seus guardas fronteiriços mais robustos e habilidosos e os pôs a cargo de Mablung.

– Agora segui depressa – disse ele –, porém não a deixeis tomar consciência de vós. Mas quando chegar ao ermo, se o perigo a ameaçar, então mostrai-vos; e se ela não desejar voltar, então vigiai-a como puderdes. Mas quero que alguns de vós vão adiante até onde puderem e descubram tudo o que for possível.

Assim foi que Thingol enviou uma companhia maior do que inicialmente pretendia, e havia entre eles dez cavaleiros com cavalos de reserva. Seguiram Morwen, que rumou para o sul através de Region, chegando assim à margem do Sirion acima dos Brejos do Crepúsculo; lá se deteve, pois o Sirion era largo e veloz, e ela não conhecia o caminho. Assim, os vigias tiveram de mostrar-se, e Morwen disse: – Thingol vai deter-me? Ou envia-me tardiamente a ajuda que negou?

– Ambas as coisas – respondeu Mablung. – Não retornarás?

– Não – respondeu ela.

– Então devo ajudar-te – disse Mablung –, apesar de ser contra minha vontade. O Sirion aqui é largo e profundo, e perigoso para ser atravessado a nado por animal ou homem.

– Então atravessa-me pela via que a gente élfica costuma usar – disse Morwen –, do contrário tentarei nadar.

Então Mablung a levou aos Brejos do Crepúsculo. Lá, entre córregos e juncos, mantinham-se balsas ocultas e vigiadas na margem oriental, pois por aquele caminho os mensageiros passavam para cá e para lá com a comunicação entre Thingol e sua família em Nargothrond. Esperaram, pois, até que tivesse avançado a noite iluminada de estrelas, e atravessaram nas brancas névoas antes do amanhecer. E no momento em que o sol se erguia, vermelho, além das Montanhas Azuis, e um forte vento matutino soprava e dispersava as névoas, os vigias desembarcaram na margem ocidental e deixaram o Cinturão de Melian. Eram altos elfos de Doriath, trajados de cinza e com mantos sobre as cotas de malha. Da balsa, Morwen observou-os atravessando em silêncio e então, de repente, soltou um grito e apontou para o último da companhia que passava.

– De onde veio ele? – perguntou ela. – Três vezes dez viestes a mim. Três vezes dez e mais um chegais à margem!

Então os outros se viraram, e viram que o sol brilhava sobre uma cabeça dourada: era Niënor, com o capuz sendo empurrado para trás pelo vento. Assim foi revelado que ela seguira a companhia e se juntara a eles na escuridão antes que cruzassem o rio. Espantaram-se, ninguém mais que Morwen. – Volta! Volta! Ordeno-te! – exclamou ela.

– Se a esposa de Húrin pode partir contra todos os conselhos ao chamado da família – disse Niënor –, então a filha de Húrin também pode fazê-lo. Lamentação é meu nome, mas não lamentarei sozinha pelo pai, pelo irmão e pela mãe. E destes só conheci a ti, e te amo acima de tudo. Nada temo que tu não temas.

De fato, via-se pouco temor em seu rosto ou sua postura. Parecia alta e forte, pois eram de grande estatura os da Casa de Hador; e assim, trajando vestes élficas, ela bem se equiparava aos guardas, pois era mais baixa apenas que o maior entre eles.

– O que pretendes fazer? – perguntou Morwen.

– Ir aonde fores – respondeu Niënor. – Trago esta resolução comigo: tomar o caminho de volta e alojar-me em segurança aos cuidados de Melian, pois não é sábio rejeitar seu conselho, ou aceitar que hei de enfrentar o perigo se tu o enfrentares. – Pois em verdade Niënor viera mais esperando que, por temor e por amor, a mãe iria retornar; e Morwen de fato estava indecisa.

– Uma coisa é rejeitar um conselho – disse ela –, outra coisa é rejeitar uma ordem de sua mãe. Volta agora!

– Não – negou-se Niënor. – Faz muito que não sou mais criança. Tenho minha própria vontade e sabedoria, apesar de até agora elas não terem cruzado com as tuas. Vou contigo. A princípio para Doriath, por reverência pelos que a governam; mas, do contrário, então rumo ao oeste. Na verdade, se alguma de nós deve prosseguir, é melhor que seja eu, que disponho da plenitude de minhas forças.

Então Morwen viu nos olhos cinzentos de Niënor a constância de Húrin e hesitou, mas não conseguiu sobrepujar seu orgulho, e não quis (exceto pelas belas palavras) parecer que era conduzida de volta pela filha, como se fosse velha e senil. – Prosseguirei como decidi – declarou ela. – Podes vir também, mas contra a minha vontade.

– Que assim seja – disse Niënor.

Então Mablung disse à sua companhia: – De fato, é pela falta de juízo, não de coragem, que a família de Húrin traz desgraça aos demais! Até aqui tinha sido assim com Túrin, mas não com seus progenitores. Porém agora estão todos desvairados, e isso não me agrada. Temo mais esta incumbência do Rei que a caça ao Lobo. O que se há de fazer?

Mas Morwen, que chegara à margem e agora se aproximava, ouviu suas últimas palavras. – Faz como o Rei te ordenou – disse ela. – Busca notícias de Nargothrond e de Túrin. Para esse fim viemos todos juntos.

– O caminho ainda é longo e perigoso – disse Mablung. – Se fordes adiante, ambas havereis de seguir a cavalo, entre os cavaleiros, e não vos distanciareis um pé deles.

Assim foi que, à plena luz do dia, eles partiram, lenta e cuidadosamente, saindo da região dos juncos e dos salgueiros baixos até chegar aos bosques cinzentos que recobriam grande parte da planície meridional diante de Nargothrond. Por todo o dia seguiram reto para o oeste, sem nada verem senão desolação, e nada ouviram, pois as terras estavam em silêncio; parecia a Mablung que um temor presente se abatera sobre eles. Por aquele mesmo caminho Beren andara anos atrás, quando os bosques estavam repletos dos olhos ocultos dos caçadores; mas todo o povo do Narog se fora, e os orcs, ao que parecia, ainda não vagavam tão longe ao sul. Naquela noite acamparam na floresta cinzenta sem fogo nem luz.

Nos dois dias seguintes prosseguiram, e na tardinha do terceiro dia, contados a partir do Sirion, já haviam atravessado a planície e se aproximavam da margem oriental do Narog. Então apossou-se de Mablung uma inquietação tão grande que ele implorou a Morwen que não fossem adiante. Mas ela riu e disse: – Logo ficarás contente de te livrares de nós, como é bem provável. Mas tens de nos suportar um pouco mais. Agora chegamos perto demais para voltarmos por medo.

Então Mablung exclamou: – Desvairadas sois ambas, e irracionais. Não ajudais a coleta de notícias, mas atrapalhais. Agora escutai-me! Fui ordenado a não vos deter à força, mas também fui ordenado a vos guardar como pudesse. Nesta situação só posso fazer uma dessas coisas. E vou guardar-vos. Amanhã vos conduzirei a Amon Ethir, o Morro dos Espiões, que está perto; ali havereis de permanecer sob vigilância, e não ireis adiante enquanto eu for o comandante aqui. – Ora, Amon Ethir era um montículo grande como um morro, que muito tempo antes Felagund mandara erguer com grande esforço na planície diante de suas Portas, uma légua a leste do Narog. Estava coberto de árvores, exceto no topo, de onde se podia ter uma ampla vista de todo o entorno, das estradas que levavam à grande ponte de Nargothrond e das terras ao redor. Chegaram ao morro no final da manhã e subiram pelo lado do leste. Então, olhando para os Altos Faroth, pardos e desnudos além do rio, Mablung avistou com sua visão élfica os terraços de Nargothrond na íngreme margem ocidental e, como um pequeno buraco na muralha do morro, as Portas de Felagund escancaradas. Porém não conseguia ouvir som nem ver sinal de inimigo, nem nenhum indício do Dragão, salvo pelo incêndio em volta das Portas que ele produzira no dia do saque. Tudo jazia em silêncio sob um sol pálido.

Assim Mablung, como dissera, mandou que seus dez cavaleiros mantivessem Morwen e Niënor no cume do morro e que não arredassem pé dali até que ele voltasse, a não ser que surgisse algum grande perigo; neste caso, os cavaleiros deveriam posicionar Morwen e Niënor entre eles e fugir com a máxima rapidez, rumo ao leste, na direção de Doriath, mandando um deles à frente para levar notícias e buscar auxílio.

Então Mablung reuniu a outra vintena de sua companhia, e desceram o morro rastejando; e depois, ao alcançar os campos a oeste, onde as árvores eram escassas, dispersaram-se e seguiram cada um seu caminho, com audácia mas em sigilo, até as margens do Narog. O próprio Mablung foi pelo caminho do meio, seguindo para a ponte, e assim chegou a sua extremidade externa, achando-a toda destruída; o rio, profundamente escavado e fluindo indômito após as chuvas longínquas ao norte, espumava e rugia entre as pedras caídas.

No entanto Glaurung estava deitado ali, bem no início da sombra da grande passagem que conduzia para dentro das Portas arruinadas, e por muito tempo estivera consciente dos espiões, apesar de poucos outros olhos na Terra-média os terem percebido. A visão de seus olhos cruéis era mais aguçada que a das águias, e excedia o longo alcance dos elfos; e além disso sabia também que alguns haviam ficado para trás, sentados no cume desnudo de Amon Ethir.

Assim, enquanto Mablung engatinhava entre as rochas, tentando descobrir se poderia vadear a correnteza bravia por sobre as pedras caídas da ponte, Glaurung surgiu com uma grande rajada de fogo e desceu rastejando para o rio. Então ouviu-se de imediato um grande chiado, e ergueram-se imensos vapores, e Mablung e seus seguidores, espreitando ali perto, foram engolfados por uma fumaça cegante e de uma fetidez asquerosa, e a maioria fugiu como pôde rumo ao Morro dos Espiões. No entanto, enquanto o dragão passava sobre o Narog, Mablung desviou-se e se deitou debaixo de um rochedo, lá ficando; tinha a sensação de que ainda lhe restava uma incumbência a cumprir. Agora sabia que de fato Glaurung vivia em Nargothrond, mas também se sentia na obrigação de descobrir a verdade sobre o filho de Húrin, se pudesse; e no arrojo de seu coração, portanto, dispôs-se a atravessar o rio assim que Glaurung tivesse ido embora e dar uma busca nos salões de Felagund. Achava que todo o possível fora feito para proteger Morwen e Niënor; a vinda de Glaurung teria sido notada, e naquele mesmo momento os cavaleiros deveriam estar se apressando rumo a Doriath.

Glaurung passou por Mablung, uma vasta forma na névoa; e ia depressa, pois era um Lagarto imenso mas ágil. Então, atrás dele, Mablung atravessou o Narog a vau, correndo grande perigo. Os vigias em Amon Ethir, ao observar a aparição do Dragão, ficaram consternados. Imediatamente mandaram que Morwen e Niënor montassem, sem discussão, e se prepararam para fugir para o leste, como lhes havia sido ordenado. Mas no mesmo momento em que desciam do morro para a planície, um vento maligno soprou sobre eles os grandes vapores, trazendo uma fetidez que nenhum cavalo suportava. Então, cegados pelo nevoeiro e loucamente aterrorizados pelo odor do Dragão, os cavalos logo se tornaram incontroláveis, correndo desordenadamente para cá e para lá; assim os vigias se dispersavam e colidiam com as árvores, ferindo-se muito, ou então buscavam uns aos outros em vão. O relinchar dos cavalos e os gritos dos cavaleiros chegaram aos ouvidos de Glaurung, dando-lhe enorme prazer.

Um dos cavaleiros élficos, lutando com o cavalo no nevoeiro, ainda viu a Senhora Morwen passar por perto, um espectro cinzento numa montaria descontrolada, que desapareceu na névoa gritando "Niënor" e não foi mais vista.

Quando o terror cego se apossou dos cavaleiros, o cavalo de Niënor, correndo desgovernado, tropeçou e a derrubou. Caiu brandamente sobre a grama e não se feriu; mas quando se ergueu estava sozinha, perdida na névoa, sem cavalo nem companhia. Não desanimou e pôs-se a pensar; pareceu-lhe que seria despropositado seguir este ou aquele grito, pois havia gritos em toda a sua volta, que enfraqueciam cada vez mais. Julgou melhor, no caso, procurar de novo pelo morro, por onde sem dúvida Mablung passaria antes de partir, nem que fosse apenas para se assegurar de que nenhum membro de sua companhia permenecera por lá.

Assim, caminhando por intuição, Niënor encontrou o morro, que de fato estava próximo, seguindo o aclive do solo a seus pés, e lentamente subiu pela trilha que vinha do leste. E enquanto escalava o nevoeiro ia rareando, até que por fim saiu para a luz do sol no topo desnudo. Então avançou e olhou para o oeste. E ali, bem à sua frente, estava a grande cabeça de Glaurung, que naquela mesma hora subira rastejando pelo lado oposto; antes que ela se desse conta, seus olhos já haviam contemplado o espírito cruel dos dele, que eram terríveis, pois estavam impregnados do espírito maligno de Morgoth, seu mestre.

Niënor tinha muita força de vontade e determinação, e pelejou com Glaurung até que este usasse seu poder contra ela. – O que buscas aqui? – disse.

E, forçada a responder, ela disse: – Apenas procuro um certo Túrin que morou aqui por um tempo. Mas talvez esteja morto.

– Não sei – disse Glaurung. – Foi deixado aqui para defender as mulheres e os fracos, mas quando vim ele os abandonou e fugiu. Um fanfarrão, mas covarde, ao que parece. Por que procuras tal homem?

– É mentira – retrucou Niënor. – Pelo menos covardes os filhos de Húrin não são. Não te tememos.

Então Glaurung riu, pois assim a filha de Húrin foi revelada à sua malícia. – Então sois tolos, tanto tu quanto teu irmão – disse ele. – E tua fanfarrice há de ser em vão. Pois eu sou Glaurung!

Atraiu os olhos de Niënor para os seus, e a vontade dela desfaleceu. Pareceu-lhe que o sol escurecia e tudo se turvava à sua volta; lentamente uma grande treva se abateu sobre ela, e naquela treva havia o vazio; nada soube, e nada ouviu, e nada recordou.

Por muito tempo Mablung explorou os salões de Nargothrond, fazendo o melhor que podia, a despeito da escuridão e do fedor, mas não encontrou nenhum ser vivo: nada se mexia entre os ossos e ninguém respondeu aos seus gritos. Por fim, oprimido pelo horror do lugar e temendo a volta de Glaurung, retornou às Portas. O sol descia no oeste, e por trás as sombras dos Faroth abatiam-se escuras sobre os terraços e o rio bravio lá embaixo; porém a distância, sob Amon Ethir, Mablung pareceu vislumbrar a forma maligna do Dragão. A pressa e o temor tornaram mais difícil e mais perigoso o retorno sobre o Narog; e mal alcançara a margem leste e se arrastara para um lado, sob a ribanceira, quando Glaurung se aproximou. Mas agora estava lento e silencioso, pois todo o fogo em seu interior havia abrandado; um grande poder se desprendera dele, que pretendia descansar e dormir na treva. Assim, atravessou a água, retorcendo-se, e furtivamente subiu até as Portas como uma enorme cobra cor de cinzas, poluindo o chão com o limo do ventre.

Mas antes de entrar virou-se e voltou o olhar para o leste, e soou de dentro dele o riso de Morgoth, sombrio e terrível como um eco de malícia vindo das profundezas negras longe dali. E depois ouviu-se esta voz, fria e baixa:
– Aí estás deitado como um rato silvestre sob a ribanceira, Mablung, o poderoso! Mal cumpres as incumbências de Thingol. Apressa-te agora para o morro e vê o que aconteceu com tua protegida!

Então Glaurung entrou em seu covil, e o sol desceu, e a tarde cinzenta se abateu fria sobre a terra. Mablung voltou às pressas a Amon Ethir, e enquanto escalava o topo as estrelas surgiram no leste. Diante delas viu um vulto, de pé, escuro e imóvel, como se fosse uma imagem de pedra. Assim estava Niënor, e nada ouvia que ele dissesse, e não lhe dava resposta. Mas por fim, quando ele a tomou pela mão, ela se agitou e permitiu que a levasse embora; e enquanto Mablung a segurava, ela o seguia, mas se a soltasse ela se detinha.

Foi grande o pesar e a confusão de Mablung, mas não tinha escolha senão conduzir Niënor daquele modo no longo caminho para o leste, sem ajuda nem companhia. Assim foram eles, caminhando como quem sonha, na planície sombreada pela noite. Quando a manhã retornou, Niënor tropeçou, caiu e ficou deitada imóvel; Mablung sentou-se ao seu lado em desespero.

– Não era à toa que eu temia esta incumbência – disse ele. – Pois parece que será minha derradeira. Com esta infeliz filha dos homens hei de perecer nos ermos, e meu nome há de ser desprezado em Doriath, isso se alguma notícia sobre nosso destino chegar a ser ouvida. Todos os outros sem dúvida foram mortos, e só ela foi poupada, mas sem misericórdia.

Foram encontrados por três membros da companhia que haviam fugido do Narog à chegada de Glaurung, e após muitas andanças, quando as névoas haviam passado, tinham voltado ao morro; encontrando-o vazio, começaram a buscar o caminho de casa. Então a esperança retornou a Mablung, e partiram juntos, rumando para o norte e o leste, pois não havia estrada que retornasse a Doriath pelo sul, e desde a queda de Nargothrond os balseiros estavam proibidos de atravessar qualquer pessoa que não viesse de dentro.

Foi lenta sua jornada, como a de quem conduz uma criança exausta. Mas à medida que se afastavam de Nargothrond e se aproximavam de Doriath, as forças pouco a pouco voltavam a Niënor, que caminhava obedientemente por horas a fio, levada pela mão. Porém seus olhos arregalados nada viam, seus ouvidos nada escutavam e seus lábios não diziam palavra.

Por fim, após muitos dias, chegaram perto do limite oeste de Doriath, um tanto ao sul do Teiglin, pois pretendiam passar pelas barreiras da pequena terra de Thingol além do Sirion, chegando assim à ponte vigiada próxima à confluência do Esgalduin. Lá pararam por algum tempo e deitaram Niënor sobre um leito de relva; ela fechou os olhos como ainda não fizera, e parecia dormir. Então os elfos também descansaram, e tão exaustos que estavam não se acautelaram. Assim, foram atacados de surpresa por um bando de caçadores orcs, que então vagavam com frequência naquela região, tão perto das barreiras de Doriath quanto ousavam ir. No meio do tumulto Niënor saltou de repente do leito, como quem desperta do sono em um alarme noturno, e com um grito correu para a floresta. Então os orcs deram a volta e a perseguiram, com os elfos no encalço. Mas uma estranha mudança se apossara de Niënor, e agora ela corria mais que todos, flanando como uma corça por entre as árvores, com o cabelo esvoaçando ao vento de tão veloz. Mablung e seus companheiros rapidamente alcançaram os orcs, mataram-nos todos, e prosseguiram às pressas. No entanto, àquela altura Niënor se fora como um espectro, e nem visão nem rasto dela puderam encontrar, apesar de caçarem longe ao norte e procurarem durante muitos dias.

Então afinal Mablung retornou a Doriath, curvado de pesar e vergonha. – Escolhe um novo mestre para teus caçadores, senhor – disse ele ao Rei –, pois estou desonrado.

Mas Melian disse: – Não é assim, Mablung. Fizeste tudo o que podias, e nenhum outro entre os servidores do Rei teria feito o mesmo. Mas por azar mediste forças com um poder grande demais para ti, na verdade grande demais para todos os que agora habitam na Terra-média.

– Enviei-te para obter notícias, e isso tu fizeste – disse Thingol. – Não é culpa tua se aqueles que mais são afetados por tuas notícias estão agora onde não podem te ouvir.

Deveras doloroso é este fim de toda a família de Húrin, mas ele não está à tua porta.

Não somente Niënor havia corrido, desajuizada, para o ermo, mas também Morwen estava perdida. Nem então nem depois qualquer notícia certa de seu destino chegou a Doriath nem a Dor-lómin. Ainda assim Mablung não descansou, e com uma pequena companhia foi para o ermo, e durante três anos vagou longe, de Ered Wethrin até as Fozes do Sirion, buscando sinal ou notícias das perdidas.

CAPÍTULO XV

NIËNOR EM BRETHIL

Quanto a Niënor, ela correu para dentro da floresta, ouvindo os gritos da perseguição atrás de si, e arrancou as roupas, jogando longe as vestes uma por uma enquanto fugia, até ficar nua; e ainda correu todo aquele dia, como um animal que é caçado até a exaustão total e não se atreve a parar nem para tomar fôlego. Mas à tardinha sua loucura passou de repente. Ela parou por um momento, em aparente admiração, e então, em um desfalecimento de cansaço absoluto, caiu, como quem levou um golpe, em uma espessa moita de samambaias. E ali, em meio às velhas plantas e à leve flora da primavera, ficou deitada e dormiu, sem se importar com nada.

Pela manhã despertou, e alegrou-se ao ver a luz como se acabasse de ser chamada à vida; e todas as coisas que via lhe pareciam novas e estranhas, e não tinha nomes para elas. Tinha atrás de si apenas uma treva vazia, através da qual não surgia nenhuma lembrança de qualquer coisa que jamais conhecera, nem eco de qualquer palavra. Apenas se lembrava de uma sombra de temor, e portanto era cautelosa e sempre buscava esconderijos: subia nas árvores ou se esgueirava para dentro de arbustos, veloz como um esquilo ou uma raposa, caso algum som ou alguma sombra a assustasse; e dali espiava por muito tempo através das folhas, com olhos tímidos, antes de seguir adiante.

Assim, avançando na direção em que tinha começado a correr, chegou ao rio Teiglin e saciou sua sede; mas não encontrou alimento, nem sabia como procurá-lo, e estava faminta e com frio. E, visto que as árvores na outra margem pareciam mais densas e escuras (como eram de fato, já que formavam a borda da floresta de Brethil), ela enfim atravessou o rio, chegando a um montículo verde, e ali se jogou ao chão; estava exausta, e parecia-lhe que a treva que deixara para trás a estava alcançando outra vez, escurecendo o sol.

Mas era na verdade uma escura tempestade que vinha do sul, carregada de raios e grandes chuvas; ela ficou deitada, agachada com o terror do trovão, com a chuva escura golpeando sua nudez, e observava sem palavras, como um ser selvagem apanhado em uma armadilha.

Ocorreu que alguns dos homens da floresta de Brethil chegaram naquela hora de uma incursão contra os orcs, passando às pressas pelas Travessias do Teiglin para um abrigo próximo; e veio um grande relâmpago, de modo que o Haudh-en-Elleth se iluminou como se fosse com uma chama branca. Então Turambar, que conduzia os homens, recuou com um sobressalto, cobriu os olhos e estremeceu, pois pareceu-lhe ver o espectro de uma donzela morta jazendo sobre o túmulo de Finduilas.

Um dos homens correu até o montículo e o chamou: – Para cá, senhor! Eis uma jovem deitada, e está viva! – e Turambar, aproximando-se, ergueu-a, e a água escorria de seus cabelos encharcados, mas ela fechou os olhos, tiritou e não pelejou mais. Então, admirando-se por ela estar deitada assim nua, Turambar lançou seu manto sobre ela e a levou para o abrigo dos caçadores na floresta. Lá fizeram uma fogueira e a envolveram em cobertas, e ela abriu os olhos e os fitou; quando seu olhar pousou sobre Turambar, veio-lhe uma luz ao rosto e ela lhe estendeu uma das mãos, pois parecia-lhe ter afinal encontrado algo que buscara na treva, e ficou aliviada. Turambar a tomou pela mão, sorriu e disse: – Bem, senhora, não vais nos dizer teu nome e tua família, e que mal te acometeu?

Então ela balançou a cabeça e nada disse, mas começou a chorar; e não a perturbaram mais até ela comer, afoita, a comida que puderam dar-lhe. E depois de comer ela suspirou e pôs a mão outra vez na de Turambar, que disse: – Conosco estás segura. Aqui podes repousar esta noite, e de manhã te levaremos a nossa casa nos altos da floresta. Mas queremos saber teu nome e tua família, para podermos encontrá-los, talvez, e lhes levar notícias tuas.

Não queres nos contar? – Mas de novo ela não deu resposta, e chorou.

– Não te aflijas! – disse Turambar. – Talvez a história seja muito triste para contá-la já. Mas vou dar-te um nome, e chamar-te Níniel, Donzela das Lágrimas. – E diante daquele nome ela ergueu os olhos, balançou a cabeça e disse: – Níniel. – E essa foi a primeira palavra que disse após sua treva, e foi seu nome entre os homens da floresta dali em diante.

Pela manhã carregaram Níniel rumo a Ephel Brandir; a estrada subia abruptamente até chegar a um lugar onde precisava atravessar a correnteza turbulenta do Celebros. Ali havia sido construída uma ponte de madeira, e sob ela a corrente ultrapassava uma orla de pedra desgastada e caía por muitos degraus espumantes até uma bacia de rocha, muito abaixo; todo o ar era repleto de borrifos, como uma chuva fina. Havia um extenso gramado verde na cabeceira da cascata, e cresciam bétulas à sua volta, mas do outro lado da ponte era possível ter uma visão ampla das ravinas do Teiglin, cerca de duas milhas a oeste. Ali o ar era sempre fresco, e no verão os viajantes descansavam e bebiam a água fria. Dimrost, a Escada Chuvosa, chamava-se aquela cascata, mas depois daquele dia passou a ser Nen Girith, as Águas Trêmulas, pois Turambar e seus homens pararam ali; assim que Níniel chegou àquele lugar ficou com frio e estremeceu, e não conseguiram aquecê-la nem confortá-la. Então seguiram caminho às pressas, mas antes de chegarem a Ephel Brandir Níniel delirava em febre.

Por muito tempo jazeu doente, e Brandir usou toda a sua habilidade para curá-la, e as mulheres dos mateiros a vigiavam noite e dia. Mas só quando Turambar estava por perto ela ficava em paz ou dormia sem gemer, e isto foi observado por todos que a vigiavam: durante toda a sua febre, apesar de muitas vezes estar extremamente transtornada, ela nunca murmurou uma palavra, seja na língua dos elfos ou na dos homens. Quando sua saúde lentamente restabeleceu-se e ela despertou e começou a comer de novo, as mulheres de Brethil tiveram de lhe ensinar a falar como a uma criança, palavra por palavra. Mas nesse aprendizado ela foi rápida e teve grande prazer, como alguém que reencontra tesouros, grandes e pequenos, cuja localização havia sido esquecida; e quando por fim aprendera o bastante para falar com os amigos, ela dizia: – Qual é o nome desta coisa? Pois em minha treva eu o perdi. – Quando foi capaz de sair novamente, ia à casa de Brandir, pois estava extremamente ávida de aprender o nome de todos os seres vivos, e ele sabia muito sobre esses assuntos, e caminhavam juntos nos jardins e nas clareiras.

Então Brandir começou a amá-la e ela, quando se fortaleceu, lhe oferecia o braço para ajudá-lo em seu coxear e o chamava de irmão. Mas seu coração fora dado a Turambar, e só quando ele vinha ela sorria, e só quando ele falava alegremente ela ria.

Certo entardecer, no outono dourado, estavam sentados juntos; o sol tornava incandescente a ladeira do morro e as casas de Ephel Brandir, e havia um silêncio profundo. Então Níniel lhe disse: – Agora perguntei o nome de todas as coisas, exceto o teu. Como te chamas?

– Turambar – respondeu ele.

Ela se deteve como quem escuta um eco e disse: – E o que isso quer dizer, ou é apenas um nome para ti?

– Significa Mestre da Sombra Escura. Pois também eu, Níniel, tive minha treva, na qual se perderam coisas queridas; mas agora a superei, creio.

– E também fugiste dela correndo até chegares a estes belos bosques? – disse ela. – E quando escapaste, Turambar?

– Sim – respondeu ele. – Fugi por muitos anos. E escapei quando tu escapaste. Pois estava tudo escuro quando chegaste, Níniel, mas desde então tem havido luz. E sinto que chegou a mim algo que por muito tempo busquei em vão. – E, ao voltar à sua casa no crepúsculo, disse consigo: – Haudh-en-Elleth! Foi do verde monte que ela veio. Isso é um sinal, mas como hei de interpretá-lo?

Aquele ano dourado terminou e tornou-se um inverno brando, e chegou outro ano luminoso. Havia paz em Brethil, e os homens da floresta se mantinham quietos, não saíam e não ouviam notícias das terras que ficavam à sua volta. Pois os orcs que naqueles tempos vinham até o obscuro reino de Glaurung ou eram enviados a espionar as fronteiras de Doriath evitavam as Travessias do Teiglin e passavam a oeste, muito além do rio.

Níniel estava plenamente curada, bela e forte, e Turambar não se refreou mais e a pediu em casamento. Níniel se alegrou, mas quando Brandir ficou sabendo seu coração adoeceu dentro dele, e disse: – Não te apresses! Não creias que sou descortês se te aconselho a esperar.

– Nada do que fazes é descortês – disse ela. – Mas então por que me dás tal conselho, sábio irmão?

– Sábio irmão? – respondeu ele. – Manco irmão, isso sim, mal-amado e mal-ajambrado. E nem mesmo sei por quê. Porém uma sombra recai sobre esse homem, e tenho medo.

– Houve uma sombra – disse Níniel –, pois assim ele me contou. Mas escapou dela, exatamente como eu. E ele não é merecedor de amor? Apesar de agora se manter em paz, não foi outrora o maior dos capitães, de quem fugiriam todos os nossos inimigos se o vissem?

– Quem te contou isso? – perguntou Brandir.

– Foi Dorlas – disse ela. – Não é verdade?

– É verdade, de fato – disse Brandir, mas ficou contrariado, pois Dorlas era o chefe da facção que desejava guerrear contra os orcs. No entanto ainda buscava razões para retardar Níniel, e portanto disse: – A verdade, mas não toda a verdade, pois ele foi o Capitão de Nargothrond, e antes disso veio do norte, e (dizem) era filho de Húrin de Dor-lómin, da belicosa Casa de Hador. – E Brandir, vendo a sombra que perpassou pelo rosto dela diante daquele nome, interpretou-a mal e disse mais: – Na verdade, Níniel, bem podes pensar que provavelmente tal homem logo voltará ao combate, talvez longe desta terra. E, se assim for, por quanto tempo o suportarás? Toma cuidado, pois pressinto que, se Turambar voltar ao combate, não ele e sim a Sombra assumirá o controle.

– Teria dificuldade em suportá-lo – respondeu ela –, porém não menos solteira que casada. E uma esposa, quem sabe, conseguiria retê-lo e manter distante a sombra. – Ainda assim ela ficou perturbada com as palavras de Brandir, e pediu a Turambar que esperasse mais um pouco. A princípio ele ficou admirado e abatido, mas, quando soube por Níniel que Brandir a aconselhara a esperar, ficou contrafeito.

Quando chegou a primavera seguinte ele disse a Níniel: – O tempo passa. Esperamos, e agora não esperarei mais. Faz como manda teu coração, queridíssima Níniel, mas ouve: essa é a escolha que se coloca diante de mim. Agora voltarei à guerra no ermo ou me casarei contigo e nunca mais irei à guerra, exceto para defender-te de algum mal que atacar nosso lar.

Então ela se alegrou de fato, e lhe jurou fidelidade, e no solstício de verão casaram-se; os homens da floresta fizeram um grande banquete e lhes deram uma bela casa que haviam construído para eles no topo de Amon Obel. Ali moraram felizes, mas Brandir andava inquieto, e a sombra em seu coração se aprofundou.

CAPÍTULO XVI

A CHEGADA DE GLAURUNG

O poder e a maldade de Glaurung cresciam depressa, e ele engordou e reuniu orcs à sua volta; governava como um rei-dragão, e todo o reino de Nargothrond que outrora existira estava sob seu domínio. E antes que acabasse aquele ano, o terceiro da permanência de Turambar entre os homens da floresta, ele começou a lhes atacar a terra, que por algum tempo tivera paz. De fato Glaurung e seu mestre bem sabiam que em Brethil habitava um remanescente dos homens livres, a última das Três Casas a desafiar o poder do Norte. E isso eles não toleravam, pois era o propósito de Morgoth subjugar toda Beleriand e fazer buscas em todos os cantos, para que em nenhum buraco nem esconderijo vivesse alguém que não fosse seu escravo. Assim, quer Glaurung adivinhasse onde Túrin se escondia, quer (como afirmam alguns) ele deveras tivesse escapado temporariamente do olho do Mal que o perseguia, pouco importa. Pois no fim os conselhos de Brandir se mostrariam inúteis e só podia haver duas escolhas para Turambar: sentar-se inerte até ser encontrado, acossado como um rato; ou partir logo em combate, revelar-se.

Mas, quando as notícias da vinda dos orcs começaram a chegar a Ephel Brandir, ele não partiu, cedendo aos pedidos de Níniel. Pois ela disse: – Nossos lares ainda não foram atacados, como dizias. Afirmam que os orcs não são numerosos. E Dorlas contou-me que antes de tua chegada tais ataques não eram raros, e os homens da floresta os rechaçavam.

No entanto os homens da floresta foram derrotados, pois aqueles orcs eram de uma espécie cruel, feroz e astuciosa, e vinham com o propósito de invadir a Floresta de Brethil, ao contrário das outras vezes, em que passavam por ali a caminho de outras missões ou caçavam em pequenos bandos. Dorlas e seus homens foram rechaçados e sofreram perdas, e os orcs atravessaram o Teiglin e penetraram fundo nas florestas. E Dorlas foi ter com Turambar e mostrou seus ferimentos, dizendo: – Vê, senhor, agora a hora da necessidade chegou até nós, após uma falsa paz, exatamente como eu previa. Não pediste para ser considerado membro de nossa gente, não um estrangeiro? Este perigo não é teu também? Pois nossos lares não permanecerão ocultos se os orcs penetrarem mais em nossa terra.

Assim Turambar ergueu-se, retomou a espada Gurthang e saiu ao combate; e quando os homens da floresta souberam disso encheram-se de coragem e se juntaram em torno dele até que sua força fosse de muitas centenas. Depois caçaram por toda a floresta, mataram todos os orcs que rastejavam por ali e os dependuraram nas árvores perto das Travessias do Teiglin. E, quando uma nova hoste veio contra eles, apanharam-na numa armadilha e, surpreendidos pelo número de homens da floresta e pelo terror do Espada Negra que retornara, os orcs foram aniquilados e mortos em grande número. Então fizeram grandes piras e queimaram os corpos dos soldados de Morgoth aos montes, e a fumaça negra de sua vingança subiu ao céu e foi carregada pelo vento para o oeste. Mas poucos voltaram vivos a Nargothrond com estas novas.

Glaurung enfureceu-se de verdade, mas por algum tempo manteve-se quieto, refletindo sobre o que ouvira. Assim o inverno passou em paz, e os homens diziam: – Grande é o Espada Negra de Brethil, pois todos os nossos inimigos estão derrotados. – E Níniel confortou-se, e se comprazia com o renome de Turambar; ele, por sua vez, sentava-se pensativo e dizia de coração: – A sorte está lançada. Agora vem a provação na qual minha presunção há de ser provada ou falhar totalmente. Não fugirei mais. Serei Turambar de fato, e por minha própria vontade e bravura superarei meu destino ou tombarei. Mas, caindo ou prevalecendo, ao menos matarei Glaurung.

Ainda assim ele estava inquieto, e mandou homens audazes como batedores para bem longe. Pois na verdade, apesar de não ser dita nenhuma palavra, agora ele comandava tudo como queria, como se fosse o senhor de Brethil, e ninguém dava atenção a Brandir.

Com a primavera veio a esperança, e os homens cantavam enquanto trabalhavam. Mas naquela primavera Níniel engravidou, e ficou pálida e abatida, e toda a sua felicidade se turvou. Logo depois vieram estranhas notícias, por parte dos que haviam partido para além do Teiglin, de que existia uma grande queimada nos distantes bosques da planície, na direção de Nargothrond, e os homens se perguntavam o que poderia ser.

Mas logo vieram mais relatos: os incêndios se deslocavam cada vez mais para o norte e era o próprio Glaurung que os provocava. Pois ele deixara Nargothrond e estava outra vez em alguma missão. Então os mais tolos ou mais esperançosos disseram: – Seu exército foi destruído, e finalmente agora ele está sendo razoável, retornando ao lugar de onde veio. – E outros diziam: – Esperemos que passe longe de nós. – Mas Turambar não tinha tal esperança, e sabia que Glaurung vinha atrás dele. Apesar de esconder seus pensamentos por causa de Níniel, ponderava dia e noite sobre a decisão que deveria tomar; e a primavera se tornou verão.

Chegou um dia em que dois homens voltaram aterrorizados a Ephel Brandir, pois haviam visto o próprio Grande Lagarto. – De fato, senhor – disseram –, ele agora se aproxima do Teiglin, e não se desvia. Estava deitado no meio de um grande incêndio, e as árvores fumegavam à sua volta. Seu fedor mal pode ser suportado. E em todo o longo caminho desde Nargothrond está sua trilha asquerosa, acreditamos, numa linha que não faz voltas, mas aponta direto para nós. O que se há de fazer?

– Pouco – disse Turambar –, mas já pensei sobre isso. As notícias que trazeis dão-me esperança, não medo; pois se de fato ele vem em linha reta, como dizeis, e não faz voltas, tenho uma proposta para os corações mais audaciosos.

Os homens surpreenderam-se, e naquela hora Turambar nada mais disse; no entanto ficaram animados com sua postura inabalável.

Eis como corria o rio Teiglin. Descia de Ered Wethrin veloz como o Narog, mas inicialmente entre margens baixas, até que, após as Travessias, reunindo forças de outras correntezas, abria caminho através dos sopés do planalto em que se situava a Floresta de Brethil. Depois disso passava por ravinas profundas, cujas altas bordas eram como muralhas de rocha, mas as águas confinadas no fundo fluíam com grande força e ruído. E bem na trajetória de Glaurung ficava agora uma dessas gargantas, não exatamente a mais profunda e sim a mais estreita, ao norte da confluência do Celebros. Turambar enviou três homens audaciosos para vigiar, da beira, os movimentos do Dragão; mas ele próprio iria cavalgar até a alta cascata de Nen

Girith, aonde as notícias lhe chegariam depressa e de onde ele mesmo poderia ter uma visão de longo alcance.

Primeiro reuniu os homens da floresta em Ephel Brandir e lhes falou: – Homens de Brethil, recaiu sobre nós um perigo mortal que somente com grande ousadia haveremos de evitar. Mas nesse caso os números de pouco adiantarão; devemos usar astúcia e esperar pela boa sorte. Se atacássemos o Dragão com todas as nossas forças, como se combatêssemos um exército de orcs, estaríamos apenas nos oferecendo à morte, deixando nossas esposas e famílias indefesas. Portanto digo que deveis ficar aqui e vos preparar para a fuga. Pois, se Glaurung vier, tereis de abandonar este lugar e vos dispersar por toda a parte; assim alguns poderão escapar e viver. Pois, se puder, ele certamente destruirá tudo o que avistar, mas não ficará aqui depois disso. Em Nargothrond está todo o seu tesouro, e lá estão os profundos salões onde pode se deitar em segurança e crescer.

Os homens ficaram consternados e completamente abatidos, pois confiavam em Turambar e aguardavam palavras mais esperançosas. Mas ele disse: – Não, isso é o pior. E não há de ocorrer se meu juízo e minha sorte forem bons. Pois não creio que esse Dragão seja invencível, apesar de crescer em força e maldade com o passar dos anos. Sei algo sobre ele. Seu poder está mais no espírito maligno que habita em seu interior do que na força de seu corpo, por mais que seja. Escutai agora esta história que ouvi de alguns que combateram no ano da Nirnaeth, quando eu e a maioria dos que me escutam éramos crianças. Naquele campo os ananos resistiram a ele, e Azaghâl de Belegost o aguilhoou tão fundo que ele fugiu de volta para Angband. Mas eis um espinho mais afiado e mais longo que a faca de Azaghâl.

E Turambar desembainhou Gurthang com um movimento impetuoso e golpeou o ar acima de sua cabeça, e aos que assistiam pareceu que uma chama saltou da mão de Turambar, elevando-se bem alto. Então deram um grande grito: – O Espinho Negro de Brethil!

– O Espinho Negro de Brethil – disse Turambar –, ele fará bem em temê-lo. Pois sabei disto: o destino desse Dragão (e de toda a sua laia, segundo dizem) determina que, por mais que seja poderosa sua armadura de chifre, mais dura que o ferro, por baixo ele precisa se mover com o ventre, como uma cobra. Portanto, homens de Brethil, agora vou em busca do ventre de Glaurung, da maneira como puder. Quem virá comigo? Preciso apenas de alguns poucos, com braços fortes e coração mais forte ainda.

Então Dorlas se adiantou e disse: – Irei contigo, senhor, pois sempre prefiro avançar a esperar por um inimigo.

Porém nenhum outro atendeu o chamado com a mesma presteza, pois o temor de Glaurung se abatera sobre eles, e o relato dos batedores que o viram circulara e crescera à medida que era contado. Então Dorlas exclamou: – Ouvi, homens de Brethil, agora vê-se com clareza que para o mal de nossos tempos os conselhos de Brandir foram inúteis. Não há como escapar escondendo-se. Nenhum de vós tomará o lugar do filho de Handir para que a Casa de Haleth não seja envergonhada? – Assim Brandir, instalado no alto assento de senhor da assembleia, porém ignorado, foi desprezado, e seu coração se encheu de amargura, pois Turambar não censurou Dorlas. Mas um certo Hunthor, parente de Brandir, levantou-se e disse: – Fazes mal, Dorlas, ao falar assim para envergonhar teu senhor, cujos membros por infeliz casualidade não podem fazer o que o coração manda. Cuida para que não te aconteça o contrário em algum momento! E como pode ser dito que seus conselhos foram inúteis, já que nunca foram ouvidos? Tu, seu vassalo, sempre os desprezaste. Digo-te que Glaurung vira-se contra nós, como antes voltara-se contra Nargothrond, porque nossas ações nos traíram, como ele temia. Mas, já que agora esta angústia chegou, com tua licença, filho de Handir, irei representando a Casa de Haleth.

Então Turambar disse: – Três já bastam! Levarei os dois. Mas, senhor, não te desprezo. Vê! Precisamos ir com grande pressa, e nossa tarefa exige membros fortes. Julgo que teu lugar é com teu povo. Pois és sábio e sabes curar, e pode ser que logo haja grande necessidade de sabedoria e cura. – Mas essas palavras, apesar de sinceras, apenas deixaram Brandir mais amargurado, e ele disse a Hunthor: – Vai, então, mas não com minha licença. Pois uma sombra jaz sobre esse homem, e ela vos conduzirá ao mal.

Turambar estava ávido por partir, mas, quando foi ter com Níniel para se despedir, ela se agarrou a ele, chorando dolorosamente. – Não vás, Turambar, eu te imploro! – pediu. – Não desafies a sombra de que fugiste! Não, não, em vez disso foge, e leva-me contigo, para longe!

– Queridíssima Níniel – respondeu ele –, não podemos fugir para mais longe, tu e eu. Estamos presos a esta terra. E mesmo que eu fosse, abandonando o povo que nos acolheu, só poderia levar-te para o ermo sem habitação, para tua morte e a morte de nosso filho. Cem léguas se estendem entre nós e qualquer terra que ainda esteja além do alcance da Sombra. Mas anima-te, Níniel. Pois eu te digo: nem tu nem eu seremos mortos por esse Dragão, nem por nenhum inimigo do Norte. – Então Níniel parou de chorar e ficou em silêncio, mas seu beijo foi frio quando se despediram.

Turambar, com Dorlas e Hunthor, partiu apressadamente para Nen Girith, e quando lá chegaram o sol já declinava e as sombras eram longas; os dois últimos batedores estavam à sua espera.

– Vieste na hora certa, senhor – disseram –, pois o Dragão chegou, e quando partimos ele já alcançara a beira do Teiglin e olhava compenetrado para a outra margem. Move-se sempre de noite, por isso podemos esperar algum golpe antes do próximo amanhecer.

Turambar olhou por sobre as quedas do Celebros e viu o sol descer rumo ao ocaso e negras espirais de fumaça subirem junto às margens do rio. – Não há tempo a perder – disse ele –, porém são boas notícias. Meu medo era que ele procurasse em volta, se deslocasse para o norte e chegasse às Travessias, e depois à antiga estrada na planície, pois assim a esperança estaria perdida. Mas alguma fúria de orgulho e malícia o impele impetuosamente. – Enquanto falava, perguntava-se e cismava: – Será possível que um ser tão mau e cruel evite as Travessias do mesmo modo que os orcs? Haudh-en-Elleth! Finduilas ainda jaz entre mim e meu destino?

Então voltou-se para os companheiros e disse: – Agora a tarefa está diante de nós. Ainda temos de esperar um pouco, pois neste caso cedo demais é tão ruim quanto tarde demais. Quando cair a noite precisamos nos esgueirar até lá embaixo, com todo o sigilo, até o Teiglin. Mas, cuidado! Pois os ouvidos de Glaurung são tão aguçados quanto os olhos, e são mortíferos. Se alcançarmos o rio despercebidos, precisaremos depois descer à ravina e atravessar a água, colocando-nos no trajeto que ele tomará quando se mexer.

– Mas como ele poderá avançar? – perguntou Dorlas. – Ele pode ser ágil, mas é um grande Dragão. Como há de descer por um penhasco e escalar o outro se uma parte precisa subir antes que a traseira tenha descido? E, se ele puder fazê-lo, de que nos adiantará estarmos nas águas revoltas lá embaixo?

– Talvez ele possa fazê-lo – respondeu Turambar –, e na verdade, se o fizer, estaremos perdidos. Mas espero que, pelo que sabemos dele e pelo lugar onde está deitado agora, seu propósito seja outro. Ele chegou à beira de Cabed-en-Aras, sobre a qual, como contais, um cervo certa vez saltou fugindo dos caçadores de Haleth. Ele agora está tão grande que imagino que tentará jogar-se para o outro lado. Essa é toda a nossa esperança, e podemos confiar nela.

O coração de Dorlas desanimou com essas palavras, pois conhecia melhor que ninguém a terra de Brethil, e Cabed-en-Aras era um lugar dos mais repugnantes. Do lado leste havia um penhasco íngreme de cerca de quarenta pés*, desnudo mas com árvores no topo; do outro havia uma ribanceira um tanto menos íngreme e mais baixa, coberta de árvores e arbustos pendentes, mas entre eles a água corria impetuosa entre rochedos e, por mais que um homem audacioso e de andar seguro conseguisse vadeá-la de dia, era perigoso tentar isso à noite. Mas aquela era a determinação de Turambar, e era inútil contrariá-lo.

Assim, partiram no fim da tarde, e não foram em linha reta na direção do Dragão, mas tomaram primeiro o caminho rumo às Travessias; depois, antes de chegarem lá, voltaram-se para o sul por uma trilha estreita e no crepúsculo penetraram nos bosques acima do Teiglin. E, enquanto se aproximavam de Cabed-en-Aras, passo a passo, parando com frequência para escutar, chegaram até eles a fumaça da queimada e um fedor que lhes deu náuseas. Reinava um silêncio de morte, e nem uma brisa soprava. As primeiras estrelas luziam no leste à frente deles, e fracas espirais de fumaça erguiam-se retas e firmes diante da última luz no oeste.

---

* Equivalente a aproximadamente 12 metros. (N. do T.)

Quando Turambar partiu Níniel permaneceu silenciosa como pedra, mas Brandir veio ter com ela e disse:
– Níniel, não temas o pior antes que seja necessário. Mas não te aconselhei a esperar?

– Aconselhaste-me – respondeu ela. – Mas de que isso me adiantaria agora? O amor pode persistir e causar sofrimento mesmo fora do casamento.

– Sei disso – disse Brandir. – Mas o casamento não é para nada.

– Não – falou Níniel. – Pois agora faz dois meses que carrego o filho dele. Mas não me parece que o medo que me causa a perda seja mais difícil de suportar. Não te compreendo.

– Nem eu mesmo – disse ele. – E no entanto tenho medo.

– Que consolador que és! – exclamou ela. – Mas, Brandir, amigo: casada ou solteira, mãe ou donzela, meu pavor está além do suportável. O Senhor do Destino partiu para desafiar seu destino longe daqui, e como hei de ficar aqui e esperar pela lenta chegada de notícias, boas ou más? Hoje à noite, quem sabe, ele encontrará o Dragão, e como hei de me manter em pé ou sentada, ou passar essas horas terríveis?

– Não sei – disse ele –, mas de algum modo as horas têm de passar, para ti e para as esposas dos que foram com ele.

– Elas que façam o que seu coração mandar! – exclamou ela. – Mas, quanto a mim, hei de ir. As milhas não hão de se interpor entre mim e o perigo de meu senhor. Irei ao encontro das notícias!

O temor de Brandir tornou-se negro diante das palavras dela, e ele exclamou: – Isso não hás de fazer se eu puder evitar. Pois assim porás em perigo todas as deliberações. As milhas que se interpõem podem nos dar tempo de escapar se acontecer o pior.

– Se acontecer o pior não hei de querer escapar – disse ela. – E agora tua sabedoria é vã, e não hás de me impedir. – Postou-se diante da gente que ainda estava reunida na praça aberta do Ephel e exclamou: – Homens de Brethil! Não esperarei aqui. Se meu senhor fracassar, então toda esperança será falsa. Vossa terra e vossos bosques hão de ser totalmente queimados, e todas as vossas casas feitas em cinzas, e ninguém, ninguém há de escapar. Portanto, por que permanecer aqui? Vou agora ao encontro das notícias e do que quer que me reserve o destino. Que venham comigo todos os que concordam!

Então muitos quiseram acompanhá-la: as esposas de Dorlas e Hunthor, porque aqueles que elas amavam haviam partido com Turambar; outros por pena de Níniel e desejo de ajudá-la; e muitos mais atraídos pelo próprio rumor do Dragão, desejando por temeridade ou insensatez (por pouco conhecerem do mal) ver atos estranhos e gloriosos. Pois na verdade o Espada Negra se tornara tão grande em sua mente que poucos conseguiam acreditar que o próprio Glaurung pudesse derrotá-lo. Partiram então às pressas, em grande companhia, rumo a um perigo que não compreendiam; e prosseguindo com pouco descanso chegaram afinal a Nen Girith, exaustos ao cair da noite, pouco depois, portanto, da partida de Turambar. Mas a noite é fria conselheira, e muitos ficaram surpresos com a própria imprudência; e, quando ouviram dos batedores que lá restavam quão perto Glaurung chegara e do propósito desesperado de Turambar, seu coração arrefeceu e não ousaram prosseguir. Alguns espiaram na direção de Cabed-en-Aras com olhos ansiosos, mas nada puderam ver, e nada ouviram senão a fria voz da cascata. Níniel sentou-se sozinha, e um grande estremecimento se apoderou de seu corpo.

Quando Níniel e sua companhia partiram, Brandir disse aos que permaneceram: – Agora vede como sou desprezado, e todo o meu juízo é desdenhado! Escolhei outro para vos liderar, pois aqui renuncio ao domínio assim como ao povo. Que Turambar seja vosso senhor em nome, visto que já tomou toda a minha autoridade. Que ninguém nunca mais me peça conselho nem cura! – E quebrou seu cajado. Consigo mesmo pensou: "Agora nada me resta senão meu amor por Níniel. Portanto, aonde ela for, com sabedoria ou insensatez, devo ir. Nesta hora de trevas nada pode ser previsto, mas é bem possível que até mesmo eu possa afastar dela algum mal, se estiver por perto."

Assim, cingiu-se com uma espada curta, como raras vezes fizera antes, tomou sua muleta e saiu com toda a pressa que podia pelo portão do Ephel, coxeando atrás dos outros pelo longo caminho rumo aos confins ocidentais de Brethil.

CAPÍTULO XVII

A MORTE DE GLAURUNG

Finalmente, no momento em que a noite caiu plenamente sobre a terra, Turambar e seus companheiros chegaram a Cabed-en-Aras; e ficaram satisfeitos com o forte ruído da água, pois, embora prometesse perigo lá embaixo, abafava todos os demais sons. Então Dorlas os conduziu um pouco para o lado, rumo ao sul, e desceram por uma fenda até o pé do penhasco; mas ali ele desanimou, porque havia muitas rochas e grandes pedras no rio, e a água corria com força por entre elas, rangendo os dentes. – Este é um caminho certeiro para a morte – disse Dorlas.

– É o único caminho, para a morte ou para a vida – falou Turambar –, e o atraso não o fará parecer mais alentador. Portanto segui-me! – Foi na frente deles e, por habilidade e audácia, ou por destino, conseguiu atravessar, e em meio à profunda treva voltou-se para ver quem o seguia. Um vulto escuro estava de pé ao seu lado. – Dorlas? – perguntou.

– Não, sou eu – disse Hunthor. – Dorlas fracassou na travessia, penso eu. Pois um homem pode apreciar a guerra e ainda assim temer muitas coisas. Está sentado na margem, tiritando, acredito; e que a vergonha o castigue pelas palavras que disse ao meu parente.

Então Turambar e Hunthor descansaram um pouco, mas logo a noite lhes trouxe o frio, pois estavam ambos encharcados, e começaram a buscar um caminho ao longo do rio, para o norte, rumo a onde estava Glaurung. Ali o desfiladeiro se tornava mais escuro e estreito, e ao avançarem tateando podiam ver acima deles uma luz tremulando, como um fogo latente, e ouviam o rosnado do Grande Lagarto em seu sono de vigília. Então, às apalpadelas, procuraram o caminho de subida para ficarem os dois juntos sob a beira do abismo, pois nisso residia toda a sua esperança de alcançar o inimigo por baixo. Mas agora o fedor era tão asqueroso que tinham as cabeças atordoadas, escorregavam ao escalar, agarravam-se aos troncos das árvores e vomitavam, esquecendo-se nessa penúria de todo o medo, exceto o temor de caírem nos dentes do Teiglin.

Então Turambar disse a Hunthor: – Estamos gastando à toa nossas já combalidas forças. Pois escalaremos em vão enquanto não soubermos ao certo por onde passará o Dragão.

– Mas quando soubermos – disse Hunthor – não haverá tempo para achar a saída do abismo.

– É verdade – concordou Turambar. – Mas quando tudo depende da sorte, é nesta que devemos confiar. – Assim detiveram-se e esperaram, e do fundo da escura ravina viram uma estrela branca, bem no alto, arrastando-se pela débil faixa de firmamento; e então, lentamente, Turambar adormeceu e caiu num sonho em que toda a sua vontade era entregue a se agarrar, apesar de uma maré negra sugá-lo e roer seus membros.

De repente ouviu-se um grande barulho, e as paredes do precipício estremeceram e ecoaram. Turambar despertou e disse a Hunthor: – Está se mexendo. Nossa hora chegou. Golpeia fundo, pois agora dois devem golpear por três!

E nesse momento Glaurung iniciou seu assalto a Brethil, e tudo aconteceu bem como Turambar esperava. O Dragão se arrastou lenta e pesadamente até a beira do penhasco, e não se desviou; preparou-se para saltar sobre o abismo com suas grandes pernas dianteiras e depois puxar o resto de sua massa. Com ele veio o terror, pois não principiou a passagem logo acima deles, mas um pouco mais ao norte, e de baixo os observadores conseguiam ver a enorme sombra de sua cabeça diante das estrelas; suas mandíbulas estavam largamente abertas, e ele tinha sete línguas de fogo. Então emitiu uma rajada, de modo que toda a ravina se encheu de luz vermelha e sombras negras voando por entre as rochas; as árvores diante dele mirraram e se ergueram em fumaça, e pedras caíram no rio com estrondo. Em seguida ele se lançou para diante, segurou-se no penhasco oposto com as garras enormes e começou a alçar-se para o outro lado.

Era hora de ser audacioso e rápido, pois, apesar de Turambar e Hunthor terem escapado à rajada por não estarem exatamente na trajetória de Glaurung, ainda assim tinham de chegar até ele antes que atravessasse, do contrário fracassaria toda a sua esperança. Assim, sem se importar com o perigo, Turambar moveu-se ao longo do penhasco para se postar debaixo dele; mas eram tão mortíferos o calor e o mau cheiro que ele cambaleou e teria caído se Hunthor, seguindo-o com arrojo, não o tivesse agarrado pelo braço.

– Grande coração! – disse Turambar. – Feliz foi a escolha que te tomou por ajudante! – Porém enquanto falava uma grande pedra despencou de cima e atingiu Hunthor na cabeça; ele caiu na água e assim teve seu fim, um dos mais valorosos da Casa de Haleth. Então Turambar exclamou: – Ai de mim! É maléfico caminhar na minha sombra! Por que procurei auxílio? Agora estás só, ó Senhor do Destino, como deverias ter sabido que seria. Agora persegue tua conquista a sós!

Então reuniu toda a sua vontade e todo o seu ódio do Dragão e de seu Mestre, e pareceu-lhe que de repente encontrava uma força no coração e no corpo que não conhecia; escalou o penhasco, de pedra em pedra e de raiz em raiz, até que por fim se agarrou a uma árvore delgada que crescia pouco abaixo da beira do abismo e, apesar de ter a copa destruída, ainda se firmava pelas raízes. No momento em que se equilibrava numa forquilha de seus galhos, a parte mediana do corpo do Dragão passou sobre ele e, excessivamente pesada, oscilou quase sobre sua cabeça antes que Glaurung conseguisse erguê-la. Era pálida e enrugada sua face inferior e toda umedecida por um limo cinzento, ao qual se havia aderido toda a sorte de imundícies, e exalava o odor da morte. Turambar então sacou a Espada Negra de Beleg e golpeou para cima, com toda a força de seu braço e de seu ódio, e a lâmina mortífera, longa e voraz, penetrou o ventre do inimigo até seu punho.

Glaurung, ao sentir a pontada da morte, soltou um ruído que abalou todas as florestas e deixou pasmos os vigias em Nen Girith. Turambar cambaleou como que golpeado, deslizando para baixo, e sua espada lhe escapou da mão e permaneceu fincada no ventre do Dragão. Pois Glaurung, num grande espasmo, curvou para cima toda a sua massa trêmula e arremessou-a por sobre a ravina; ali, na margem oposta, ele se contorceu, berrando, chicoteando e enrolando-se em agonia, até destruir um grande espaço em toda a sua volta. Por fim deitou-se ali, em meio à fumaça e à ruína, e parou de se mexer.

Turambar aferrou-se às raízes da árvore, aturdido e quase arrasado. Lutava consigo mesmo e obrigava-se a seguir em frente, e meio deslizando, meio escalando, desceu até o rio e arriscou outra vez a perigosa travessia, às vezes engatinhando com mãos e pés, agarrando-se, cegado pelo borrifo da correnteza, até por fim alcançar a outra margem, e subiu exausto pela fenda por onde tinham descido. Assim acabou chegando ao lugar onde caíra o Dragão moribundo; contemplou sem piedade o inimigo derrotado e alegrou-se.

Ali jazia Glaurung, de mandíbulas escancaradas, e todos os seus fogos se haviam apagado, seus olhos malignos estavam cerrados. Estava estendido em pleno comprimento, de lado, e trazia o punho de Gurthang espetado no ventre. O coração de Turambar se regozijou dentro dele e, apesar de o Dragão ainda respirar, ele decidiu recuperar a espada, que, se antes já tinha muito valor, agora lhe valia todo o tesouro de Nargothrond. Revelaram-se verdadeiras as palavras ditas quando fora forjada, de que nada, grande ou pequeno, haveria de viver depois de mordido por ela.

Aproximando-se do inimigo, Turambar pôs-lhe o pé no ventre e, agarrando o punho de Gurthang, usou sua força para arrancá-la. Exclamou em escárnio das palavras de Glaurung em Nargothrond: – Salve, Lagarto de Morgoth! Em boa hora outra vez! Morre agora e que a treva te leve! Assim está vingado Túrin, filho de Húrin. – Então arrancou a espada com um puxão, e quando o fez um jorro de sangue negro lhe caiu na mão, e sua carne foi queimada pelo veneno de tal modo que ele soltou um forte grito de dor. Diante disso Glaurung se mexeu, abriu os olhos perniciosos e olhou para Turambar com tal malícia que este acreditou ter sido atingido por uma flecha; por isso e pela dor do ferimento na mão ele desmaiou e ficou deitado como morto ao lado do Dragão, com sua espada debaixo dele.

Os berros de Glaurung chegaram até a gente de Nen Girith, que encheu-se de terror; quando os vigias enxergaram de longe a grande ruína e queimada causadas pelo Dragão em seus espasmos, acreditaram que ele pisoteava e destruía os que o tinham atacado. Então desejaram que fossem mais longas as milhas que se interpunham, mas não se atreveram a deixar a elevação onde se reuniam, pois se lembravam das palavras de Turambar de que, se Glaurung vencesse, iria primeiro a Ephel Brandir. Portanto vigiaram, temendo algum sinal de seu deslocamento, mas nenhum teve a audácia de descer e buscar notícias no local da batalha. Níniel ficou sentada imóvel, apesar de estremecer e de não conseguir sossegar os membros, pois quando ouviu a voz de Glaurung seu coração morreu em seu íntimo, e ela sentiu que a treva outra vez se arrastava sobre si.

Foi assim que Brandir a encontrou. Pois afinal ele alcançara a ponte sobre o Celebros, lento e exausto; por todo o longo caminho solitário ele claudicou com a muleta, e eram pelo menos cinco léguas desde sua casa. O medo por Níniel o impelira, e agora as notícias que ouviu não eram piores do que temia. – O Dragão atravessou o rio – diziam-lhe – e o Espada Negra certamente está morto, além dos que foram com ele. – Então Brandir se postou junto a Níniel e avaliou sua penúria; ansiava por ela, mas o que pensou foi: "O Espada Negra está morto e Níniel vive." E estremeceu, pois subitamente parecia fazer frio junto às águas de Nen Girith; lançou seu manto sobre Níniel. Porém não encontrou palavras para falar, e ela nada disse.

O tempo passou, e Brandir permanecia de pé ao lado dela, em silêncio, espiando a noite e escutando; no entanto, nada podia ver, e não ouvia nenhum som a não ser a queda das águas de Nen Girith, e pensou: "Agora certamente Glaurung foi para o interior de Brethil." Porém já não sentia mais pena de seu povo, tolos que haviam zombado do seu conselho e o tinham desprezado. "Que o Dragão vá a Amon Obel, e então haverá tempo de escapar e levar Níniel embora." Só não sabia para onde, pois jamais viajara para além de Brethil.

Finalmente inclinou-se e tocou o braço de Níniel, dizendo-lhe: – O tempo está correndo, Níniel! Vem! É hora de partir. Se me deixares eu te conduzirei. – Então ela se ergueu em silêncio, tomando-o pela mão, e cruzaram a ponte e desceram pela trilha às Travessias do Teiglin. Os que os viram movendo-se como sombras no escuro não sabiam quem eram, e não se importaram. E, quando haviam avançado um pouco através das árvores silenciosas, a lua se ergueu para além de Amon Obel, e as clareiras da floresta se encheram de luz cinzenta. Então Níniel se deteve e disse a Brandir: – É este o caminho?

E ele respondeu: – Que caminho? Pois toda a nossa esperança em Brethil acabou. Não temos caminho exceto escapar do Dragão e fugir para longe dele enquanto ainda é tempo.

Níniel fitou-o, admirada, e disse: – Não te dispuseste a me conduzir até ele? Ou queres iludir-me? O Espada

Negra era meu amado e meu marido, e me vou apenas para encontrá-lo. Que outra coisa podias pensar? Tu podes fazer como quiseres, mas eu devo apressar-me.

Quando Brandir se deteve por um momento, pasmo, ela fugiu. Ele a chamou, dizendo: – Espera, Níniel! Não vás sozinha! Não sabes o que irás encontrar. Irei contigo! – Mas ela não lhe deu atenção, e partiu então como se o sangue que antes estivera frio a queimasse; e ele, apesar de segui-la como podia, logo a perdeu de vista. Então maldisse seu destino e sua fraqueza, mas não quis retornar.

A lua se erguia branca no céu, e estava quase cheia, e quando Níniel desceu do planalto para a área próxima ao rio pareceu-lhe que se lembrava daquele lugar e o temia. Pois chegara às Travessias do Teiglin, e Haudh-en-Elleth erguia-se diante dela, pálido ao luar, com uma sombra negra atravessando-o de lado a lado, e do túmulo vinha um grande pavor.

Então ela se voltou com um grito e fugiu para o sul ao longo do rio, jogando longe a capa enquanto corria, como quem lança fora uma treva que se pega a ela; e por baixo estava toda trajada de branco, reluzindo ao luar, revoando entre as árvores. Assim Brandir a viu do alto da encosta, e virou-se para cruzar seu caminho se pudesse; ao encontrar por acaso a estreita vereda que Turambar usara, que saía da estrada mais trilhada e descia abruptamente para o sul rumo ao rio, finalmente viu-se pouco atrás dela. No entanto, por mais que a chamasse, ela não lhe dava atenção, ou não o ouvia, e continuava avançando; assim aproximaram-se da floresta junto a Cabed-en-Aras e do local da agonia de Glaurung.

A lua já pairava no sul, longe das nuvens, e o luar era frio e límpido. Ao chegar à beira da ruína que Glaurung provocara, Níniel viu seu corpo que ali jazia, e contemplou seu ventre cinzento ao luar; no entanto a seu lado jazia também um homem. Então, esquecendo o medo, correu pelo meio dos destroços fumegantes e foi ter com Turambar. Ele estava caído de lado, com a espada debaixo dele, mas tinha o rosto lívido como a morte sob a luz pálida. Então se lançou sobre ele e, chorando, beijou-o; pareceu-lhe que ele respirava vagamente, mas pensou ser apenas um artifício de falsa esperança, pois estava frio e não se movia, além de não lhe responder. Ao afagá-lo ela descobriu que sua mão estava enegrecida como se tivesse sido chamuscada, e lavou-a com suas lágrimas, e rasgando uma tira das vestes fez-lhe uma atadura. Ainda assim ele não se mexia ao seu toque, e ela o beijou de novo e gritou em voz alta: – Turambar, Turambar, volta! Ouve-me! Desperta! É Níniel. O Dragão está morto, morto, e só eu estou aqui a teu lado. – Mas ele nada respondeu. Seu grito foi ouvido por Brandir, que chegara à beira da ruína; porém, no momento em que se adiantou na direção de Níniel, deteve-se e ficou imóvel. Porque, diante do grito de Níniel, Glaurung se agitou pela última vez, e um tremor lhe perpassou todo o corpo; abriu em fenda os olhos malignos, e o luar reluziu neles quando falou ofegante:

– Salve, Niënor, filha de Húrin. Encontramo-nos outra vez antes do fim. Dou-te a alegria de afinal encontrares teu irmão. E agora hás de conhecê-lo: aquele que esfaqueia no escuro, traiçoeiro com os inimigos, desleal com os amigos e maldição de sua família, Túrin, filho de Húrin! Mas o pior de todos os seus atos hás de sentir em ti mesma.

Então Niënor sentou-se como que aturdida, e Glaurung morreu; com sua morte, o véu de sua malícia desprendeu-se dela, e toda a sua lembrança ficou límpida à sua frente, dia após dia, pois ela também não esquecera nada do que lhe havia acontecido desde que jazera em Haudh-en-Elleth. Todo o seu corpo estremeceu de horror e angústia. Brandir, que tudo ouvira, ficou estarrecido e se encostou em uma árvore.

Então, de repente, Niënor se ergueu num sobressalto, e de pé, pálida como um espectro ao luar, baixou os olhos para Túrin e exclamou: – Adeus, ó duas vezes amado! *A Túrin Turambar turún' ambartanen*: senhor do destino pelo destino assenhoreado! Ó feliz por estar morto! – Então, enlouquecida pelo sofrimento e pelo horror que se apossaram dela, fugiu ensandecida daquele lugar, com Brandir coxeando atrás dela e gritando: – Espera! Espera, Níniel!

Por um momento ela se deteve, olhando para trás com olhos arregalados. – Esperar? – exclamou. – Esperar? Esse foi sempre teu conselho. Antes eu o tivesse escutado! Mas agora é tarde demais. E agora não esperarei mais na Terra-média. – Tendo dito isso, correu à frente dele.

Rapidamente chegou à beira de Cabed-en-Aras, e lá parou para contemplar as águas ruidosas, exclamando: – Água, água! Leva agora Níniel Niënor, filha de Húrin. Lamentação, Lamentação, filha de Morwen! Leva-me e carrega-me até o Mar!

Com essas palavras lançou-se da beirada: um lampejo de branco tragado pelo escuro abismo, um grito perdido no rugido do rio.

As águas do Teiglin continuaram fluindo, mas Cabed-en-Aras não existia mais com esse nome: Cabed Naeramarth, o Salto do Destino Terrível, foi como os homens o chamaram depois disso, pois nenhum cervo saltaria mais ali, todos os seres vivos o evitavam e nenhum homem caminhava às suas margens. O último dos homens a olhar para o interior de sua treva foi Brandir, filho de Handir, e ele se voltou horrorizado, pois seu coração desanimou e, apesar de ter passado a odiar sua vida, não pôde encontrar-se ali com a morte que desejava. Então seu pensamento se voltou para Túrin Turambar, e exclamou: – Odeio-te ou tenho pena de ti? Mas estás morto. Não devo gratidão a ti, que tiraste tudo o que tive ou teria. Mas meu povo tem uma dívida contigo. E é justo que tomem conhecimento dela por mim.

E assim começou a voltar, mancando, para Nen Girith, evitando com um estremecimento o lugar do Dragão; ao subir outra vez pela trilha íngreme, deu com um homem que espiava através das árvores e se retraiu ao vê-lo. No entanto Brandir reconheceu seu rosto sob o clarão da lua poente.

– Ah, Dorlas! – exclamou ele. – Que notícias tens para contar? Como escapaste vivo? E o que foi feito de meu parente?

– Não sei – respondeu Dorlas, rabugento.

– Então isso é estranho – disse Brandir.

– Se queres saber – falou Dorlas –, o Espada Negra pretendia que vadeássemos o canal do Teiglin no escuro. Será estranho que eu não tenha conseguido? Sou melhor que alguns com o machado, mas não tenho pés de bode.

– Então prosseguiram sem ti para atacar o Dragão? – disse Brandir. – Mas como foi quando ele atravessou? Ao menos deves ter ficado por perto para ver o que acontecia.

Dorlas não deu resposta, somente encarou Brandir com ódio nos olhos. Então Brandir compreendeu, percebendo de súbito que aquele homem abandonara seus companheiros e depois, tomado pela vergonha, escondera-se na floresta. – Vergonha, Dorlas! – disse ele. – És o causador de nossos pesares: instigando o Espada Negra, trazendo o Dragão até nós, tornando-me alvo de escárnio, levando Hunthor à morte, e depois foges para te protegeres na floresta! – Enquanto falava, outro pensamento lhe veio à mente, e então disse com grande ira: – Por que não trouxeste notícias? Era a mínima penitência que podias realizar. Se tivesses feito isso a Senhora Níniel não teria precisado buscá-las por si. Jamais precisaria ter visto o Dragão. Poderia ter vivido. Dorlas, odeio-te!

– Guarda teu ódio! – disse Dorlas. – Ele é tão débil quanto todos os teus conselhos. Não fosse por mim, os orcs teriam vindo e te enforcado como um espantalho em teu jardim. Toma para ti o nome de desertor! – E com essas palavras, mais disposto à ira por estar envergonhado, desferiu em Brandir um golpe com seu grande punho, e assim terminou sua vida, antes que o olhar de espanto abandonasse seus olhos, pois Brandir sacou a espada e o derrubou com um ataque mortal. Este, por um momento, deteve-se trêmulo, enojado com o sangue, e lançando a espada ao chão virou-se e seguiu caminho, curvado sobre a muleta.

Quando Brandir chegou a Nen Girith, a pálida lua se pusera e a noite desfalecia; a manhã abria-se no leste. A gente que ainda se escondia perto da ponte viu-o chegando como uma sombra cinzenta no alvorecer, e alguns o chamaram admirados: – Onde estiveste? Tu a viste? Pois a Senhora Níniel se foi.

– Sim – disse Brandir –, ela se foi. Foi-se, foi-se, para nunca mais voltar! Mas eu vim vos trazer notícias. Ouvi agora, povo de Brethil, e dizei se já houve relato como o relato que trago! O Dragão está morto, mas morto também está Turambar a seu lado. E essas são boas notícias: sim, ambas são boas, na verdade.

Então a gente murmurou, admirada com sua fala, e alguns disseram que estava louco; mas Brandir exclamou: – Escutai até o fim! Níniel também está morta, Níniel, a bela, a quem amastes, a quem amei mais do que tudo.

Saltou da beira do Salto do Cervo, e os dentes do Teiglin a levaram. Ela se foi, odiando a luz do dia. Pois disto ela soube antes de fugir: eram ambos filhos de Húrin, irmã e irmão. Chamavam-no o Mormegil, Turambar chamava-se ele, ocultando seu passado: Túrin, filho de Húrin. Níniel nós a chamávamos, não sabendo de seu passado: Niënor ela era, filha de Húrin. A Brethil trouxeram a sombra de seu escuro destino. Aqui abateu-se seu destino, e esta terra nunca mais há de se livrar da mágoa. Não a chameis de Brethil, de terra dos Halethrim, mas sim de *Sarch nia Chîn Húrin*, Túmulo dos Filhos de Húrin!

Embora ainda não compreendessem como esse mal havia acontecido, o povo chorou ali onde estava, e alguns disseram: – Há um túmulo no Teiglin para Níniel, a amada, e um túmulo há de existir para Turambar, o mais valoroso dos homens. Nosso libertador não há de ser abandonado ao léu. Vamos até ele.

CAPÍTULO XVIII

A MORTE DE TÚRIN

No momento em que Níniel fugia, Túrin agitou-se, e pareceu-lhe que do fundo de suas trevas ele a ouvia, chamando-o de muito longe; porém, quando Glaurung morreu, o negro desfalecimento o abandonou, e ele voltou a respirar fundo e suspirou, caindo num sono de grande exaustão. Antes da aurora, porém, ele se virou durante o sono, pois o frio ficou intenso, e o punho de Gurthang cravou-se em seu flanco; assim, de repente ele despertou. A noite minguava, e havia um sopro de manhã no ar; Túrin se pôs de pé com um salto, recordando sua vitória e o veneno que ardia em sua mão. Ergueu-a, contemplou-a e admirou-se, pois estava envolta com uma tira de pano branco úmido, que lhe aliviava a dor. Ele disse consigo: – Por que alguém haveria de me tratar assim, mas deixar-me aqui deitado, frio, no meio da ruína e do fedor do Dragão? Que coisas estranhas ocorreram?

Então gritou em voz alta, mas não ouviu resposta. Tudo estava negro e lúgubre à sua volta, e pairava um cheiro de morte. Curvou-se e ergueu a espada; ela estava inteira, e a luz de suas arestas não estava ofuscada. – Imundo era o veneno de Glaurung – disse –, mas tu és mais forte que eu, Gurthang. Todo sangue beberás. Tua é a vitória. Mas vamos! Preciso ir em busca de auxílio. Meu corpo está exausto e um calafrio percorre meus ossos.

Deu as costas a Glaurung e deixou-o a apodrecer, mas à medida que abandonava aquele lugar cada passo parecia mais pesado, e pensou: "Em Nen Girith, quem sabe, encontrarei um dos batedores à minha espera. Mas quisera chegar logo à minha própria casa e sentir as mãos brandas de Níniel e a habilidade de Brandir!" E assim, finalmente, caminhando esgotado, apoiando-se em Gurthang, chegou a Nen Girith através da luz cinzenta do dia que raiava, e no momento em que os homens partiam para buscar seu corpo morto ele se postou diante do povo.

Então recuaram aterrorizados, temendo que fosse seu espírito inquieto, e as mulheres prantearam e cobriram os olhos. Mas ele disse: – Não, não choreis, mas alegrai-vos! Vede! Não estou vivo? E não matei o Dragão que temíeis?

Eles se voltaram então contra Brandir, exclamando: – Tolo, com tuas histórias falsas, dizendo que ele estava morto. Não dissemos que estavas louco? – Brandir ficou consternado, fitou Túrin com temor nos olhos e nada pôde dizer.

Mas Túrin lhe disse: – Então foste tu que estiveste lá e cuidaste de minha mão? Agradeço-te. Mas tua habilidade está em decadência se não és capaz de distinguir um desmaio da morte. – Voltou-se então para o povo: – Não falai com ele desse modo, tolos, todos vós. Qual de vós teria feito melhor? Ao menos ele teve a coragem de descer ao local do combate, enquanto vós ficais sentados lamentando!

– Mas agora, filho de Handir, vem! Há mais coisas que desejo saber. Por que estás aqui, e toda esta gente que deixei no Ephel? Se posso correr risco de morte em vosso interesse, não posso ser obedecido quando estou longe? E onde está Níniel? Posso ao menos esperar que não a trouxestes aqui, mas a deixastes onde a guardei, em minha casa, com homens fiéis a vigiá-la?

E ao não obter resposta: – Vamos, dizei, onde está Níniel? – gritou ele. – Pois a ela quero ver em primeiro lugar, e a ela primeiro contarei a história dos feitos da última noite.

Mas viraram-lhe o rosto, e Brandir disse por fim: – Níniel não está aqui.

– Então está bem – disse Túrin. – Então irei à minha casa. Há um cavalo que me leve? Uma maca seria melhor. Posso desmaiar de esforço.

– Não, não! – disse Brandir com o coração angustiado. – Tua casa está vazia. Níniel não está lá. Está morta.

Mas uma das mulheres, a esposa de Dorlas, que pouco apreciava Brandir, gritou com voz aguda: – Não lhe dês atenção, senhor! Perdeu o juízo. Veio gritando que estavas morto, e chamava isso de boas notícias. Mas estás vivo, então por que seu relato de Níniel haveria de ser verdade, que está morta, e coisa pior?

Então Túrin aproximou-se de Brandir a passos largos: – Então minha morte era boa notícia? – gritou. – Sim, sempre me invejaste por causa dela, isso eu sabia. Agora está morta, tu dizes. E coisa pior? Que mentira geraste em tua malícia, Coxo? Então queres nos matar com palavras sórdidas, já que não podes empunhar outra arma?

Então a raiva expulsou a piedade do coração de Brandir, e ele gritou: – Perdi o juízo? Não, perdeste tu, Espada Negra do destino negro! E todo esse povo caduco. Não minto! Níniel está morta, morta, morta! Pode procurá-la no Teiglin!

Túrin se deteve, imóvel e frio. – Como sabes? – disse ele baixinho. – Como tramaste isso?

– Sei porque a vi saltar – respondeu Brandir. – Mas a trama foi tua. Ela fugiu de ti, Túrin, filho de Húrin, e em Cabed-en-Aras se lançou para nunca mais te ver. Níniel! Níniel? Não, Niënor, filha de Húrin.

Túrin o agarrou e sacudiu, pois naquelas palavras ouviu os pés de seu destino a alcançá-lo, mas em horror e fúria seu coração não queria recebê-los, assim como um animal ferido de morte machuca todos os que estão próximos antes de morrer.

– Sim, sou Túrin, filho de Húrin – gritou ele. – Isso há muito tempo adivinhaste. Mas nada sabes de Niënor, minha irmã. Nada! Ela habita no Reino Oculto e está em segurança. É uma mentira de tua própria mente vil, para enlouquecer minha esposa, e agora a mim. Desgraça coxeante, queres nos perseguir ambos até a morte?

Mas Brandir desvencilhou-se dele. – Não me toques! – disse. – Controla teu delírio. Aquela que chamas de esposa veio até ti e te tratou, e não respondeste a seu chamado. Mas alguém respondeu por ti. Glaurung, o Dragão, que julgo ter-vos enfeitiçado a ambos para vossa desgraça. Assim falou ele antes de se acabar: "Niënor, filha de Húrin, eis teu irmão: traiçoeiro com os inimigos, desleal com os amigos, maldição de sua família, Túrin, filho de Húrin." – De repente um riso desvairado apossou-se de Brandir. – No leito de morte os homens falam a verdade, é o que dizem – gargalhou. – E também um Dragão, ao que parece. Túrin, filho de Húrin, uma maldição sobre tua família e todos que te acolhem!

Então Túrin agarrou Gurthang com uma luz feroz nos olhos. – E o que se há de dizer de ti, Coxo? – disse devagar. – Quem revelou a ela meu nome verdadeiro, em segredo, pelas minhas costas? Quem a levou até a malícia do Dragão? Quem ficou a seu lado e a deixou morrer? Quem veio aqui tornar público esse horror o mais depressa possível? Quem agora pretende tripudiar sobre mim? Os homens falam a verdade antes de morrer? Então fala-a agora, depressa.

Brandir, ao ver a morte no rosto de Túrin, ficou imóvel e não cedeu, apesar de não dispor de nenhuma arma senão a muleta, e disse: – Tudo o que ocorreu é uma história longa de contar, e estou farto de ti. Mas tu me calunias, filho de Húrin. Glaurung te caluniou? Se me matares todos hão de ver que não. Porém não temo morrer, pois poderei buscar Níniel, que eu amava, e talvez possa encontrá-la de novo além do Mar.

– Buscar Níniel! – gritou Túrin. – Não, hás de encontrar Glaurung, e criareis mentiras juntos. Hás de dormir com o Lagarto, teu companheiro de alma, e apodrecer na mesma treva! – Então ergueu Gurthang e golpeou Brandir, que caiu morto. O povo afastou os olhos daquele feito, e quando ele se voltou e partiu de Nen Girith fugiram dele aterrorizados.

Túrin caminhou ensandecido pelos bosques selvagens, ora maldizendo a Terra-média e toda a vida dos homens, ora evocando Níniel. Mas, quando por fim a loucura de seu pesar o abandonou, sentou-se por algum tempo, refletiu sobre todos os seus atos e ouviu-se exclamar: – Ela habita no Reino Oculto e está em segurança! – E pensou que, apesar de toda a sua vida estar arruinada, deveria ir para lá, pois todas as mentiras de Glaurung só o haviam desencaminhado. Então ergueu-se e foi até as Travessias do Teiglin, e ao passar por Haudh-en-Elleth exclamou: – Paguei amargamente, ó Finduilas, por ter prestado atenção ao Dragão. Agora manda-me um conselho!

Porém, enquanto falava viu doze caçadores bem armados que passavam pelas Travessias, e eram elfos; quando se aproximaram, reconheceu um deles, pois era Mablung, principal caçador de Thingol, que o saudou exclamando: – Túrin! Em boa hora, afinal. Estou à tua procura, e me alegro de te ver vivo, apesar de os anos terem sido pesados para ti.

– Pesados! – disse Túrin. – Sim, como os pés de Morgoth. Mas se te alegras de me ver vivo, és o último na Terra-média. Por que isso?

– Porque eras honrado entre nós – respondeu Mablung – e apesar de teres escapado de muitos perigos eu temia por ti, afinal. Notei o aparecimento de Glaurung e concluí que ele realizara seu propósito maligno e agora voltava a seu Mestre. No entanto voltou-se contra Brethil, e ao mesmo tempo eu soube, por andarilhos da terra, que o Espada Negra de Nargothrond aparecera por lá outra vez, e que os orcs evitavam suas fronteiras como a morte. Então enchi-me de receio e disse: "Ai de nós! Glaurung vai aonde seus orcs não se atrevem, em busca de Túrin". Portanto vim até aqui o mais depressa que pude para te alertar e auxiliar.

– Depressa, mas não depressa o bastante – disse Túrin. – Glaurung está morto.

Os elfos o fitaram admirados e disseram: – Tu mataste o Grande Lagarto! Teu nome há de ser louvado para sempre entre elfos e homens!

– Pouco me importa – disse Túrin. – Pois meu coração foi morto também. Mas, já que vindes de Doriath, dai-me notícias de minha família. Pois em Dor-lómin me disseram que haviam fugido para o Reino Oculto.

Os elfos não deram resposta, mas por fim Mablung falou: – De fato assim fizeram, no ano antes da vinda do Dragão. Mas agora não estão lá, ai delas! – Então o coração de Túrin parou, ouvindo os pés do destino que iriam persegui-lo até o fim. – Continua! – gritou ele. – E depressa!

– Saíram para o ermo atrás de ti – disse Mablung. – Foram contra todos os conselhos, mas queriam ir a Nargothrond quando se soube que tu eras o Espada Negra; e Glaurung surgiu, e toda a sua guarda foi dispersada. Morwen não foi vista por ninguém desde aquele dia, mas Niënor sucumbiu a um encantamento de mudez, fugiu rumo ao norte como uma corça selvagem e perdeu-se. – Então, para espanto dos elfos, Túrin deu uma risada alta e estridente. – Não é uma piada? – exclamou. – Ó bela Niënor! Então ela correu de Doriath para o Dragão, e do Dragão para mim. Que doce golpe de sorte! Era morena como uma fruta silvestre, com seus cabelos escuros; pequena e esbelta como uma criança élfica, ninguém poderia confundi-la!

Mablung admirou-se e disse: – Mas há algum engano aqui. Tua irmã não era assim. Era alta e tinha olhos azuis, cabelos de ouro fino, a própria imagem em forma feminina de seu pai, Húrin. Não podes tê-la visto!

– Não posso, não posso, Mablung? – exclamou Túrin. – Mas por que não? Vê, sou cego! Não sabias? Cego, cego, tateando desde a infância numa escura névoa de Morgoth! Portanto deixa-me! Vai, vai! Volta a Doriath, e que o inverno a faça murchar! Maldita seja Menegroth! E maldita seja tua missão! Só faltava isto. Agora vem a noite!

Então fugiu deles, como o vento, e encheram-se de admiração e temor. Mas Mablung disse: – Aconteceu algo estranho e terrível que não sabemos. Vamos segui-lo e ajudá-lo se pudermos, pois está desvairado e ensandecido.

Mas Túrin já corria muito à frente deles e, ao chegar a Cabed-en-Aras, deteve-se; ouviu o rugido da água e viu que todas as árvores, próximas e distantes, estavam murchas, e suas folhas ressequidas caíam pesarosas, como se o inverno tivesse vindo nos primeiros dias do verão.

– Cabed-en-Aras, Cabed Naeramarth! – exclamou. – Não poluirei tuas águas onde Níniel foi lavada. Pois todos os meus atos foram maus, e o último foi o pior.

Então puxou da espada e disse: – Salve, Gurthang, ferro da morte, somente tu me restas agora! Mas que senhor ou lealdade conheces a não ser a mão que te empunha? Não recuas diante de sangue nenhum. Tomarás Túrin Turambar? Irás matar-me depressa?

E da lâmina uma voz fria soou em resposta: – Sim, beberei teu sangue, para que possa esquecer o sangue de Beleg, meu senhor, e o sangue de Brandir, morto injustamente. Irei matar-te depressa.

Então, Túrin firmou o punho no solo e lançou-se sobre a ponta de Gurthang, e a lâmina negra lhe tomou a vida.

Mablung chegou e contemplou a hedionda forma de Glaurung jazendo morto, e ao avistar Túrin afligiu-se, pensando em Húrin na Nirnaeth Arnoediad e no horrível destino de sua família. Enquanto os elfos se demoravam ali, desceram homens de Nen Girith para olharem o Dragão, e choraram quando viram como chegara ao fim a vida de Túrin Turambar; os elfos, ao descobrirem enfim o motivo das palavras que Túrin lhes dirigira, ficaram consternados. Então Mablung disse com amargura: – Também eu fui enredado no destino dos Filhos de Húrin, e assim matei com palavras alguém que amei.

Então ergueram Túrin, e viram que sua espada se partira em pedaços. Assim se foi tudo o que ele possuíra.

Com o esforço de muitas mãos juntaram lenha, fizeram uma grande pilha, acenderam uma fogueira enorme e destruíram o corpo do Dragão, até não restar nada além de cinza negra e seus ossos estarem reduzidos a pó, e o lugar daquela queima permaneceu exposto e estéril para sempre dali em diante. Túrin, por sua vez, foi posto em um alto monte tumular erguido onde ele tombara, e os fragmentos de Gurthang foram colocados a seu lado. E, quando estava tudo concluído, os menestréis dos elfos e dos homens fizeram um lamento relatando o valor de Turambar e a beleza de Níniel e uma grande pedra cinzenta foi trazida e posta sobre o monte; nela os elfos gravaram nas Runas de Doriath:

TÚRIN TURAMBAR DAGNIR GLAURUNGA

e abaixo escreveram também:

NIËNOR NÍNIEL

Mas ela não estava ali, nem jamais se soube aonde as frias águas do Teiglin a haviam levado.

Aqui termina o Conto dos Filhos de Húrin, a mais longa de todas as baladas de Beleriand.

Após a morte de Túrin e Niënor, Morgoth libertou Húrin da servidão para levar adiante seu propósito maligno. No decorrer de suas andanças Húrin chegou à Floresta de Brethil, e à tardinha subiu das Travessias do Teiglin ao lugar da queima de Glaurung e à grande pedra fincada à beira de Cabed Naeramarth. Sobre o que aconteceu por lá conta-se isto.

Húrin não olhou para a pedra, pois sabia o que estava escrito ali, e seus olhos haviam visto que ele não estava só. Havia um vulto sentado à sombra da pedra, curvado sobre os joelhos. Parecia algum andarilho sem lar, alquebrado pela idade, cansado demais da viagem para atentar à sua chegada, mas seus farrapos eram os restos de um traje de mulher. Finalmente, enquanto Húrin mantinha-se em silêncio, ela lançou para trás o capuz maltrapilho e ergueu o rosto devagar, fatigada e faminta como uma loba acossada por longo tempo. Era cinzenta, de nariz adunco e dentes rotos, e com uma mão magra agarrava-se ao manto que lhe cobria o peito. Subitamente, porém, seus olhos fitaram dentro dos dele, e então Húrin a reconheceu; pois apesar de agora serem selvagens e plenos de medo, ainda brilhava dentro deles uma luz difícil de suportar: a luz élfica que muito tempo atrás lhe valera o nome, Eledhwen, a mais altiva das mulheres mortais nos dias de antanho.

– Eledhwen! Eledhwen! – exclamou Húrin, e ela se ergueu e avançou cambaleante, e ele a tomou nos braços.

– Tu vieste afinal – disse ela. – Esperei tempo demais.

– Foi um caminho obscuro. Vim como pude – respondeu ele.

– Mas chegaste tarde – disse ela –, tarde demais. Eles estão perdidos.

– Eu sei – falou ele. – Mas tu não estás.

– Quase – disse ela. – Estou totalmente consumida. Hei de partir com o sol. Eles estão perdidos. – Agarrou-se ao manto dele. – Pouco tempo me resta – disse. – Se souberes, conta-me! Como ela o encontrou?

Mas Húrin não respondeu. Sentou-se junto à pedra com Morwen nos braços e não falaram mais. O sol se pôs, e Morwen suspirou, apertou-lhe a mão e silenciou. Húrin soube então que ela havia morrido.

GENEALOGIAS

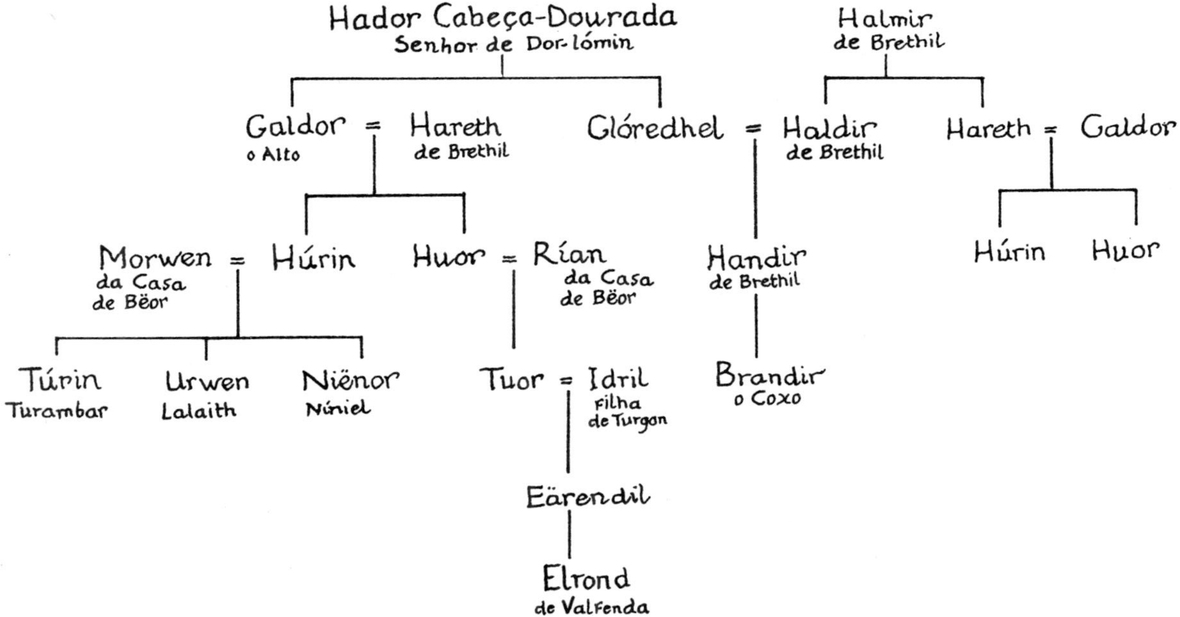

A Casa de Hador e o Povo Haleth

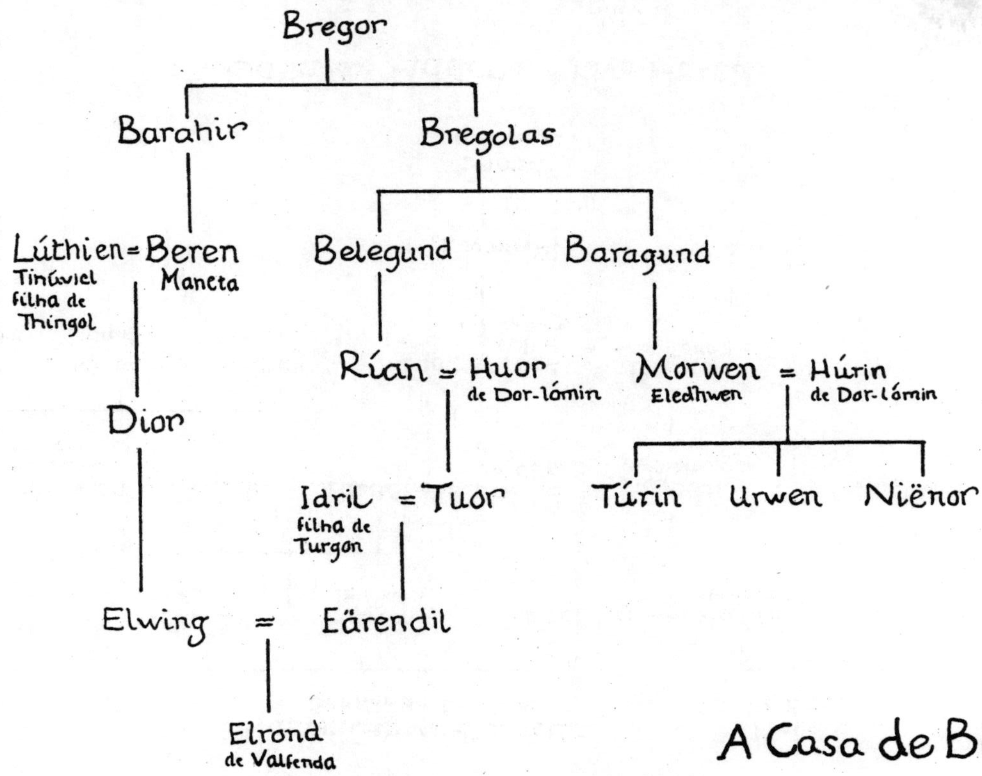

A Casa de Bëor

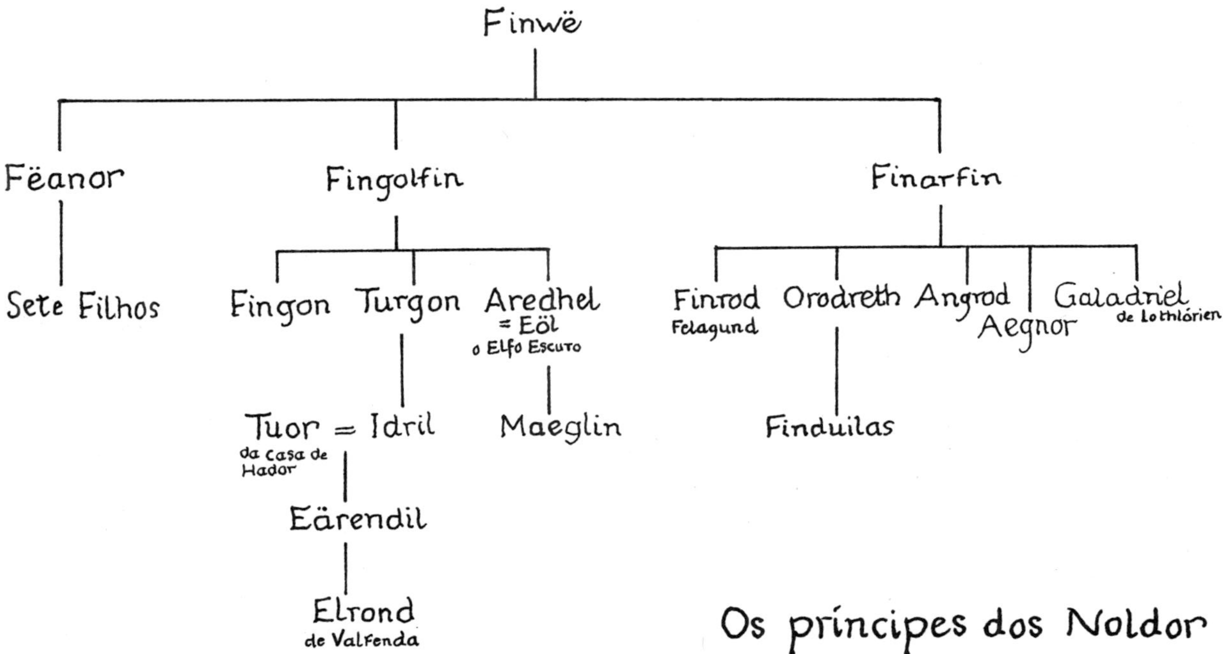

Os príncipes dos Noldor

APÊNDICE

(1)

A EVOLUÇÃO DOS GRANDES CONTOS

Desde um passado remoto, esses relatos inter-relacionados, mas independentes, destacam-se da longa e complexa história dos Valar, dos elfos e dos homens em Valinor e nas Grandes Terras. Nos anos que se seguiram ao abandono dos *Contos perdidos* antes que fossem completados, meu pai deu as costas à composição em prosa e começou a trabalhar em um longo poema intitulado *Túrin, filho de Húrin, e Glórund, o Dragão*, título mais tarde alterado, numa versão revista, para *Os filhos de Húrin*. Isso foi no começo da década de 1920, quando ele ocupava um cargo na Universidade de Leeds. Para esse poema, ele empregou a métrica aliterante da língua inglesa antiga (a forma de versificação de *Beowulf* e outros poemas anglo-saxões), impondo ao inglês moderno os exigentes padrões de acento tônico e "rima inicial" seguidos pelos antigos poetas – uma habilidade em que alcançou grande maestria, em formas bastante diversas, desde o diálogo dramático de *The Homecoming of Beorhtnoth** até a elegia

* *The Homecoming of Beorhtnoth Beorhthelm's Son* [*A volta ao lar de Beorhtnoth, filho de Beorhthelm*] é um poema dramático, também passível de ser representado, que ilustra ideais da Idade Média através do diálogo de dois homens que procuram o corpo de seu senhor em um campo de batalha. (N. do T.)

para os homens que morreram na batalha dos Campos de Pelennor. A versão aliterante de *Os filhos de Húrin* é de longe o mais longo de seus poemas nessa forma, chegando a bem mais de dois mil versos. No entanto foi concebido numa escala tão grandiosa que a narrativa não havia chegado além do ataque do Dragão a Nargothrond quando ele a abandonou. Com tanta coisa dos *Contos perdidos* ainda por vir, nessa escala teriam sido necessários mais muitos milhares de versos – uma segunda versão, abandonada em um ponto mais precoce da narrativa, tem mais ou menos o dobro do comprimento da primeira versão até o mesmo ponto.

Na parte da lenda dos filhos de Húrin que meu pai narrou no poema aliterante*, a antiga história de *O livro dos contos perdidos* foi substancialmente estendida e elaborada. O mais notável é que foi nesse ponto que emergiu a grande cidade-fortaleza subterrânea de Nargothrond e as terras de seu domínio (um elemento central não apenas na lenda de Túrin e Niënor, mas também na história dos Dias Ancestrais da Terra-média), com uma descrição das terras cultivadas pelos elfos de Nargothrond que confere um raro indício das "artes da paz" no mundo antigo, pois tais vislumbres são raros e esparsos. Rumando para o sul ao longo

* Na poesia aliterante, cada verso se divide em duas metades, ou hemistíquios, sendo que geralmente o primeiro contém duas palavras semanticamente importantes que aliteram entre si (suas sílabas tônicas começam pelo mesmo fonema), e o segundo contém uma ou duas; todas as vogais são consideradas como se fossem "o mesmo fonema". (N. do T.)

do rio Narog, Túrin e seu companheiro (Gwindor no texto deste livro) encontraram desertas, de acordo com todas as aparências, as terras próximas à entrada de Nargothrond:

> [...] *foram ter numa terra   toda cuidada;*
> *por folhas e flores   e férteis campos*
> *cruzaram, divisando   vazias de gente*
> *as chapadas, os pastos   e os prados do Narog,*
> *os campos incultos   cercados de árvores*
> *entre a rocha e o rio.   Há ferragens ao léu*
> *emborcadas nos campos   e escadas largadas*
> *na relva, sob ramos   dos ricos pomares;*
> *obscuras, recurvas,   as copas das árvores*
> *ávidas os olham,   e ouve seus passos*
> *o capim que palpita;   com vapor meridiano*
> *arfando nas folhas,   o frio dominou-os.*

E assim os dois viajantes chegaram às portas de Nargothrond, na garganta do Narog:

> *íngremes erguem-se   os ombros maciços*
> *das colinas que se elevam   sobre a larga torrente;*
> *envolto em verde   se levanta um terraço,*
> *largo e longo,   liso de tão gasto,*
> *feito na face   do forte penhasco.*
> *Portas na pedra, sem par,   gigantescas,*
> *num corte da encosta;   com caibros enormes,*
> *se amparam nos postes   e apoios de rocha.*

Aprisionados pelos elfos, foram arrastados através do portal, que se fechou atrás deles:

Nos grandes gonzos e engates grunhiu
a porta sem par; seu peso imenso
fechou-se num choque, enganchado na rocha,
com ecos no ar que em amplas passagens
rugem correndo, rápidos sob o teto;
a luz se velou. Além conduzindo-os,
descendo por sendas no seio da terra,
os guardas os guiam sem engano ou tropeço,
até que a fraca flama do fogo nas tochas
à frente refulge; e forte murmúrio
como muitas vozes em comum convênio
no atalho escutaram. O teto era alto.
De repente, com um passo, em espanto eles viram:
revelou-se um solene silente conclave
de centenas, sentados em turvo recinto
sob cúpulas arcadas, escuras abóbadas,
sem palavras, alertas.

Mas no texto de *Os filhos de Húrin* que consta deste livro não ficamos sabendo de nada mais do que isto (p. 158):

> Então puseram-se de pé, e partindo de Eithel Ivrin viajaram para o sul ao longo das margens do Narog até serem encontrados por batedores dos elfos e levados como prisioneiros à fortaleza oculta.
>
> Assim Túrin chegou a Nargothrond.

Como isso ocorreu? No que se segue tentarei responder a essa pergunta.

Parece quase certo que tudo o que meu pai escreveu de seu poema aliterante sobre Túrin foi composto em Leeds, e que ele o abandonou no final de 1924 ou início de 1925, mas a razão pela qual fez isso terá de permanecer ignorada. No entanto, não é segredo aquilo em que ele se empenhou depois: no verão de 1925 envolveu-se em um novo poema, numa forma totalmente diversa, em dísticos rimados octossílabos, chamado *The Lay of Leithian* [*A balada de Leithian*], "Libertação do Cativeiro". Assim, retomou naquela época outro dos contos que descreveu anos mais tarde, em 1951, como já observei, como sendo de tratamento pleno, independente, mas ligado à "história geral", pois o tema de *A balada de Leithian* é a lenda de Beren e Lúthien. Trabalhou nesse segundo longo poema durante seis anos, e abandonou-o em setembro de 1931, tendo escrito mais de quatro mil versos. Assim como o *Filhos de Húrin* aliterante que foi por ele sucedido e suplantado, esse poema representa um substancial avanço da evolução da lenda desde o *Conto perdido* original sobre Beren e Lúthien.

Enquanto a composição de *A balada de Leithian* estava em progresso, em 1926, meu pai escreveu um "Esboço da Mitologia" destinado expressamente a R.W. Reynolds, que fora seu professor na escola King Edward's, em Birmingham, "para explicar o segundo plano da versão aliterante de Túrin e o Dragão". Esse breve manuscrito, que se estenderia a umas vinte páginas impressas, foi declaradamente escrito como sinopse no tempo verbal presente e em estilo sucinto – e no entanto foi o ponto de partida das subsequentes versões do "Silmarillion" (embora esse nome ainda não fosse mencionado). Mas, embora toda a concepção mitológica tenha sido explanada nesse texto, o conto de Túrin tem muito evidentemente o lugar de honra – na verdade o título do manuscrito é "Esboço da mitologia com referência especial aos 'Filhos de Húrin'", em coerência com seu propósito ao escrevê-lo.

Em 1930 seguiu-se uma obra muito mais substancial, o *Quenta Noldorinwa* (a História dos Noldor, pois a história dos elfos noldorin é o tema central do "Silmarillion"). Era derivado diretamente do "Esboço" e, apesar de estender em muito o texto anterior e ser escrito de forma mais bem acabada, meu pai ainda via o *Quenta* como uma obra primariamente *sumária*, um epítome de concepções narrativas muito mais ricas – de qualquer modo isso é demonstrado pelo subtítulo que ele lhe deu, onde declarou que era "uma *breve história* [dos noldor] retirada do *Livro dos contos perdidos*".

É preciso lembrar que naquela época o *Quenta* representava (apenas numa estrutura um tanto simples, é bem verdade) a plena extensão do "mundo imaginado" de meu pai. Não era a história da Primeira Era, como mais tarde viria a ser, pois ainda não havia Segunda Era nem Terceira Era e não havia Númenor, nem hobbits, e naturalmente nem Anel. A história terminava com a Grande

Batalha, em que Morgoth era finalmente derrotado pelos demais Deuses (os Valar) e por eles "lançado através da Porta da Noite Eterna para o Nada, além das Muralhas do Mundo". Meu pai escreveu no fim do *Quenta*: "Tal é *o fim dos contos* dos dias antes dos dias nas regiões no Norte do mundo ocidental".

Portanto parecerá de fato estranho que o *Quenta* de 1930 fosse, ainda assim, o único texto completo que ele jamais redigiu do "Silmarillion" (depois do "Esboço"), mas, como tão frequentemente ocorria, pressões externas governaram a evolução da sua obra. Ao *Quenta* seguiu-se mais tarde, no final da década de 1930, uma nova versão em belo manuscrito, trazendo por fim o título de *Quenta Silmarillion, História das Silmarilli.* Esse era, ou viria a ser, muito mais longo que o *Quenta Noldorinwa* precedente, mas a concepção da obra como essencialmente um *sumário* de mitos e lendas (por sua vez de natureza e escopo bem diferentes, se contados completamente) de modo nenhum se perdeu, e está outra vez definida no título: "O *Quenta Silmarillion* [...] Esta é uma *história breve* retirada de muitos contos mais antigos; pois todas as matérias que contém eram outrora, e entre os eldar do Oeste ainda são, narradas mais plenamente em outras histórias e canções".

Parece ao menos provável que a visão que meu pai tinha de *O Silmarillion* tenha surgido do fato de que aquilo que se pode chamar de "fase *Quenta*" da obra da década de 1930 começou como sinopse condensada destinada a um fim específico, mas depois passou por expansão e refinamento em estágios sucessivos até perder a aparência de sinopse, mas mantendo ainda assim, de sua forma original, uma característica "uniformidade" de tom. Escrevi em outro lugar que "a forma e maneira compendiosa ou epitomante de *O Silmarillion*, tendo por trás uma sugestão de eras de poesia e 'tradição', evoca fortemente um senso de 'contos não contados', mesmo enquanto contados; a 'distância' nunca se perde. Não há urgência narrativa, nem pressão ou medo do evento imediato e desconhecido. Não vemos as Silmarils da mesma forma como vemos o Anel".

No entanto, o *Quenta Silmarillion* nessa forma teve em 1937 um fim abrupto, que acabou se revelando decisivo. *O Hobbit* foi publicado pela George Allen and Unwin em 21 de setembro daquele ano, e pouco tempo depois, a convite do editor, meu pai lhe enviou diversos manuscritos, entregues em Londres em 15 de novembro de 1937. Entre eles estava o *Quenta Silmarillion* no ponto que alcançara até então, terminando no meio de uma oração ao pé de uma página. Porém, mesmo na ausência do manuscrito, ele continuou a narrativa em forma de rascunho, até o ponto em que Túrin foge de Doriath e assume a vida de proscrito:

> atravessando os limites do reino, reuniu em torno de si uma companhia de gente sem lar e desesperada, como naqueles dias malignos se podia encontrar espreitando no ermo; e

suas mãos se voltavam contra todos os que lhes cruzavam o caminho, elfos, homens ou orcs.

Este é o antecessor do trecho que neste livro consta da página 98, no início de "Túrin entre os Proscritos".

Meu pai chegou a essas palavras quando o *Quenta Silmarillion* e os demais manuscritos lhe foram devolvidos. Três dias depois, em 19 de dezembro de 1937, ele escreveu à Allen and Unwin dizendo: "Escrevi o primeiro capítulo de uma nova história sobre hobbits – 'Uma festa muito esperada'."

Foi nesse ponto que chegou ao fim a tradição contínua e em evolução de *O Silmarillion* no sumarizado modo *Quenta*, abatida em pleno voo no ponto da partida de Túrin de Doriath. A história posterior a esse ponto permaneceu, nos anos seguintes, na forma simples, comprimida e rudimentar do *Quenta* de 1930, como que congelada, enquanto as grandes estruturas da Segunda e Terceira Eras surgiam com a composição de *O Senhor dos Anéis*. No entanto essa história posterior era de importância fundamental para as lendas antigas, pois os relatos concludentes (derivados do *Livro dos contos perdidos* original) contavam a história desastrosa de Húrin, pai de Túrin, depois que Morgoth o libertou, e da ruína dos reinos élficos de Nargothrond, Doriath e Gondolin, sobre os quais Gimli cantou nas minas de Moria muitos milhares de anos depois.

O mundo era belo, a montanha era alta
Nos Dias Ancestrais antes da falta
Em Nargothrond dos reis e também
Em Gondolin, que agora além
Passaram do Mar do Oeste profundo [...]

E essa seria a chave de ouro e a conclusão de tudo: o destino dos elfos noldorin em seu longo combate contra o poder de Morgoth e os papéis que Húrin e Túrin desempenharam nessa história, terminando com o conto de Eärendil, que escapou da ruína chamejante de Gondolin.

Quando, muitos anos mais tarde, no começo de 1950, *O Senhor dos Anéis* foi concluído, meu pai voltou-se com energia e convicção para "a Matéria dos Dias Ancestrais", agora transformada na "Primeira Era", e nos anos imediatamente seguintes resgatou muitos velhos manuscritos de seu longo repouso. Voltando-se para *O Silmarillion*, ele nessa época recobriu de correções e expansões o belo manuscrito do *Quenta Silmarillion* – mas essa revisão foi interrompida em 1951, antes que alcançasse a história de Túrin, onde o *Quenta Silmarillion* fora abandonado em 1937 pelo surgimento da "nova história sobre hobbits".

Ele iniciou também uma revisão de *A balada de Leithian* (o poema em versos rimados que conta a história de Beren e Lúthien, abandonado em 1931), que logo quase se transformou em um novo poema, muito mais aperfeiçoado, mas o processo se esgotou e acabou sendo abandonado. Então envolveu-se no que viria a ser uma longa saga de Beren e Lúthien em prosa, baseada fortemente na forma reescrita da Balada, mas também esta foi abandonada. Assim, nunca se realizou seu desejo, demonstrado em esforços sucessivos, de relatar o primeiro dos "grandes contos" na escala que buscava.

Nessa época, por fim, meu pai também se voltou de novo para o "grande conto" da Queda de Gondolin, que ainda existia somente no *Conto inacabado* de uns trinta e cinco anos antes e nas poucas páginas que lhe foram dedicadas no *Quenta Noldorinwa* de 1930. Seria essa a apresentação – elaborada por um autor no ápice de suas faculdades, em narrativa compacta e com todos os seus significados – do extraordinário conto que em 1920 ele havia lido à Essay Society de seu *college* em Oxford, e que por toda a vida permaneceu como elemento vital em sua imaginação dos Dias Ancestrais. Sua ligação especial com o conto de Túrin reside nos irmãos Húrin, pai de Túrin, e Huor, pai de Tuor. Húrin e Huor, quando jovens, entraram na cidade élfica de Gondolin, oculta em meio a um círculo de altas montanhas, como está contado em *Os filhos de Húrin* (p. 35), e depois, na batalha das Lágrimas Sem Conta, voltaram a se encontrar com Turgon, Rei de Gondolin, que lhes disse (p. 58): "Agora Gondolin não poderá permanecer oculta por muito tempo e, se descoberta, há de cair." E Huor respondeu: "Mas se persistir apenas um pouco surgirá de tua casa a esperança dos elfos e dos homens. Digo isso, senhor, com os olhos da morte: apesar de aqui nos separarmos para sempre, e de eu não voltar a contemplar tuas brancas muralhas, de ti e de mim há de se erguer uma nova estrela."

Essa profecia foi cumprida quando Tuor, primo-irmão de Túrin, chegou a Gondolin e desposou Idril, filha de Turgon, pois o filho deles foi Eärendil, a "nova estrela", "esperança dos elfos e dos homens", que escapou de Gondolin. Na saga em prosa de *A queda de Gondolin* que viria a ser escrita, iniciada provavelmente em 1951, meu pai narrou a viagem de Tuor e seu companheiro élfico Voronwë, que o guiou. No caminho, sozinhos no ermo, eles ouviram um grito na floresta:

> E enquanto esperavam veio alguém através das árvores, e viram que era um homem alto, armado, trajado de negro, com uma longa espada desembainhada; e se espantaram, pois a lâmina da espada era também negra, mas as bordas brilhavam luminosas e frias.

Aquele era Túrin, afastando-se às pressas do saque de Nargothrond (pp. 180-1). No entanto Tuor e Voronwë não lhe falaram quando ele passou, pois "não sabiam que Nargothrond havia caído, e que esse era Túrin, filho de Húrin, o Espada Negra. Assim, apenas por um momento e nunca mais, juntaram-se os caminhos desses parentes, Túrin e Tuor."

No novo conto de Gondolin meu pai levou Tuor ao píncaro das Montanhas Circundantes, de onde o olho podia percorrer a planície até a Cidade Oculta. Mas ali, lamentavelmente, ele parou e jamais foi além. Também na *Queda de Gondolin* malogrou em seu propósito, e assim não temos sua visão posterior nem sobre Nargothrond nem sobre Gondolin.

Afirmei em outro lugar que, "quando se completou a grande 'intrusão' e *O Senhor dos Anéis* se acabou, parece que ele retornou aos Dias Ancestrais desejando retomar a escala, muito mais ampla, com que começara muito tempo antes, no *Livro dos contos perdidos*. Completar o *Quenta Silmarillion* continuou sendo uma meta, mas os 'grandes contos', vastamente desenvolvidos desde suas formas originais, *das quais se derivariam seus capítulos posteriores*, jamais foram concluídos". Essas observações valem também para o "grande conto" de *Os filhos de Húrin*, mas nesse caso meu pai conseguiu muito mais, embora nunca tivesse chegado a levar à forma final e acabada uma parte substancial da versão mais tardia, enormemente estendida.

Ao mesmo tempo, voltando-se de novo para *A balada de Leithian* e *A queda de Gondolin*, ele iniciou sua nova versão de *Os filhos de Húrin*, não com a infância de Túrin e sim com a parte posterior da narrativa, o auge de sua história desastrosa após a destruição de Nargothrond. Esse é o texto deste livro desde "O retorno de Túrin a Dor-lómin" (p. 182) até sua morte. Não sou capaz de explicar por que meu pai teria procedido dessa forma, tão diferente de sua prática usual de recomeçar pelo início. E nesse caso ele também deixou entre seus papéis uma grande quantidade de escritos posteriores, porém sem data, acerca da história desde o nascimento de Túrin até o saque de Nargothrond, com grande elaboração das versões antigas e expansão para narrativas antes desconhecidas.

De longe, a maior parte desta obra, se não toda ela, pertence ao tempo que se seguiu à publicação de *O Senhor dos Anéis*. Naqueles anos, *Os filhos de Húrin* tornou-se para ele a história principal do final dos Dias Ancestrais, e por muito tempo lhe dedicou todos os seus pensamentos. No entanto teve dificuldade de impor uma estrutura narrativa firme à medida que o relato crescia em complexidade de personagens e eventos, e de fato em um longo trecho a história está contida em uma colcha de retalhos de esboços e rascunhos de enredo desconexos.

Ainda assim *Os filhos de Húrin*, em sua forma mais recente, é a principal ficção narrativa da Terra-média após a conclusão de *O Senhor dos Anéis*. A vida e a morte de Túrin são retratadas com um vigor convincente e uma proximidade que dificilmente se encontram em outros locais entre os povos da Terra-média. Por esse motivo tentei neste livro, após longo estudo dos manuscritos, formar um texto que proporcione uma narrativa contínua do começo ao fim, sem a introdução de nenhum elemento que não seja de concepção autêntica.

(2)

A COMPOSIÇÃO DO TEXTO

Nos *Contos inacabados*, publicados há mais de um quarto de século, apresentei um texto parcial da versão longa deste conto, conhecido como *Narn*, do título élfico *Narn i Chîn Húrin* [O conto dos filhos de Húrin]. Mas esse era apenas um elemento em um livro grande, de conteúdo variado, e o texto era muito incompleto, em conformidade com o propósito geral e a natureza do livro, pois omiti vários trechos substanciais (um dos quais muito longo) nas quais são muito semelhantes o texto do *Narn* e o da versão muito mais breve de *O Silmarillion* ou em que decidi que não podia ser fornecido nenhum texto "longo" característico.

Portanto, a forma do *Narn* neste livro difere de vários modos daquela dos *Contos inacabados*, alguns deles derivados do estudo muito mais completo do descomunal complexo de manuscritos que empreendi depois da publicação daquele livro. Isso me levou a conclusões diferentes sobre as relações e a sequência de alguns textos, em especial na evolução, extremamente desconcertante, da lenda no período de "Túrin entre os Proscritos". Segue-se aqui uma descrição e uma explicação de como foi composto esse novo texto de *Os filhos de Húrin*.

Um elemento importante em tudo isso é a condição peculiar de *O Silmarillion* publicado, pois, como mencionei na primeira parte deste Apêndice, meu pai abandonou o *Quenta Silmarillion* no ponto que alcançara (Túrin tornando-se proscrito depois de fugir de Doriath) quando começou *O Senhor dos Anéis*, em 1937. Ao estabelecer uma narrativa para a obra publicada, fiz extenso uso de *The Annals of Beleriand* [Os anais de Beleriand], originalmente um "Conto dos Anos", mas que em versões sucessivas cresceu e se expandiu em narrativa de anais, em desenvolvimento paralelo aos sucessivos manuscritos do "Silmarillion", e que se estendeu até a libertação de Húrin por Morgoth após a morte de Túrin e Niënor.

Assim, o primeiro trecho que omiti da versão do *Narn i Chîn Húrin* nos *Contos inacabados* (p. 50 e nota 1)* é o relato da permanência de Húrin e Huor em Gondolin quando eram jovens. Fiz isso simplesmente porque a história é contada em *O Silmarillion* (pp. 198-9)**. No entanto meu pai escreveu de fato duas versões: uma delas era expressamente destinada à abertura do *Narn*, mas baseava-se muito fortemente em um trecho de *The Annals of Beleriand*, e na verdade pouco difere dele na maior parte de sua extensão. Em *O Silmarillion* usei ambos os textos, mas aqui segui a versão do *Narn*.

---

* As referências aos *Contos inacabados* são da tradução brasileira publicada pela Martins Fontes (São Paulo, 2002). (N. do T.)

** As referências a *O Silmarillion* são da tradução brasileira publicada pela Martins Fontes (São Paulo, 1999). (N. do T.)

O segundo trecho que omiti do *Narn* nos *Contos inacabados* (p. 60, nota 2) é o relato da Batalha das Lágrimas Sem Conta, uma omissão feita pela mesma razão. Aqui, mais uma vez, meu pai escreveu duas versões, uma nos *Annals* e outra, muito mais tardia, mas cotejada com o texto dos *Annals* e seguida de perto em sua maior parte. Essa outra narrativa da grande batalha era, mais uma vez, destinada expressamente a ser um elemento constituinte do *Narn* (o texto é encabeçado como *Narn II*, isto é, a segunda seção do *Narn*), que diz em seu começo (p. 56 no texto deste livro): "Aqui, portanto, hão de ser relatados somente os feitos que dizem respeito ao destino da Casa de Hador e dos filhos de Húrin, o Inabalável." Nesse sentido, meu pai manteve do relato dos *Annals* apenas a descrição da "batalha no oeste" e da destruição da hoste de Fingon. Com essa simplificação e redução da narrativa, ele alterou o decurso da batalha conforme contado nos *Annals*. Em *O Silmarillion*, é claro que segui os *Annals*, porém com alguns traços retirados da versão do *Narn*. Neste livro, porém, ative-me ao texto que meu pai imaginava ser apropriado ao *Narn* como um todo.

A partir de "Túrin em Doriath" o novo texto está bastante mudado em relação ao que consta dos *Contos inacabados*. Existe aqui um conjunto de escritos, em grande parte muito toscos, que tratam dos mesmos elementos narrativos em diferentes etapas de evolução, e em tal caso obviamente é possível assumir visões diferentes sobre o modo como deve ser tratado o material original. Cheguei à conclusão de que, quando compus o texto dos *Contos inacabados*, permiti-me uma liberdade editorial maior do que era necessário. Neste livro reconsiderei os manuscritos originais e reconstituí o texto, tendo em muitos lugares (normalmente bem secundários) restaurado as palavras originais, introduzido sentenças ou trechos breves que não deveriam ter sido omitidos, corrigido alguns poucos erros e realizado diferentes escolhas entre as leituras originais.

No que diz respeito à estrutura da narrativa nesse período da vida de Túrin, sua fuga de Doriath para o covil dos proscritos em Amon Rûdh, meu pai tinha em mente certos "elementos" narrativos: o julgamento de Túrin diante de Thingol, os presentes de Thingol e Melian para Beleg, o mau tratamento de Beleg pelos proscritos na ausência de Túrin e os encontros de Túrin e Beleg. Ele movia esses "elementos" entre si e colocava trechos de diálogo em diferentes contextos, mas achava difícil compô-los em uma "trama" estabelecida – "descobrir o que realmente aconteceu". Mas agora parece-me claro, após muitos estudos adicionais, que meu pai conseguiu uma estrutura e sequência satisfatórias dessa parte da história antes de abandoná-la e também que a narrativa, em forma muito reduzida, que compus para *O Silmarillion* publicado, está de acordo com isso – mas com uma diferença.

Nos *Contos inacabados* há uma terceira lacuna na narrativa, na p. 100: a história se interrompe no ponto em que Beleg, tendo finalmente encontrado Túrin entre os proscritos, não consegue persuadi-lo a voltar para Doriath (pp. 123-8 do novo texto), e só é retomada quando os proscritos encontram os ananos-miúdos. Aqui mais uma vez fiz referência a *O Silmarillion* para preencher a lacuna, notando que na história segue-se o adeus de Beleg a Túrin e seu retorno a Menegroth, "onde recebeu a espada Anglachel de Thingol e *lembas* de Melian". Mas na verdade é possível demonstrar que meu pai rejeitou isto, pois "o que realmente aconteceu" foi que Thingol deu Anglachel a Beleg após o julgamento de Túrin, na primeira vez em que Beleg partiu para encontrá-lo. Portanto, no presente texto a doação da espada está colocada nesse ponto (p. 103), e não há ali menção a *lembas*. No trecho posterior, quando Beleg voltou a Menegroth depois de encontrar Túrin, é claro que não há referência a Anglachel no novo texto, mas apenas ao presente de Melian.

Este é um ponto conveniente para observar que omiti do texto dois trechos que incluí nos *Contos inacabados*, mas que são parênteses na narrativa: trata-se da história de como o Elmo do Dragão foi parar nas mãos de Hador de Dor-lómin (*Contos inacabados*, p. 72) e da origem de Saeros (*Contos inacabados*, p. 75). Incidentalmente, parece certo, a partir de uma compreensão mais precisa das relações entre os manuscritos, que meu pai rejeitou o nome *Saeros* e o substituiu por *Orgol*, que por "acidente linguístico" coincide com o antigo inglês *orgol*, *orgel*, "orgulho". No entanto, parece-me que agora é tarde demais para remover *Saeros*.

A principal lacuna da narrativa tal como está nos *Contos inacabados* (p. 111) é preenchida no novo texto nas páginas 153 a 195, começando no fim de "Sobre o Anano Mîm" e prosseguindo em "A Terra do Arco e do Elmo", "A morte de Beleg", "Túrin em Nargothrond" e "A queda de Nargothrond".

Nessa parte da "saga de Túrin" existe uma relação complexa entre os manuscritos originais, a história conforme contada em *O Silmarillion*, os trechos desconexos coletados no apêndice do *Narn* nos *Contos inacabados* e o novo texto neste livro. Sempre supus que seria a intenção de meu pai, no final das contas, quando tivesse completado satisfatoriamente o "grande conto" de Túrin, derivar dele uma forma muito mais breve da história no que se pode chamar de "modo *Silmarillion*". Mas é claro que isso não ocorreu, e por isso empreendi, já faz mais de trinta anos, a estranha tarefa de tentar simular o que ele não fizera: escrever uma versão "Silmarillion" da última versão da história, derivada dos materiais heterogêneos da "versão longa", do *Narn*. Esse é o Capítulo XXI de *O Silmarillion* publicado.

Assim, o texto deste livro que preenche a longa lacuna da história que consta dos *Contos inacabados* deriva dos mesmos materiais originais que o trecho correspondente de *O Silmarillion* (pp. 260-74), mas eles são usados para um fim diferente em cada caso, e no novo texto há uma melhor compreensão do labirinto de rascunhos e notas e de sua sequência. Muita coisa continua disponível dos manuscritos originais que em *O Silmarillion* foi omitida ou comprimida. Porém, quando nada havia a acrescentar à versão *Silmarillion* (como na história da morte de Beleg, derivada dos *Annals of Beleriand*), essa versão é simplesmente repetida.

Como resultado, apesar de eu ter precisado introduzir aqui e ali trechos de conexão ao remontar diferentes rascunhos, não há no texto mais longo aqui apresentado nenhum elemento de "invenção" estranha, por mais insignificante que seja. Ainda assim o texto é artificial, como não poderia deixar de ser, muito especialmente levando em conta que esse grande corpo de manuscritos representa uma evolução contínua da história efetiva. Rascunhos essenciais à formação de uma narrativa ininterrupta podem de fato pertencer a uma etapa mais primitiva. Assim, para dar um exemplo de um ponto mais próximo do início, um texto primário contando a história da chegada do bando de Túrin ao morro de Amon Rûdh, da habitação que encontraram nele, de sua vida ali e do sucesso efêmero da terra de Dor-Cúarthol foi escrito antes de haver qualquer indício dos ananos-miúdos – na verdade uma descrição plenamente desenvolvida da casa de Mîm sob o cume aparece antes do próprio Mîm.

No restante da história, a partir da volta de Túrin a Dor-lómin, ao qual meu pai deu forma acabada, naturalmente existem pouquíssimas diferenças em relação ao texto dos *Contos inacabados*. Mas há duas situações, detalhes, no relato do ataque contra Glaurung em Cabed-en-Aras em que emendei as palavras originais e que deveriam ser explicadas.

A primeira diz respeito à geografia. Está dito (p. 248) que, quando Túrin e seus companheiros partiram de Nen Girith naquela tarde fatídica, não seguiram direto na direção do Dragão, deitado na margem oposta da ravina, mas tomaram primeiro a trilha rumo às Travessias do Teiglin. E "depois, antes de chegarem lá, voltaram-se para o sul por uma trilha estreita" e passaram pelos bosques acima do rio rumo a Cabed-en-Aras. Enquanto se aproximavam, no texto original do trecho, "as primeiras estrelas luziam no leste atrás deles".

Quando preparei o texto para os *Contos inacabados* não observei que isso não poderia estar certo, uma vez que certamente não estavam se movendo na direção do oeste, e sim do leste ou sudeste, afastando-se das Travessias, e as primeiras estrelas no leste deveriam estar diante deles, não atrás. Quando discuti isso em *The War of the Jewels* (1994, p. 157), aceitei a sugestão de que a "trilha estreita" que rumava para o sul fazia outra volta rumo ao oeste para alcançar o Teiglin. Mas agora isso me parece improvável, visto que não tem razão de ser na narrativa, e uma solução muito mais simples é emendar "atrás deles" para "à frente deles", como fiz no novo texto.

O esboço de mapa que desenhei nos *Contos inacabados* (p. 466) para ilustrar as relações geográficas não está na verdade bem orientado. Pode-se ver no mapa de Beleriand

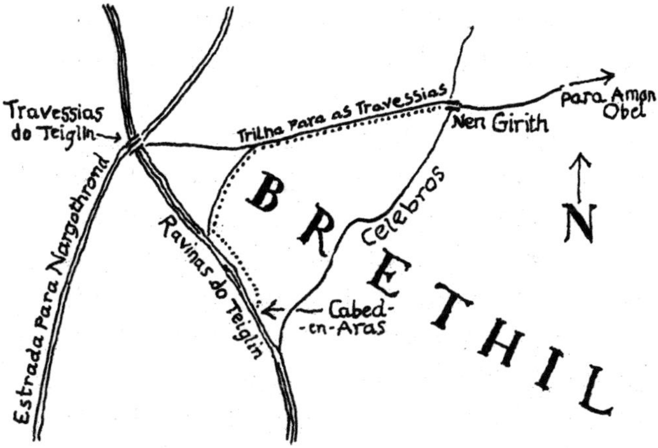

feito por meu pai, e assim está reproduzido em meu mapa para *O Silmarillion*, que Amon Obel ficava quase exatamente a leste das Travessias do Teiglin ("a lua se ergueu para além de Amon Obel", p. 259), e que o Teiglin corria para sudeste ou sul-sudeste nas ravinas. Redesenhei agora o esboço de mapa e marquei também o local aproximado de Cabed-en-Aras (está dito no texto, p. 242, que "bem na trajetória de Glaurung ficava agora uma dessas gargantas, não exatamente a mais profunda e sim a mais estreita, ao norte da confluência do Celebros").

A segunda situação diz respeito à história de como foi morto Glaurung na travessia da ravina. Existem um rascunho e uma versão final. No rascunho, Túrin e seus companheiros escalaram o lado oposto do precipício até chegarem abaixo da beira. Ficaram suspensos ali enquanto a noite passava, e Túrin "lutou com escuros sonhos de pavor em que toda a sua vontade era entregue a se agarrar e segurar". Quando chegou o dia, Glaurung preparou-se para atravessar em um ponto "muitos passos ao norte", e portanto Túrin teve de descer até o leito do rio e depois escalar o penhasco novamente, para se postar abaixo do ventre do Dragão.

Na versão final (p. 253) Túrin e Hunthor só haviam escalado parte da margem oposta quando Túrin disse que estavam desperdiçando forças subindo naquela hora, antes de saberem onde Glaurung iria atravessar. "Portanto detiveram-se e esperaram." Não está dito que desceram de onde estavam quando pararam de escalar, e o trecho que trata do sonho de Túrin "em que toda a sua vontade era entregue a se agarrar" ressurge do texto-rascunho. Na história revista não havia necessidade de se agarrarem: podiam descer, e certamente teriam descido até o leito e esperado ali. De fato foi o que fizeram: está dito no texto final (*Contos inacabados*, p. 150) que não estavam na trajetória de Glaurung e que Túrin "moveu-se pela beira da água para se postar debaixo dele". Parece, portanto, que a história final retém uma peculiaridade desnecessária do rascunho anterior. Para conferir-lhe coerência, substituí (p. 255) "por não estarem de pé exatamente na trajetória de Glaurung" por "por não estarem exatamente na trajetória de Glaurung", e "moveu-se pela beira da água" por "moveu-se ao longo do penhasco".

São questões menores, mas que elucidam o que talvez sejam as cenas mais nitidamente visualizadas das lendas dos Dias Ancestrais, e um de seus maiores eventos.

LISTA DE NOMES EM *O CONTO DOS FILHOS DE HÚRIN*

Os nomes que constam do mapa de Beleriand são seguidos de um asterisco.

Adanedhel	"Homem-Elfo", nome dado a Túrin em Nargothrond.
Aerin	Parenta de Húrin em Dor-lómin, desposada por Brodda, o Lestense.
Agarwaen	"Sujo de Sangue", nome adotado por Túrin quando chegou a Nargothrond.
Ainur	"Os Sagrados", primeiros seres criados por Ilúvatar, que existiam antes do Mundo: os Valar e os Maiar ("espíritos da mesma ordem que os Valar, mas de menor grau").
Algund	Homem de Dor-lómin, membro do bando de proscritos a que Túrin se juntou.
*Altos Faroth, Os**	Planalto a oeste do rio Narog, acima de Nargothrond; também *os Faroth*.
*Amon Darthir**	Um pico na cordilheira de Ered Wethrin, ao sul de Dor-lómin.
Amon Ethir	"Morro dos Espiões", grande fortificação de terra erguida por Finrod Felagund uma légua a leste de Nargothrond.
*Amon Obel**	Um morro no meio da Floresta de Brethil, sobre o qual foi construído Ephel Brandir.

*Amon Rûdh**	"O Morro Calvo", uma elevação solitária nas terras ao sul de Brethil, habitação de Mîm.
*Anach**	Passagem que descia de Taur-nu-Fuin na extremidade ocidental de Ered Gorgoroth.
Ananos-miúdos	Uma raça de ananos na Terra-média, da qual Mîm e seus dois filhos eram os últimos sobreviventes.
Andróg	Homem de Dor-lómin, líder do bando de proscritos a que Túrin se juntou.
*Anfauglith**	"Poeira Sufocante", a grande planície ao norte de Taur-nu-Fuin, outrora relvada e chamada *Ard-galen,* mas transformada em deserto por Morgoth na Batalha das Chamas Repentinas.
Angband	A grande fortaleza de Morgoth no noroeste da Terra-média.
Anglachel	Espada de Beleg, presente de Thingol; depois de reforjada para Túrin chamou-se *Gurthang.*
Angrod	Terceiro filho de Finarfin, morto na Dagor Bragollach.
Anguirel	Espada de Eöl.
Ano da Lamentação	O ano da *Nirnaeth Arnoediad.*
Aranrúth	"Ira do Rei", espada de Thingol.

Arcoforte	Nome de Beleg; ver *Cúthalion*.
Arda	A Terra.
Aredhel	Irmã de Turgon, esposa de Eöl.
Arminas	Elfo noldorin que foi com Gelmir a Nargothrond para alertar Orodreth do seu perigo.
Arroch	Cavalo de Húrin.
*Arvernien**	As terras costeiras de Beleriand a oeste das Fozes do Sirion; mencionadas na canção de Bilbo em Valfenda.
Asgon	Homem de Dor-lómin que ajudou a fuga de Túrin depois que este matou Brodda.
Azaghâl	Senhor dos ananos de Belegost.
Bar Erib	Um baluarte de Dor-Cúarthol ao sul de Amon Rûdh.
Bar-en-Danwedh	"Casa do Resgate", nome dado por Mîm à sua casa.
Bar-en-Nibin-noeg	"Casa dos ananos-miúdos" em Amon Rûdh.
Barad Eithel	"Torre do Poço", a fortaleza dos noldor em Eithel Sirion.
Baragund	Pai de Morwen; primo de Beren.
Barahir	Pai de Beren; irmão de Bregolas.
Bárbaro dos Bosques	Nome assumido por Túrin quando chegou entre os homens de Brethil.

Batalha das Lágrimas Sem Conta Ver *Nirnaeth Arnoediad.*

Bauglir	"O Constrangedor", nome dado a Morgoth.
Beleg	Elfo de Doriath, grande arqueiro; amigo e companheiro de Túrin. Chamado de *Cúthalion* "Arcoforte".
Belegost	"Grande Fortaleza", uma das duas cidades dos ananos nas Montanhas Azuis.
Belegund	Pai de Rían; irmão de Baragund.
*Beleriand**	Terras a oeste das Montanhas Azuis nos Dias Ancestrais.
Belo Povo	Os eldar.
Belthronding	Arco de Beleg.
Bëor	Líder dos primeiros homens a entrar em Beleriand; progenitor da Casa de Bëor, uma das três Casas dos Edain.
Beren	Homem da Casa de Bëor, enamorado de Lúthien, que cortou uma Silmaril da coroa de Morgoth; chamado de "Maneta" e *Camlost* "Mão Vazia".
Bragollach	Ver *Dagor Bragollach.*
Brandir	Governante do Povo de Haleth em Brethil quando Túrin chegou; filho de Handir.
Bregolas	Pai de Baragund; avô de Morwen.
Bregor	Pai de Barahir e Bregolas.

*Brejos do Crepúsculo** Região de pântanos e lagoas onde o Aros confluía com o Sirion.

*Brethil** Floresta entre os rios Teiglin e Sirion; *Homens de Brethil*, o Povo de Haleth.

*Brithiach** Vau do Sirion ao norte da Floresta de Brethil.

Brodda Um lestense em Hithlum após a Nirnaeth Arnoediad.

Cabeças de Palha Nome dado ao Povo da Hador pelos lestenses em Hithlum.

Cabed Naeramarth "O Salto do Destino Terrível", nome dado a Cabed-en-Aras depois que Niënor saltou de seu penhasco.

Cabed-en-Aras "O Salto do Cervo", uma profunda garganta do rio Teiglin onde Túrin matou Glaurung.

Celebros Rio de Brethil que caía no Teiglin perto das Travessias.

Cinturão de Melian Ver *Melian*.

Círdan Chamado de "o Armador"; senhor dos Falas; na destruição dos Portos após a Nirnaeth Arnoediad, escapou para a ilha de Balar, no sul.

*Crissaegrim** Os picos montanhosos ao sul de Gondolin, onde ficavam os ninhos de Thorondor.

Cúthalion "Arcoforte", nome de Beleg.

Daeron	Menestrel de Doriath.
Dagor Bragollach (também *a Bragollach*)	A Batalha das Chamas Repentinas, em que Morgoth encerrou o Sítio a Angband.
*Dimbar**	A terra entre os rios Sirion e Mindeb.
Dimrost	"A Escada Chuvosa", a cascata do Celebros na Floresta de Brethil, depois chamada de *Nen Girith*.
Dor-Cúarthol	"Terra do Arco e do Elmo", nome dado à região defendida por Túrin e Beleg desde seu covil em Amon Rûdh.
*Dor-lómin**	Região no sul de Hithlum dada pelo Rei Fingolfin, como feudo, à Casa de Hador; pátria de Húrin e Morwen.
*Doriath**	O reino de Thingol e Melian nas florestas de Neldoreth e Region, governado a partir de Menegroth, no rio Esgalduin.
Dorlas	Um homem importante entre o Povo de Haleth na Floresta de Brethil.
*Dorthonion**	"Terra dos Pinheiros", grande planalto arborizado nos limites setentrionais de Beleriand, depois chamado *Taur-nu-Fuin*.
*Drengist**	Longo estuário marítimo que penetra em Ered Lómin, as Montanhas Ressoantes.

Echad i Sedryn	(também *o Echad*) "Acampamento dos Fiéis", nome dado à casa de Mîm em Amon Rûdh.
Ecthelion	Senhor élfico de Gondolin.
Edain	(singular *adan*) Os homens das Três Casas dos amigos dos elfos.
*Eithel Ivrin**	"Poço de Ivrin", a nascente do rio Narog abaixo de Ered Wethrin.
*Eithel Sirion**	"Poço do Sirion", na face oriental de Ered Wethrin; a fortaleza dos noldor naquele lugar, também chamada de *Barad Eithel.*
Eldalië	O povo élfico, equivalente a *eldar.*
Eldar	Os elfos da Grande Viagem do Leste para Beleriand.
Eledhwen	Nome de Morwen, "Brilho Élfico".
Elfos Cinzentos	Os sindar, nome dado aos eldar que permaneceram em Beleriand e não atravessaram o Grande Mar rumo ao Oeste.
Eöl	Chamado de "o Elfo Escuro", um grande ferreiro que vivia em Nan Elmoth; artífice da espada Anglachel; pai de Maeglin.
Ephel Brandir	"O Cercado de Brandir", as moradias cercadas dos homens de Brethil em Amon Obel; também *o Ephel.*

*Ered Gorgoroth** — "Montanhas de Terror", os vastos precipícios em que Taur-nu-Fuin caía para o sul; também *as Gorgoroth*.

Ered Wethrin — "Montanhas da Sombra", a grande cordilheira que formava o limite de Hithlum a leste e ao sul.

*Esgalduin** — O rio de Doriath, que dividia as florestas de Neldoreth e Region e confluía com o Sirion.

Espada Negra, O — Nome de Túrin em Nargothrond; também a própria espada. Ver *Mormegil*.

*Estrada do Sul** — A antiga estrada de Tol Sirion a Nargothrond pelas Travessias do Teiglin.

Exilados, Os — Os noldor que se rebelaram contra os Valar e retornaram à Terra-média.

Faelivrin — Nome dado a Finduilas por Gwindor.

*Falas** — As terras costeiras de Beleriand no oeste.

Fëanor — Filho mais velho de Finwë, o primeiro líder dos noldor; meio-irmão de Fingolfin; artífice das Silmarils; líder dos noldor em sua rebelião contra os Valar, mas morto em batalha logo após

	sua volta à Terra-média. Ver *Filhos de Fëanor.*
Felagund	"Escavador de Grutas", nome dado ao Rei Finrod após o estabelecimento de Nargothrond, e frequentemente usado por si só.
Filhos de Fëanor	Ver *Fëanor.* Os sete filhos dominavam terras em Beleriand Oriental.
Filhos de Ilúvatar	Os elfos e os homens.
Filhos Mais Novos	Os homens. Ver *Filhos de Ilúvatar.*
Filhos Mais Velhos	Os elfos. Ver *Filhos de Ilúvatar.*
Finarfin	Terceiro filho de Finwë, irmão de Fingolfin e meio-irmão de Fëanor; pai de Finrod Felagund e Galadriel. Finarfin não retornou à Terra-média.
Finduilas	Filha de Orodreth, segundo Rei de Nargothrond.
Fingolfin	Segundo filho de Finwë, o primeiro líder dos noldor; Rei Supremo dos noldor, habitando em Hithlum; pai de Fingon e Turgon.
Fingon	Filho mais velho do Rei Fingolfin e Rei Supremo dos noldor após sua morte.
Finrod	Filho de Finarfin; fundador e rei de Nargothrond, irmão de Orodreth e

	Galadriel; frequentemente chamado de *Felagund.*
Forweg	Homem de Dor-lómin, capitão do bando de proscritos a que Túrin se juntou.
Galdor, o Alto	Filho de Hador Cabeça-dourada; pai de Húrin e Huor; morto em Eithel Sirion.
Gamil Zirak	Ferreiro anânico, mestre de Telchar de Nogrod.
Gaurwaith	"Homens Lobos", o bando de proscritos a que Túrin se juntou nas florestas além dos limites ocidentais de Doriath.
Gelmir (1)	Elfo de Nargothrond, irmão de Gwindor.
Gelmir (2)	Elfo noldorin que foi com Arminas a Nargothrond para alertar Orodreth do seu perigo.
Gethron	Um dos companheiros de Túrin na viagem a Doriath.
*Ginglith**	Rio que confluía com o Narog acima de Nargothrond.
Glaurung	"Pai dos Dragões", o primeiro dos Dragões de Morgoth.
*Glithui**	Rio que descia de Ered Wethrin e confluía com o Teiglin ao norte da confluência do Malduin.

Glóredhel	Filha de Hador, irmã de Galdor, pai de Húrin; esposa de Haldir de Brethil.
Glorfindel	Senhor élfico de Gondolin.
*Gondolin**	A cidade oculta do Rei Turgon.
Gorgoroth	Ver *Ered Gorgoroth*.
Gorthol	"Elmo do Terror", nome assumido por Túrin na terra de Dor--Cúarthol.
Gothmog	Senhor dos balrogs; matador do Rei Fingon.
Grande Canção, A	A Música dos Ainur, em que o Mundo teve início.
Grande Túmulo, O	Ver *Haudh-en-Nirnaeth*.
Grithnir	Um dos companheiros de Túrin na viagem a Doriath, onde ele morreu.
Guilin	Elfo de Nargothrond, pai de Gwindor e Gelmir.
Gurthang	"Ferro da Morte", nome dado por Túrin à espada Anglachel depois que esta foi reforjada em Nargothrond.
Gwaeron	O "mês ventoso", março.
Gwindor	Elfo de Nargothrond, enamorado de Finduilas, companheiro de Túrin.
Hador Cabeça-dourada	Amigo dos elfos, senhor de Dor-lómin, vassalo do Rei

	Fingolfin; pai de Galdor, pai de Húrin e Huor; morto em Eithel Sirion na Dagor Bragollach. *Casa de Hador*, uma das Casas dos Edain.
Haldir	Filho de Halmir de Brethil; desposou Glóredhel, filha de Hador de Dor-lómin.
Haleth	A Senhora Haleth, que cedo se tornou líder da Segunda Casa dos Edain, os *Halethrim* ou *o Povo de Haleth*, que habitava na Floresta de Brethil.
Halmir	Senhor dos homens de Brethil.
Handir de Brethil	Filho de Haldir e Glóredhel; pai de Brandir.
Hareth	Filha de Halmir de Brethil, esposa de Galdor de Dor-lómin; mãe de Húrin.
Haudh-en-Elleth	"O Túmulo da Donzela-elfo" perto das Travessias do Teiglin, onde foi sepultada Finduilas.
Haudh-en-Nirnaeth	"A Colina das Lágrimas" no deserto de Anfauglith.
Hírilorn	Uma grande faia na Floresta de Neldoreth, com três troncos.
*Hithlum**	"Terra da Névoa", região setentrional limitada pelas Montanhas da Sombra.
Homens da Floresta	Moradores das florestas ao sul do Teiglin, pilhados pelos Gaurwaith.

Homens-Lobos	Ver *Gaurwaith*.
Hunthor	Homem de Brethil, companheiro de Túrin no ataque contra Glaurung.
Huor	Irmão de Húrin; pai de Tuor, pai de Eärendil; morto na Batalha das Lágrimas Sem Conta.
Húrin	Senhor de Dor-lómin, marido de Morwen e pai de Túrin e Niënor; chamado de *Thalion*, "o Inabalável".
Ibun	Um dos filhos de Mîm, o anano-miúdo.
Ilha de Sauron	Tol Sirion.
Ilúvatar	"O Pai de Tudo".
Indor	Homem de Dor-lómin, pai de Aerin.
Inimigo, O	Morgoth.
*Ivrin**	Lago e cascata sob Ered Wethrin onde nascia o rio Narog.
Khîm	Um dos filhos de Mîm, o anano-miúdo, morto pela flecha de Andróg.
Labadal	Nome dado por Túrin a Sador.
*Ladros**	Terras a nordeste de Dorthonion que foram concedidas pelos reis noldorin aos homens da Casa de Bëor.

Lágrimas Sem Conta	A batalha de *Nirnaeth Arnoediad.*
Lalaith	"Riso", nome dado a Urwen.
Larnach	Um dos homens da floresta nas terras ao sul do Teiglin.
Lestenses	Tribos de homens que seguiram os edain para Beleriand.
Lothlann	Uma grande planície a leste de Dorthonion (*Taur-nu-Fuin*).
Lothron	O quinto mês.
Lúthien	Filha de Thingol e Melian, que após a morte de Beren decidiu tornar-se mortal e compartilhar seu destino. Chamada de *Tinúviel*, "filha do crepúsculo", rouxinol.
Mablung	Elfo de Doriath, principal capitão de Thingol, amigo de Túrin; chamado de "o Caçador".
Maedhros	Filho mais velho de Fëanor, com terras no leste além de Dorthonion.
Maeglin	Filho de Eöl, "o Elfo Escuro", e Aredhel, irmã de Turgon; traidor de Gondolin.
*Malduin**	Um afluente do Teiglin.
Mandos	Um Vala: o Juiz, Guardião das Casas dos Mortos em Valinor.
Manwë	O principal Vala; chamado de *Rei Mais Velho.*

Melian — Uma Maia (ver o verbete *Ainur*); a rainha do Rei Thingol em Doriath, terra em torno da qual ela pôs uma barreira invisível de proteção, o Cinturão de Melian; mãe de Lúthien.

Melkor — O nome em quenya de Morgoth.

*Menegroth** — "As Mil Cavernas", os salões de Thingol e Melian no rio Esgalduin em Doriath.

Menel — Os céus, região das estrelas.

Methed-en-glad — "Fim da floresta", um baluarte de Dor-Cúarthol na beira da floresta ao sul do Teiglin.

Mîm — O anano-miúdo que vivia em Amon Rûdh.

Minas Tirith — "Torre da Vigia", construída por Finrod Felagund em Tol Sirion.

*Mindeb** — Um afluente do Sirion, entre Dimbar e a Floresta de Neldoreth.

*Mithrim** — A região sudeste de Hithlum, separada de Dor-lómin pelas Montanhas de Mithrim.

Montanhas Azuis — A grande cordilheira (chamada de *Ered Luin* e *Ered Lindon*) entre Beleriand e Eriador nos Dias Ancestrais.

Montanhas Circundantes — As montanhas em volta de Tumladen, a planície de Gondolin.

*Montanhas da Sombra** Ver *Ered Wethrin.*

Montanhas de Sombra Ver *Ered Wethrin.*

Morgoth	O grande Vala rebelde, originalmente o mais forte dos Poderes; chamado de *o Inimigo, o senhor da Escuridão, o Rei Negro, Bauglir.*
Mormegil	"Espada Negra", nome dado a Túrin em Nargothrond.

Morro dos Espiões, O Ver *Amon Ethir.*

Morwen	Filha de Baragund da Casa de Bëor; esposa de Húrin e mãe de Túrin e Niënor; chamada de *Eledhwen* "Brilho Élfico" e *Senhora de Dor-lómin.*
*Nan Elmoth**	Uma floresta em Beleriand Oriental; morada de Eöl.
*Nargothrond**	"A grande fortaleza subterrânea no rio Narog", fundada por Finrod Felagund, destruída por Glaurung; também o reino de Nargothrond, estendendo-se a leste e oeste do rio.
*Narog**	O principal rio de Beleriand Oriental, que nascia em Ivrin e confluía com o Sirion perto de suas fozes. *Povo de Narog,* os elfos de Nargothrond.

Neithan	"O Injustiçado", nome que Túrin deu a si próprio entre os proscritos.
Nellas	Elfa de Doriath, amiga de Túrin em sua infância.
Nen Girith	"Águas Trêmulas", nome dado a Dimrost, a cascata do Celebros em Brethil.
Nen Lalaith	Rio que nascia sob Amon Darthir, um pico de Ered Wethrin, e passava pela casa de Húrin em Dor-lómin.
*Nenning**	Rio em Beleriand Ocidental, que alcançava o Mar no Porto de Eglarest.
*Nevrast**	Região a oeste de Dor-lómin, além das Montanhas Ressoantes* (*Ered Lómin*).
Nibin-noeg, Nibin-nogrim	Ananos-miúdos.
Niënor	"Lamentação", filha de Húrin e Morwen, e irmã de Túrin; ver *Níniel.*
*Nimbrethil**	Bosques de bétulas em Arvernien; mencionados na canção de Bilbo em Valfenda.
Níniel	"Donzela das Lágrimas", nome que Túrin deu a Niënor em Brethil.
Nirnaeth Arnoediad	A Batalha das "Lágrimas Sem Conta", também *a Nirnaeth.*

Nogrod	Uma das duas cidades dos ananos nas Montanhas Azuis.
Noldor	A segunda hoste dos eldar na Grande Viagem do Leste para Beleriand; os "Elfos Profundos", "os Mestres da Tradição".
*Núath, Bosques de**	Bosques que se estendiam para o oeste desde as águas superiores do Narog.
Orleg	Um homem do bando de proscritos de Túrin.
Orodreth	Rei de Nargothrond após a morte de seu irmão Finrod Felagund; pai de Finduilas.
Ossë	Um Maia (ver verbete *Ainur*); vassalo de Ulmo, Senhor das Águas.
*Planície Protegida, A**	Ver *Talath Dirnen*.
Poderes, Os	Os Valar.
Ragnir	Um serviçal cego na casa de Húrin em Dor-lómin.
*Region**	A floresta meridional de Doriath.
Rei Negro, O	Morgoth.
Reino Oculto, O	Doriath; também Gondolin.
Reino Protegido, O	Doriath.
Rían	Prima de Morwen; esposa de Huor, irmão de Húrin; mãe de Tuor.

*Rivil**	Rio que caía de Dorthonion para confluir com o Sirion no Pântano de Serech.
Sador	Artífice de madeira, criado de Húrin em Dor-lómin e amigo de Túrin na sua infância, chamado por este de *Labadal*.
Saeros	Elfo de Doriath, conselheiro de Thingol, hostil a Túrin.
Salto do Cervo, O	Ver *Cabed-en-Aras*.
Senhor das Águas	O Vala Ulmo.
Senhor do Escuro, O	Morgoth.
Senhora de Dor-lómin	Morwen.
Senhores do Oeste	Os Valar.
*Serech**	O grande pântano ao norte da Passagem do Sirion, aonde o rio Rivil chegava vindo de Dorthonion.
Sharbhund	Nome anânico de Amon Rûdh.
Sindarin	Élfico-cinzento, o idioma élfico de Beleriand. Ver *Elfos Cinzentos*.
*Sirion**	O grande rio de Beleriand, que nascia em Eithel Sirion.
*Talath Dirnen**	"A Planície Protegida" ao norte de Nargothrond.
*Taur-nu-Fuin**	"Floresta sob a Noite", nome tardio de Dorthonion.

*Teiglin**	Um afluente do Sirion que nascia nas Montanhas de Sombra e fluía através da Floresta de Brethil. Ver *Travessias do Teiglin.*
Telchar	Renomado ferreiro de Nogrod.
Telperion	A Árvore Branca, mais velha das Duas Árvores que davam luz a Valinor.
Thangorodrim	"Montanhas da Tirania", erguidas por Morgoth acima de Angband.
Thingol	"Capa Cinzenta", Rei de Doriath, senhor supremo dos elfos cinzentos (sindar); casado com Melian, a Maia; pai de Lúthien.
Thorondor	"Rei das Águias" (cf. *O Retorno do Rei* VI.4: "[o] velho Thorondor, que construíra seus ninhos elevados nos picos inacessíveis das Montanhas Circundantes quando a Terra-média era jovem").
Thurin	"O Secreto", nome dado a Túrin por Finduilas.
*Tol Sirion**	Ilha fluvial na Passagem do Sirion, onde Finrod construiu a torre de Minas Tirith, posteriormente tomada por Sauron.
*Travessias do Teiglin**	Vaus onde a velha Estrada do Sul para Nargothrond atravessava o Teiglin.

Três Casas (dos Edain) As Casas de Bëor, Haleth e Hador.

*Tumhalad** Vale em Beleriand Ocidental entre os rios Ginglith e Narog, onde foi derrotada a hoste de Nargothrond.

Tumladen O vale oculto nas Montanhas Circundantes onde se erguia a cidade de Gondolin.

Tuor Filho de Huor e Rían; primo de Túrin e pai de Eärendil.

Turambar "Senhor do Destino", nome assumido por Túrin entre os homens de Brethil.

Turgon Segundo filho do Rei Fingolfin e irmão de Fingon; fundador e rei de Gondolin.

Túrin Filho de Húrin e Morwen, principal personagem da balada chamada *Narn i Chîn Húrin*. Para seus outros nomes ver *Neithan*, *Gorthol*, *Agarwaen*, *Thurin*, *Adanedhel*, *Mormegil* (*Espada Negra*), *Bárbaro dos Bosques*, *Turambar*.

Uldor, o Amaldiçoado Um líder dos lestenses que foi morto na Batalha das Lágrimas Sem Conta.

Ulmo Um dos grandes Valar, "Senhor das Águas".

Ulrad	Um membro do bando de proscritos a que Túrin se juntou.
Úmarth	"Desafortunado", um nome fictício de seu pai mencionado por Túrin em Nargothrond.
Urwen	Filha de Húrin e Morwen que morreu na infância; chamada de *Lalaith*, "Riso".
Valar	"Os Poderes", os grandes espíritos que entraram no Mundo no começo dos tempos.
Valinor	A terra dos Valar no Oeste, além do Grande Mar.
Varda	A maior dentre as Rainhas dos Valar, esposa de Manwë.

NOTA SOBRE O MAPA

Este mapa baseia-se fortemente no de *O Silmarillion* publicado, que por sua vez derivou do mapa que meu pai fez na década de 1930, e que nunca substituiu, usando-o em todo o seu trabalho subsequente. As representações formalizadas, e obviamente muito seletivas, das montanhas, dos morros e das florestas são imitações de seu estilo.

Neste redesenho introduzi certas diferenças, destinadas a simplificá-lo e torná-lo mais expressamente aplicável ao conto de *Os filhos de Húrin*. Assim, ele não se estende para o leste de modo a incluir Ossiriand e as Montanhas Azuis, e certos acidentes geográficos foram omitidos; além disso (com algumas exceções), estão assinalados apenas os nomes que de fato aparecem no texto da narrativa.

Montanhas Ressoantes
HITHLUM
Montanhas de Mithrim
Estuário de Drengist
DOR-LÓMIN
Amon Darthir
NEVRAST
Eithel Ivrin
Vinyamar
Bosques de Núath
Rio Gimglith
Rio Narog
B E L F A L A S
Rio Nenning
Altos Faroth
Nargothrond
Eglarest
O GRANDE MAR
ARVERNIE
Bosques

ANFAUGLITH
(Ard-galen)
Eithel Sirion
Pântano de Serech
Rivil
LADROS
TAUR-NU-FUIN
(Dorthonion)
Tol Sirion
Gondolin
Passagem de Anach
Crissaegrim
Brithiach
DIMBAR
ERED GORGOROTH
R. Sirion
R. Mindeb
Amon Obel
BRETHIL
Floresta de Neldoreth
R. Esgalduin
Menegroth
NAN ELMOTH
Amon Rûdh
DORIATH
Floresta de Region
Rio Aros
Pântanos de Sirion
Brejos do Crepúsculo
as de Sirion
BELERIAND
Portões do Sirion
Nimbrethil
Fozes do Sirion